AF178485

Regina Nössler
Katzbach

Thriller

Konkursbuch
Verlag Claudia Gehrke

Danach

Dieser eine Lederjackentyp hat ihr nicht geglaubt. Aber wen interessiert das jetzt noch. Nichts davon hat sie sich selbst ausgesucht. Sie ist zufällig in all das hineingeraten. Warum sollte sie sich so etwas auch freiwillig aussuchen? Am liebsten hat sie ihre Ruhe. Das war schon immer so. Das Geld will sie aber behalten. Das Geld steht ihr zu, findet sie.

Das nun Folgende geschah, bevor sich auf einen Schlag alles änderte – nicht nur in ihrem eigenen kleinen Leben, sondern im Leben aller. Um die Drohungen, die unmissverständlichen Botschaften, die sie bis heute regelmäßig erreichen, immer mit derselben Sorte dickem Filzstift geschrieben, macht sie sich keine Gedanken, betrachtet sie wie ungebetene Werbung im Briefkasten. Sie wird auch nicht mehr bei jedem Schatten, der an ihrem Fenster vorbeihuscht, panisch. Sie hat keine Angst. Angst liegt ihr sowieso fern. Dafür ist sie nicht der Typ.

Endlich kann ihr Konto ein bisschen aufatmen. Zumindest für eine Weile. Wer weiß schon, was morgen ist und übermorgen und erst recht nächsten Monat. Dieser eine Lederjackentyp hat sie immer mit so einem misstrauischen, leicht abschätzigen Blick bedacht. Die Kohle hat sie sich wirklich verdient, findet sie. Sie hätte mehr verlangen sollen, aber hierbei war sie eine totale Anfängerin. Ist es immer noch. Sie wusste nicht so recht, wie man es geschickt anstellt. Egal. Es nützt nichts, vergangenen Gelegenheiten hinterherzutrauern und sich selbst zu bemitleiden. Wenn sie eins nicht ausstehen kann, dann Selbstmitleid.

Noch drei Tage bis Heiligabend

Was für eine Mühe. Achtzig Kilo, schätzte sie, mindestens. Lebendgewicht. Tot wahrscheinlich noch mehr. Warum auch immer tot schwerer war als lebendig, so ganz ohne Seele.

Was für eine elende Mühe. Natürlich musste Isabel sofort an ihren Bandscheibenvorfall vor einigen Jahren denken und an die höllischen Schmerzen, die fast sechs Monate angehalten hatten. Das wollte sie nicht noch einmal erleben. Damals hatte sie im vierten Stock ohne Aufzug gewohnt und an manchen Tagen die Treppen kaum geschafft.

Sie hatte erst ein kleines Stück bewältigt, und schon jetzt war sie in Schweiß gebadet und der halbe Fußboden eingesaut. Bislang hatte Isabel sich immer für stark gehalten, mental wie auch physisch, aber davon war im Moment nicht viel zu merken. Sie musste sich eine kräftesparende Strategie überlegen. Doch achtzig Kilo blieben achtzig Kilo – falls es nicht sogar neunzig waren. Hätte er nicht weniger fressen können? Dass es ausgerechnet in ihrer Wohnung passiert war, machte alles komplizierter. Außerdem war es eine ganz schön eklige Angelegenheit. Sonderte dieses Etwas, dieser große, unförmige Brocken, schon irgendwelche Leichenausdünstungen ab? Am besten, sie dachte darüber nicht genauer nach. Sie musste sich das Problem vom Hals schaffen. Noch heute Nacht. Auch das Küchenmesser. Um das Messer tat es ihr leid. Es war ganz neu, erst vor einer Woche gekauft, ziemlich teuer und von wirklich guter Qualität. In Fleisch schnitt es mühelos.

Mitternacht war gerade vorbei und auf den Straßen noch eine Menge los. Überall Nachtschwärmer, einzeln, zu zweit oder in kleinen Gruppen. Die üblichen Touristen, die ihre Bierflaschen und ihre unerträglich gute Laune spazieren trugen. Wahrscheinlich fuhr um diese Zeit auch der Bus noch, und an der Haltestelle warteten ein paar betrunkene Gestalten, die Isabel mit ihren Smartphones filmen würden, wenn sie an ihnen vorbeikam. Im Park wäre sie aller Voraussicht nach sicher – allerdings musste sie ihn erst erreichen. Normalerweise eine lächerliche Strecke. Nach draußen, die Straße überqueren, im Dunkeln zwischen den Bäumen verschwinden, wohin sich nachts kaum jemand verirrte, schon gar nicht im Dezember, eine geeignete Bank suchen. Doch mit diesen achtzig Kilo Fleisch, Fett und Knochen sah das ganz anders aus, und der nahe gelegene Park schien unerreichbar.

Sie brauchte Hilfe. Sie brauchte jemanden, der mit anpackte und keine Fragen stellte. Ihr fiel niemand ein, was nicht nur an der Uhrzeit lag, sondern vor allem an ihr selbst. Isabel pflegte seit Jahren nur noch lose, unverbindliche Kontakte. Keine Verpflichtungen, keine Verantwortung, so war es ihr am liebsten. Das rächte sich jetzt. Andererseits teilte man ein Problem wie dieses nicht unbedingt mit anderen – egal, mit wem. Sie wäre bis ans Ende ihrer Tage auf Verschwiegenheit und Loyalität angewiesen, und dessen konnte man sich niemals dauerhaft sicher sein. Das wusste Isabel nur allzu gut.

Wenn also keine Hilfe, dachte sie, dann wenigstens ein Hilfsmittel. Über Schubkarren, das Naheliegendste, verfügten Großstädter in Mehrfamilienhäusern nur selten, und Isabel konnte sich auch nicht erinnern, wann und wo sie zum letzten Mal eine gesehen hatte. Auf einer Baustelle vielleicht. Unwahrscheinlich, dass dort nachts Schubkarren frei herumstanden, wo sie jeder mitnehmen konnte. In Kreuzberg waren sogar die Gießkannen auf Friedhöfen angekettet. Baumarkt. Das dauerte jedoch viel zu lange. Warten, bis der Baumarkt nach dem Wochenende öffnete, die Schubkarre kaufen – was kostete so etwas überhaupt? –, sie ohne Auto zu sich nach Hause schieben – sehr auffällig! – und dann erneut warten, lange warten, bis es wieder Nacht wurde. Und das alles kurz vor Weihnachten. Sie wäre die ganze Zeit mit dem Etwas in ihrer Wohnung eingesperrt. Das Fahrrad einige Häuser weiter kam ihr in den Sinn. Jedes Mal, wenn Isabel daran vorbeiging, begutachtete sie es im Hinblick auf seinen praktischen Nutzen. Erstaunlicherweise vergaßen die Besitzer oft, es anzuschließen. Wie leichtsinnig. Dafür hatte Isabel einen besonderen Blick. Aber selbst, wenn es gesichert war, ein Fahrradschloss zu knacken, hielt sie in Anbetracht ihrer derzeitigen Lage für das geringste Problem. Genug Werkzeug hatte sie auch. Das Rad war immer vor demselben Haus abgestellt, die Chancen standen also gut, es auch heute Nacht dort vorzufinden. Das eigentlich Interessante daran war, dass es sich um ein Lastenfahrrad handelte, die Sorte, mit der Kleinkinder zur Kita transportiert wurden, sogar mit einer Abdeckung. Würde er überhaupt hineinpassen? Wahrscheinlich schon, wenn sie ein bisschen schob und drückte und quetschte – bei dem Gedanken stieg leichte Übelkeit in ihr auf – und sofern das Etwas noch nicht starr geworden war. Wie lange dauerte das eigentlich? Vorhin war sein Kopf noch warm gewesen. Seine irritierend warmen Wangen – hätten sie nicht längst kalt sein müssen? – mit den kratzenden Bartstoppeln darauf hatten sich seltsam lebendig angefühlt.

Zuerst musste sie das Fahrrad holen. Es mit der sperrigen Fracht beladen. Dann zum Park. Besser fahren oder schieben? Mal sehen. So ein Fahrrad hatte sie immer schon ausprobieren wollen. Später, wenn alles erledigt war, würde sie es wieder zurückbringen. Sie war ja nicht so. Sie wollte es bloß kurz ausleihen. Wenn alles gut lief, war es dann immer noch dunkel, und niemand bekam etwas davon mit. Für einen Moment stellte Isabel sich alles ganz leicht vor, zumindest machbar, bis ihr, neben dem Schloss, das nächste Hindernis einfiel. Die Treppenstufen. Doch darum würde sie sich später kümmern. Eins nach dem anderen. Nichts übereilen. Es war eindeutig noch zu früh, um in Aktion zu treten. Das Fahrradschloss mit dem geeigneten Werkzeug durchtrennen – sie durfte die Taschenlampe nicht vergessen –, das Rad zu ihrem Haus bringen, danach auf irgendeine Weise, die noch zu klären war, die achtzig oder neunzig Kilo unter die Abdeckung bugsieren, all das würde Lärm machen, und deswegen musste Isabel warten, bis auch die letzten Touristen in ihren Hostel-Betten lagen.

Sie war ein bisschen angetrunken und ein bisschen bekifft. Mehr bekifft als angetrunken. Hieß es nicht, Marihuana stimme friedlich? Auf sie traf das offenbar nicht zu. Sie hatte kein schlechtes Gewissen, was sie nicht überraschte. Schlechtes Gewissen lag auch an anderen, weniger ereignisreichen Tagen außerhalb ihres Gefühlsrepertoires. Isabel zweifelte keinen Moment daran, dass das, was sie hier tat und plante, genau das Richtige war. Nicht nur das Richtige, sondern die einzig mögliche Option. Sie musste das jetzt durchziehen. Doch wie meistens nach dem Kiffen überkam sie plötzlich der Hunger, was andere Leute in dieser Situation vermutlich unpassend gefunden hätten. Isabel nicht. Hunger war Hunger war vorrangig. Elementar. Sie machte sich ein Brot mit Marmelade und verschlang es in wenigen Bissen. Direkt danach eins mit Käse, um das Süße wieder zu neutralisieren. Anschließend stopfte sie im Wechsel Kartoffelchips, Schokolade und Erdnussflips in sich hinein. Sie war stark. Und zäh. Und sie nahm nie zu – im Unterschied zu ihm auf dem Fußboden. In den kommenden Stunden brauchte sie eine Menge Kalorien. Sie verspürte große Lust auf Gummibärchen, fand aber keine, was sie ganz verrückt machte. Sollte sie jetzt wegen Gummibärchen zu einem Spätkauf gehen? Besser nicht. Andererseits könnte es sich als günstig erweisen, wenn jemand sie heute Nacht bei etwas so Unschuldigem wie dem Erwerb von Süßigkeiten sah und es später *bezeugen* konnte. Sie kicherte. Holte eine Flasche Bier aus dem Kühlschrank und wollte sie öffnen, legte sie dann aber wieder zurück. Bier war keine gute Idee. Auch nicht die halbvolle Flasche Rotwein, die auf der Arbeitsplatte stand und an die sie sich gar nicht mehr erinnern konnte. Vielleicht nachher, wenn sie es hinter sich hatte. Wenn sie darauf wartete, was als Nächstes passierte und wann es an ihrer Tür klingeln würde.

Isabel vermied den Blick in seine Richtung, wobei ihr natürlich klar war, dass er trotzdem dort lag, ob sie nun hinsah oder nicht. Seine Augen waren offen. Sehr unangenehm. Ließen sie sich jetzt noch schließen? Um das in Erfahrung zu bringen, müsste sie ihn anfassen. Sie brauchte Zeit zum Nachdenken. Musste in Ruhe die nächsten Schritte planen, am besten auch schon passendes Werkzeug für das Fahrradschloss suchen. Sie stand auf, ging zum Thermostat an der Wand und drosselte die Heizung auf fünfzehn Grad. Das hätte ihr auch früher einfallen können. Immerhin teilte sie die Wohnung momentan mit etwas schnell Verderblichem. Sie überlegte, die Heizung ganz auszuschalten, aber Frieren war ihr ein Gräuel.

Vorerst gab Isabel ihre Versuche auf, weiter an ihm herumzuzerren. Kräfte schonen. Stattdessen machte sie sich Gedanken über die geschickteste Vorgehensweise. Von hinten unter seine Achseln greifen, ihre Arme vor seiner Brust kreuzen und kräftig ziehen. Dazu müsste sie ihm ganz nah kommen. Ihn eng umschlingen. Keine schöne Vorstellung. Ein Seil an ihm und an sich selbst befestigen, wie bei einem Ackergaul. Fraglich, ob das leichter ging. Das Herunterdrehen der Heizung verzögerte das Unvermeidliche – all die nun folgenden widerwärtigen chemischen Prozesse – nur ein bisschen. Aber Mitternacht war einfach noch zu früh. Sie musste es bis drei oder noch besser vier Uhr nachts mit ihm in der kühler werdenden Wohnung aushalten. »He, mach doch mal die Augen zu«, sagte sie laut in seine Richtung und fing an zu lachen. Sie lachte und lachte und konnte nicht mehr aufhören, bis ihr die Tränen kamen und ihre Bauchmuskeln wehtaten, es überrollte sie wie zuvor die Fressattacke.

Das ist nicht lustig, dachte sie, ich bin kein guter Mensch – was sie erst recht zum Lachen brachte. Wann hätte Isabel sich je als guten Menschen bezeichnet?

Nach dem Lachanfall begann sie zu frieren, und sie zog eine Jacke an. Der Stuhl am Küchentisch war auf Dauer unbequem, außerdem sah sie von diesem Platz das Etwas auf dem Boden, sobald sie den Kopf drehte. Sie wechselte ins andere Zimmer auf einen Sessel. Viel weicher. Hier konnte sie sich einbilden, er läge gar nicht in der Nähe des Küchentisches, und all das, was in der letzten Stunde passiert war, einfach vergessen. Es war einfach so passiert. Wer konnte ihr da einen Vorwurf machen? Isabel jedenfalls machte sich keinen. Zusätzlich zur Jacke holte sie sich noch eine Decke und schaltete überall das Licht aus. Jetzt war es in der ganzen Wohnung dunkel. Und still. So schön still. Am liebsten hätte Isabel sich ins Bett gelegt, aber dort würde sie sicher sofort einschlafen, und dann wäre plötzlich wieder Tag, und sie müsste bis zur folgenden Nacht warten.

Auf dem weichen Sessel unter der Wolldecke wurde sie müde. Kräfte schonen. Ein bisschen ausruhen. Nur ganz kurz.

Ein Geräusch schreckte Isabel auf. Knistern. Geraschel. Sie war auf dem Sessel eingeschlafen, was sie doch unbedingt hatte vermeiden wollen. Wie spät war es? Schon drei Uhr nachts? Oder noch später, morgens? Mittags? Das Geräusch verortete sie zunächst draußen. Oder in einem Traum, der immer noch nachhallte. Bis es sich wiederholte. Knistern. Geraschel. Diesmal lauter und näher. Es klang nicht wie aus einem Traum. Es klang sehr real und kam vom Fußboden, ganz nah beim Sessel. Sie hätte das Licht nicht ausschalten sollen, dann wäre sie auch nicht eingeschlafen. Im Zimmer bewegte sich etwas und machte dabei Geräusche. War er das? Scheintot und wiederauferstanden? Isabel hatte das Gefühl für Zeit verloren und wusste nicht, ob sie nur wenige Minuten oder mehrere Stunden geschlafen hatte. Ihr Mund war ganz trocken, und sie lechzte nach dem Wasserhahn. Er war nur bewusstlos, dachte sie. Das hätte auch seinen irritierend warmen Kopf erklärt. Er war aus der Bewusstlosigkeit erwacht, als sie schlief, hatte sich erhoben und stand gleich neben ihr, um es ihr heimzuzahlen.

Draußen herrschte noch Nacht. Aber es war nicht vollständig dunkel, schwaches Licht von der Straßenlaterne drang in den Raum. Isabel erkannte die Umrisse der Möbel und bemerkte dann, beim nächsten Geräusch, ein seltsames Funkeln am Boden. Sie tastete nach der Stehlampe neben dem Sessel, schaltete sie ein und sah, wie sich etwas Glitzerndes, Goldfarbenes ruckartig über die Dielen schob. Wanderte dort ein Teil der achtzig Kilo herum, der sich selbstständig gemacht hatte, eine abgetrennte Hand oder ein Fuß? Aber wieso glitzerte es? Ein Kobold, dachte sie. Ein böser kleiner Kobold in einem goldenen Mantel. Ein Horrortrip. Sie musste viel bekiffter sein, als sie angenommen hatte. Oder es schlug erst jetzt richtig durch.

Sie rührte sich nicht. Stellte vorübergehend sogar das Atmen ein. Eine Weile hörte sie nur ihren eigenen Puls. Sie hatte ein robustes Gemüt, beruhigte sie sich. So leicht ließ Isabel sich nicht in Angst und Schrecken versetzen. Und goldene Kobolde erschienen ihr gewöhnlich nicht mal in bekifftem Zustand.

Silberne Sterne auf goldfarbenem Grund. Es dauerte unendlich lange, bis Isabel begriff, was sie dort unten sah. Das Weihnachtsgeschenkpapier, das sie letzte Woche zusammen mit dem Küchenmesser gekauft hatte. Noch viel länger dauerte es, bis ihr klar wurde, was den Bogen Geschenkpapier in Bewegung versetzte. Godzilla. Ihr Hamster. Der kleine Hamsterkopf tauchte nun auf. Am Morgen – ein reiner, unbefleckter Morgen, als sie noch nicht in diese Schieflage geraten war – hatte Isabel ihn aus seinem Käfig gelassen und danach wie so oft vergessen, ihn wieder zu internieren.

Godzilla kämpfte sich vollständig unter dem Geschenkpapier hervor und verschwand in einer dunklen Zimmerecke. Erstaunlicherweise lebte er immer noch, obwohl erstens das zeitliche Dasein eines Goldhamsters äußerst begrenzt war und sie ihm zweitens nur wenig Fürsorge zuteilwerden ließ, weil sie ihn nicht mochte. Möglicherweise war er viel enger mit Ratten verwandt, als sie dachte – eine gewisse Ähnlichkeit bestand ja durchaus –, und hatte sich von ihr unbemerkt an den achtzig Kilo zu schaffen gemacht. Fraßen Hamster Aas? Was für ein ekelhafter Gedanke. Der Hamster war winzig und hatte so zarte Knochen wie ein Vögelchen, aber kräftige Zähne, mit denen er an allem herumnagte, was sich ihm anbot. Als er neulich das Kabel am WLAN-Router zerkaut hatte, leider ohne einen Stromschlag zu erleiden, womit sich das Thema ein für alle Mal erledigt hätte, war sie wirklich mächtig sauer auf ihn gewesen.

Isabel legte die Decke zur Seite und stand auf. Kurz vor vier. Sie hatte lange geschlafen. Von erholsamem Schlaf konnte jedoch keine Rede sein, ihr Nacken und ihre Schultern schmerzten. In der Wohnung war es kalt geworden, und sie musste sich beherrschen, die Heizung nicht wieder höher zu drehen. Sie ging zum

Küchentisch und vergewisserte sich, dass er noch an derselben Stelle lag, an der sie ihn zurückgelassen hatte. Er wirkte unverändert. Probeweise trat sie ihm in die Seite, erst leicht, dann energischer. Nichts. Keine Regung. Allem Anschein nach war er auch nirgendwo von Godzilla angenagt worden. Den Blick in seine offenen Augen vermied sie. Blähte sich der Bauch bereits auf? So schnell? Nicht darüber nachdenken. Am einfachsten wäre es, dachte Isabel, das Fahrrad in ihrer Wohnung mit ihm zu beladen. Aber dann musste sie das Rad mitsamt der Last auch wieder aus der Wohnung schaffen, und das alles war allein entweder gar nicht zu bewältigen oder mit so viel Lärm verbunden, dass das ganze Haus davon aufwachen würde. Sie musste ihn draußen hineinheben. Hilfe beim Tragen wäre wirklich gut gewesen, doch um vier Uhr nachts konnte sie niemanden anrufen. Nicht einmal Babs. Es gab auch keinen, den Isabel um vier Uhr nachmittags deswegen hätte anrufen können, aber jetzt war nicht die Zeit, sich über ihr verkümmertes soziales Leben Gedanken zu machen oder damit zu hadern, und abgesehen davon war sie bislang immer gut allein klargekommen.

Zuerst jagte sie ihrem Goldhamster nach, der sich heute nicht mit Futter locken ließ. Isabel kroch auf Knien hinter ihm her und verfluchte ihn. Am liebsten hätte sie ihm den Hals umgedreht. Sie konnte es sich doch auch sparen, ihn wieder einzufangen, vielleicht ging er dann endlich für immer verloren. Schließlich bekam sie ihn aber zu fassen, wobei er ihr in die Hand biss, Scheißvieh, und setzte ihn in seinen Käfig. Er legte die Vorderpfoten auf die Gitterstäbe und sah sie aus seinen Knopfaugen an.

Isabel zog sich um. Schwarze Hose, schwarzer Hoodie. Trug man bei solchen Aktionen nicht immer einen schwarzen Kapuzenpullover? Oberste Priorität hatte das Lastenfahrrad. Danach folgte der schwierigste Teil. Die große Kraftanstrengung. Ihn erst nach draußen bekommen und dann unter die Abdeckung. Wenigstens wohnte sie nicht mehr im vierten Stock. Hatte das alles geklappt, würde sie ihn in den Park transportieren, fahrend oder schiebend, und dort auf eine Bank setzen. Sie würde ihm sogar eine schöne Bank aussuchen, das konnte sie ja noch für ihn tun, auch wenn er es nicht verdient hatte. Das war der leichtere Teil. Hatte sie den Park erst erreicht, war es fast geschafft. Sie musste immer an das Ziel denken. Wenn er auf der Parkbank aufrecht sitzen blieb und man nicht so genau hinsah, konnte man denken, dass er Vögel oder Eichhörnchen fütterte. Oder ihn für einen Penner halten. Wobei Penner ja vielleicht auch Vögel und Eichhörnchen fütterten. Waren Eichhörnchen jetzt im Dezember überhaupt unterwegs? Hielten die Leute ihn für einen Penner – umso besser. Dann sahen sie nicht so genau hin und machten einen großen Bogen um ihn. Irgendwann würde natürlich jemand auf ihn aufmerksam werden, aber damit hatte sie dann nichts mehr zu tun.

Isabel wischte das Küchenmesser gründlich ab und steckte es zusammen mit einer Taschenlampe und der Drahtschere in den schwarzen Rucksack. Die Drahtschere war lächerlich und würde nicht ausreichen. Also packte sie den riesigen, schweren Bolzenschneider dazu, dessen Griffe oben aus dem Rucksack ragten. Godzilla hatte inzwischen mit seiner Lieblingsbeschäftigung begonnen, Rennen im Laufrad. Das würde er jetzt stundenlang unermüdlich weiterbetreiben. Ein bisschen beneidete Isabel ihn um seine Sorglosigkeit.

Sie zog die Kapuze über den Kopf, griff sich Handschuhe, schulterte den Rucksack mit dem monströsen Bolzenschneider darin und verließ ihre Wohnung.

1
Anfang Oktober

Isabel Keppler war neununddreißig. Also fast tot. Aber für fast tot sah sie noch ganz gut aus, fand sie. Der Mann im dunkelblauen Sakko, der ihr die ganze Zeit nicht von der Seite wich und sich abmühte, sie in ein Gespräch zu ziehen, bislang ohne Erfolg, war offenbar derselben Ansicht.

Nächster Versuch. »Sind Sie Sammlerin?« Er prostete ihr mit seinem Rotwein zu.

Nach dem obligatorischen Begrüßungs-Prosecco war Isabel zu Weißwein übergegangen. Entweder fehlte der kleinen Galerie in der Joachimstraße in Berlin-Mitte für Champagner das Geld oder sie wollte sich den Anschein des Bodenständigen geben. Champagner war hier noch nie gereicht worden, soweit sie sich erinnerte. Aber man konnte auch eine Weile ohne auskommen.

»Nein«, sagte sie, »ich entscheide mich meistens ganz spontan. Und auch nur, wenn mich etwas wirklich anspricht.«

»Und? Spricht Sie etwas an?«, fragte der Mann. »Ich bin heute unschlüssig. Passiert mir sonst eigentlich nie. Normalerweise steht mein Kaufentschluss immer schnell fest. Ich habe nämlich einen Riecher dafür, aus welchem jungen Künstler mal ein Großer wird. Was meinen Sie, würden Sie mir dazu raten? Helfen Sie mir!«

Isabel gab vor, das Bild zu studieren, vor dem sie standen, nahm aber in Wahrheit den Mann neben sich genauer in Augenschein. Schätzungsweise Anfang sechzig. Gepflegte Erscheinung. Geld. Das Einzige, das nicht passte, waren die Schnürsenkel seiner teuren schwarzen Schuhe. An einem Fuß schwarze, am anderen braune, mit einem Stich ins Rötliche. Entweder eine kleine Nachlässigkeit oder auch Absicht. Irgendein ihr unbekannter Reiche-Männer-Dresscode. Roter Kopf und etwas stämmig. Sie tippte auf zu hohen Blutdruck. Geriet schnell ins Schwitzen, denn er zog jetzt sein Sakko aus und legte es sich über den Arm.

Er bemerkte ihren Blick. »Ganz schön heiß hier mit so vielen Leuten«, erklärte er. In der Tat, die Vernissage an diesem Freitagabend war gut besucht. Die Leute drängten sich auf engstem Raum vor den Wänden, taten sehr fachkundig, gestikulierten, deuteten auf die Bilder, neigten die Köpfe, als würde sich mit schiefgelegtem Kopf eine tiefere Botschaft offenbaren. Der Künstler stand schüchtern und wie ein Fremdkörper am Rand und machte nicht den Eindruck, als fühlte er sich hier wohl. Anders als Isabel. Sie fühlte sich wohl. Sehr wohl. Galeriebesuche zählten zu ihren absoluten Lieblingsbeschäftigungen. Wäre da bloß nicht dieser lästige Mann neben ihr gewesen.

Das Bild, das sie betrachteten, war riesig. Ein Meter siebzig mal ein Meter dreißig. Es zeigte Lichtreflexe in Blättern, als säße man bei Sonnenschein unter einem Baum und blickte nach oben, direkt in die Blätter hinein, zwischen denen Licht und Himmel hervorblitzten. Kein roter Punkt daneben, zum Zeichen, dass es bereits verkauft war. Ein bisschen Natur, besonders nach oben, in den Himmel gerichtet, hätte Isabel zu Hause durchaus brauchen können, vor allem, seit sie die Käfer- und Mäuseperspektive eingenommen hatte, und im Geist überschlug sie den freien Platz an ihren heimischen Wänden.

»Denken Sie an einen Kauf?«, fragte der Mann.

»Ich muss es erst auf mich wirken lassen. Sie wissen ja, das Wichtigste bei der Kunst ist das richtige Sehen.«

»Wie wahr, wie wahr. Aber manchmal muss man sich auch beeilen und die Gelegenheit ergreifen, wenn sie sich bietet.« Der Mann hatte ein bisschen Mühe, mit seiner Lesebrille, der Preisliste, dem Rotweinglas und seiner ordentlich zusammengelegten Jacke über dem Arm zu hantieren. »Jetzt ist der Künstler noch erschwinglich, ich meine, was man nebenbei mal so ausgeben kann, aber nächstes Jahr wird er teurer. Das hat mir die Galeristin vorhin ganz im Vertrauen erzählt. Ich glaube, dahinten gibt es Interessenten.«

Isabel drehte sich um und folgte seinem Blick. »Ach, die«, sagte sie. »Die kenne ich.« Sie beugte sich näher zu dem Mann und sprach leiser. »Sie lassen sich oft ein Bild reservieren und kaufen es am Ende doch nicht.«

»Ach ja? Interessant. Nun, bei solchen Veranstaltungen treiben sich manchmal ja die sonderbarsten Gestalten herum. Aber jetzt mal Hand aufs Herz, das Bild gefällt Ihnen, oder? Wie Sie es anschauen, mit diesem Hauch Sehnsucht in den Augen. Ich bin ein guter Menschenkenner, müssen Sie wissen. Vielleicht sind wir beide ja Konkurrenten?«

Die Preise der Bilder bewegten sich zwischen fünf- und zehntausend Euro, abhängig von der Größe. Je mehr Farbe, desto teurer. Konnte sich das jeder der hier Anwesenden leisten? Isabel bezweifelte es. Sie verachtete diese Leute, alle, wie sie hier versammelt waren, mit ihrem albernen Getue und ihrem Pseudo-Kunstsachverstand, und hielt sich gleichzeitig gern unter ihnen auf. Am liebsten, wenn sie von niemandem behelligt wurde, sondern zwischen ihnen untertauchen und ihren eigenen Gedanken nachhängen konnte. Freitagabend eine Ausstellungseröffnung in Mitte zu besuchen, Bilder zu sehen, die noch nach Farbe rochen, und mittelprächtigen Weißwein zu trinken, war nicht die schlechteste Freizeitbeschäftigung. Zugegeben, der Wein hätte etwas kälter sein können, und wenn sie ehrlich war, wäre sie doch gern mit Champagner begrüßt worden, aber der Mann mit dem blauen Sakko, den sie offenbar nicht mehr loswurde, fachsimpelte wenigstens nicht. Das Kunstgeschwätz ging Isabel meistens auf die Nerven.

Die Galeristin Frau Stubenrauch tauchte neben ihnen auf, eine offene Weißweinflasche in der Hand, und schenkte Isabel nach. »Lassen Sie sich nicht stören! Sie können natürlich auch jederzeit sonst kommen, die Öffnungszeiten kennen Sie ja sicher. Und nach Vereinbarung, ein Anruf genügt. Sie haben einen guten Geschmack. Das ist auch mein Lieblingsbild.«

Von »Lieblingsbild« konnte keine Rede sein – oder doch? –, aber Isabel widersprach nicht. Frau Stubenrauch erzählte etwas über den Künstler, Kunsthochschule, Lehrer, Techniken, Entwicklung, das Übliche. Sie betonte, wie froh sie sei, ihn unter Vertrag zu haben. Isabel hörte nicht richtig zu. Sie nutzte den Moment, überließ das blaue Sakko und die Galeristin sich selbst und wechselte in den anderen Raum.

Die meisten waren zu zweit gekommen. Paare. Schwatzende Freundinnen. Die ältere Frau, die immer mit ihrem erwachsenen Sohn erschien, sich Bilder reservieren ließ und nie eines kaufte. Die Besucher waren entweder besonders gut gekleidet oder so betont lässig, *Streetwear*, dass es schon wieder auffällig war. Isabel gehörte bei Vernissagen zu den gut Gekleideten, darauf legte sie Wert. Sie nickte einigen zu. In diesen Kreisen begegnete man sich zwangsläufig hier und da, und viele der Gesichter kannte sie flüchtig, hatte sich mit manchen bei ähnlichen Anlässen über die Art Week in Berlin unterhalten, Preise, Künstler, das Gallery Weekend. Hin und wieder war sie durchaus in der Stimmung für Gespräche. Den Mann mit dem blauen Sakko konnte sie nirgendwo einordnen. Vielleicht wohnte er nicht in Berlin. Vielleicht gehörte er zu der Sorte Käufer, die Bilder als reine Kapitalanlage betrachteten und zu diesem Zweck durch die

Lande reisten. Obwohl die Galerie für solche Kunden eigentlich ein viel zu kleiner Fisch war.

Er war ihr gefolgt. »Ich sehe, man kennt sie. Sie sind doch Sammlerin, oder?«

»Nein, ich kaufe nur dann, wenn mir ein Bild wirklich gefällt. Ich muss mich sozusagen verlieben.«

»So wie in das Bild in dem anderen Raum? Nicht, dass wir uns darum streiten. Aber ich würde natürlich großzügig verzichten, sollten Sie sich schon heute dafür entscheiden. Ich will ja der Liebe nicht im Weg stehen.« Dem Mann war sein Sakko, das er über dem angewinkelten Arm trug, sichtlich lästig. »Dahinten war doch eine Garderobe«, sagte er. »Augenblick, ich bin gleich wieder zurück. Nicht weglaufen!«

Er ging zur Garderobe, die im abgetrennten Bürobereich der Galerie stand. Der Mann war Isabel nicht unsympathisch, also bedeutend weniger als sympathisch, aber reichte *nicht unsympathisch* für Smalltalk? Sie fragte sich, wie sie ihn wieder abschütteln konnte. Er blieb jedoch so hartnäckig, dass es fast rührend war, und statt weiter Energie auf solche Bemühungen zu verschwenden, beschloss Isabel kurzerhand, dass sie dann genauso gut noch Wein mit ihm trinken konnte.

Zusammen absolvierten sie die Runde wieder von vorn, wobei Isabels Favorit weiterhin das großformatige Bild mit dem Licht in den Blättern blieb. Ein Bild kaufen, bloß um es jemand anderem, der es auch haben wollte, wegzuschnappen? Interessanter Beweggrund. Ein kleiner Wettkampf, das gefiel ihr.

»Wir müssen uns ja noch nicht sofort entscheiden«, sagte sie.

»Stimmt. Aber wie ich schon erwähnte, manchmal muss man sich im Leben auch beeilen. Bevor es zu spät ist.«

Isabel sah, wie es hinter seiner Stirn arbeitete, auf der Schweißperlen standen, wie er überlegte, ob er das Blätterbild gleich heute kaufen sollte oder es riskieren konnte, noch zu warten. Wobei ihr nicht klar war, ob es ihm tatsächlich so gut gefiel wie ihr – denn es gefiel ihr zunehmend besser – oder eine weitere Interessentin ein Gemälde wertvoller und begehrenswerter für ihn machte.

»Stellt sich die Frage nach der Aussage«, sagte der Mann. »Was meinen Sie dazu?«

»Vielleicht gibt es ja keine.«

»Wie?«

»Vielleicht ist es einfach nur dekorativ«, sagte Isabel, »und weiter nichts.«

Der Wein und die vielen Leute bewirkten, dass auch ihr langsam zu warm wurde. Sie zog ihre Jacke aus, ging zur Garderobe und hängte sie neben das blaue Sakko. Als sie zurückkam, deutete der Mann zur Toilette und sagte: »Bin gleich wieder da.«

»Gleich« hieß sicher nicht so bald. Ältere Männer brauchten dafür in der Regel etwas länger. Isabel wollte während seiner Abwesenheit einen Blick auf ihr Smartphone werfen, fand es aber nicht in der Handtasche. Hatte sie es etwa in der Jacke gelassen? Kein guter Platz, wenn ihre Jacke frei zugänglich war. Sie ging wieder zur Garderobe und prüfte die Taschen ihrer Jacke. Das Telefon steckte tatsächlich darin. Sie zog es heraus und bemerkte nebenbei Schuppen an Schultern und Kragen des blauen Sakkos, die ihr zuvor nicht aufgefallen waren. Das enttäuschte sie ein wenig. Der Mann machte doch so einen gepflegten Eindruck. Das blaue Sakko war zweifellos seins, denn ein anderes dieser Art befand sich dort nicht. Isabels Hand wanderte zu dem dezent gemusterten Innenfutter. Von ihrer Position hatte sie einen guten Blick zur Toilettentür. In der Innentasche des blauen Sakkos, weder durch einen Knopf noch einen Reißverschluss gesichert, ertastete sie etwas Schweres. Sie stellte erst ihr Weinglas auf dem Galerieschreibtisch ab und fasste dann in die Innentasche, ohne lange nachzudenken, die Augen immer auf die Toilettentür gerichtet. Ein schwarzes Portemonnaie, reichlich abgegriffen. Isabel zog es ganz heraus und überprüfte es rasch. Manchmal muss man sich im Leben auch beeilen. Münzen, alle möglichen Plastikkarten, ein dick gepolstertes Geldscheinfach. Sicher etliche hundert Euro. Sie nahm einen Hunderter und zwei Fünfziger heraus, das würde dem Mann gar nicht auffallen – außerdem bezeichnete er sich selbst ja als großzügig –, und schob das Portemonnaie anschließend wieder an seinen Platz. Eine Sache von wenigen Sekunden. Die Scheine ließ Isabel in ihrer Jackentasche verschwinden. Als sich die Tür zur Toilette öffnete, stand sie mit ihrem Weinglas längst wieder vor einem der ausgestellten Bilder.

Viel später verließen der Mann und Isabel gemeinsam die Vernissage. Ohne dass einer von ihnen das Blätterbild gekauft hätte. Isabel schloss draußen ihr Fahrrad auf, das sie wenige Meter neben der Galerie abgestellt hatte.

»Ich muss jetzt dringend was essen.« Der Mann legte eine Hand auf seinen Magen. Isabel wusste, dass noch etwas fehlte, dass er am liebsten gesagt hätte: *Wollen Sie mich nicht begleiten? Vielleicht können Sie mir ja auch was empfehlen?* – inzwischen war sie überzeugt, dass er nicht in Berlin lebte – *Dann könnten wir noch ein wenig über die Ausstellung reden* – und dergleichen mehr. Aber er traute sich nicht. Eigentlich wäre sie sogar gern mit ihm essen gegangen, er war keine unangenehme Gesellschaft und hätte sicher bezahlt. Aber womöglich wäre ihm dann das Fehlen der drei Geldscheine in ihrem Beisein aufgefallen.

»Haben Sie es weit?«

»Kreuzberg. Direkt am Viktoriapark«, sagte Isabel. »Mit Blick auf den Park.«

»Oh, schön. Nette Gegend. Kenne ich. In eine Wohnung mit Blick auf den Park passt das Bild sicher besonders gut.« Der Mann wollte Isabel seine Visitenkarte geben oder seine Telefonnummer oder sonst etwas, das sah sie, irgendetwas, das zumindest die kleine Hoffnung auf weiteren Kontakt am Leben hielt, aber auch das wagte er nicht. »Dann wünsche ich Ihnen noch einen schönen Abend. Wir treffen uns bestimmt wieder. Hier oder in einer anderen Galerie. Ich bin gespannt, wer von uns beiden das Bild kauft.«

»Ja, ich auch.«

»Wenn ich raten müsste, würde ich sagen, Sie. Und wissen Sie was? Ich gönne es Ihnen. Und Ihrer Wohnung am Viktoriapark. Ausgebautes Dachgeschoss?«

»Ja, genau.« Wie kam er ausgerechnet auf ein ausgebautes Dachgeschoss?

»Habe ich mir doch gedacht. Passt zu ihnen.«

Wahrscheinlich wäre es ihm am liebsten, wenn ich ihn jetzt in meine Dachwohnung einladen würde, dachte Isabel. Dann müsste er auf dem Gepäckträger sitzen Als sie losfuhr, etwas wackelig und nicht mehr ganz sicher nach dem vielen Wein, rief sie dem Mann im blauen Sakko, der sich nach einem Taxi umsah, noch zu, dass es in der Torstraße einen Taxistand gab, und zeigte ihm die Richtung. Geldscheine strahlten natürlich keine Wärme aus, allenfalls symbolische, aber ihre Jackentasche fühlte sich so an, als steckte ein kleines Heizkissen darin. Warum hatte sie eigentlich nur zweihundert genommen?

2

Eine Weile hatte ihr ein schwacher Stromschlag vorgeschwebt, wie bei Rindern auf der Weide, doch Isabel sah bald ein, dass sie keinen Schimmer von Elcktrik hatte und davon besser die Finger lassen sollte. Am Ende würde sie statt eines schwachen noch einen tödlichen Stromschlag verursachen, und sie wollte Ferdi ja nicht umbringen. Sie wollte ihn nur ein bisschen ärgern. Und erschrecken. Um ihm auf schmerzhafte Weise bewusst zu machen, dass er in ihrer Wohnung nichts zu suchen hatte.

Ihn umzubringen lag sogar weit außerhalb ihres Interesses. Sie brauchte ihn. Lebendig. Ferdi war der Freund eines Freundes eines Bekannten, ein langweiliger Typ und ihr Vermieter. Nicht etwa der Eigentümer der Wohnung, sondern der Hauptmieter. Isabel war seine heimliche Untermieterin. Den richtigen Vermieter kannte sie gar nicht, wusste nur, dass er keine Untervermietung gestattete. Zumindest behauptete Ferdi das. Seinen Vertrag hatte er ihr nie gezeigt, und Isabel zweifelte nicht daran, dass er noch einiges auf die Miete draufgeschlagen hatte. Seit die

Wohnungen in Berlin knapp wurden und die Mieten exorbitant stiegen, glaubte Ferdi, sich alles erlauben zu können. Ein paar Mal hatte er sich sogar mit seinem Schlüssel, den er leider immer noch besaß, er war ja der Hauptmieter, Zutritt zur Wohnung verschafft. »Ich muss doch sehen, ob hier alles in Ordnung ist«, hatte er gesagt. »Vielleicht lässt du ja alles verkommen. Bist eine Mietnomadin oder so was. Das weiß ich doch nicht. Wir kennen uns ja kaum. Du musst auch mal an meine Situation denken. Ich lasse dich nur aus Nettigkeit hier wohnen.« Seine *Nettigkeit* betonte Ferdi oft.

Die Wohnung lag im Souterrain in der Katzbachstraße. Sieben Stufen unter Normalnull, wie Isabel es nannte, wobei Normalnull dem Niveau des Gehwegs entsprach. Für einen Blick auf den Park hätte sie viele Meter weiter oben leben müssen. Isabel sah nicht auf den Viktoriapark, sondern auf Knie, Waden und Ärsche, nicht immer die schönsten, auf Autos, fahrende und geparkte, auf abgestellte Fahrräder, Trolleys, die rumpelnd über das Pflaster gezogen wurden, und auf Hundeschnauzen.

Da ihr für einen Stromschlag die nötigen Kenntnisse fehlten und es ihr auch viel zu mühsam war, sie sich anzueignen, hatte sie sich für etwas ganz Simples entschieden. Versandkartons oben auf dem Schrank direkt neben der Eingangstür. Gewagt aufeinandergestapelt. Schwerkraft verstand Isabel im Unterschied zu Elektrik. Am oberen, offenen Karton hatte sie einen dünnen Draht angebracht, kaum zu sehen, wenn man nichts davon wusste. Und wer rechnete auch schon mit einem Draht hinter der Tür? Er führte vom Karton nach unten, verlief etwa einen halben Meter über dem Boden entlang bis zu einem stabilen Schirmständer – eher ein seltsames Objekt mit einem Fuß aus Beton, das man auch als Schirmständer benutzen konnte – auf der anderen Seite, an dem er wiederum befestigt war. Der oberste Karton auf dem Schrank stand so weit an der Kante, dass er unweigerlich nach unten fiel, wenn jemand beim Betreten der Wohnung mit den Beinen gegen den Draht stieß. Isabel war ziemlich stolz auf ihre Konstruktion und hatte sie vor Inbetriebnahme mehrfach getestet – wovon eine Delle auf den Dielen zeugte – und für gut befunden. In den offenen Karton hatte sie allerhand schwere Gegenstände gelegt. Bücher. Zwei Hanteln. Einen Kerzenleuchter aus Messing, den sie nicht ausstehen konnte, aber nie weggeworfen hatte. Einen Pflasterstein vom Mariannenplatz. Den Pflasterstein hatte sie früher bei einer Erster-Mai-Demonstration mit Hilfe eines Schraubenziehers aus dem Gehweg gestochert und als Andenken mit nach Hause genommen, statt ihn wie geplant auf Polizisten zu werfen. Andere Zeiten. Lange her.

Manchmal arrangierte sie diese spezielle Begrüßung, wenn sie für längere Zeit die Wohnung verließ. Beim Zurückkommen stieg sie als Erstes vorsichtig über den kniehohen Draht, ohne ihn zu berühren, und entschärfte danach die Falle. Sie dachte daran. Immer. Nur heute nicht. Heute, nach dem Prosecco und dem Weißwein in der Galerie, hatte Isabel den Draht und die fragile Statik der Kartons auf dem Schrank völlig vergessen.

Dann passierte alles auf einmal: Eine der Hanteln streifte ihre Schulter. Neben ihr klatschten Bücher auf den Boden. Der Pflasterstein vom Mariannenplatz verfehlte sie nur knapp. Das Schlimmste aber war der Kerzenleuchter. Er traf sie mit voller Wucht hinten am Kopf und zwang sie auf die Knie. Isabel glaubte, ohnmächtig zu werden. Es war dumm, so furchtbar dumm. Sie war sich besonders schlau vorgekommen und nun in ihre eigene Falle getappt.

Auf den Knien konnte sie sich nicht lange halten und legte sich hin. Sicher keine gute Idee, wenn sie bei Besinnung bleiben wollte. Bei Besinnung zu bleiben, erschien ihr enorm wichtig. Minuten vergingen so. Isabel lag auf dem Bauch, die Wange auf die Dielen gedrückt. Der schwere Kerzenleuchter hatte ein riesiges Loch in ihren Kopf geschlagen, davon war sie überzeugt. Im Licht der Straßenlaterne sah sie ein braunschwarzes Tier direkt vor ihr über die Dielen huschen. An einer breiten Fuge strauchelte es einen Moment, bevor es sich wieder fing. Es tastete mit seinen überlangen Fühlern suchend herum. Das musste Isabel sich gut einprägen. Wie es von hier unten aussah. Sie wollte erst ein Foto davon machen und es danach töten, konnte aber nicht aufstehen. Zwischendurch sackte ihr Bewusstsein immer wieder kurz weg. Sie musste unbedingt wach bleiben. Draußen rauschten Autos vorbei. Die übliche Geräuschkulisse. Die Katzbachstraße war zu jeder Tages- und Nachtzeit so stark befahren, dass es sich anfühlte, als lebte man an einer Autobahn. Man hatte die Wahl, sich entweder daran zu gewöhnen oder krank zu werden. Oder verrückt. Isabel hatte nie auf dem Kottbusser Damm wohnen wollen, nie in der Schöneberger Hauptstraße, David Bowie hin oder her, oder auf dem Mehringdamm. Und möglichst auch nicht in der Katzbachstraße, trotz der Nähe zum Park. Zu laut. Zu viele Abgase. Sie wollte schon immer lieber in der Schlossallee wohnen als in der Badstraße. Und nun war sie hier gelandet. Die Katzbachstraße wurde als Durchgangsstraße aus Richtung Tempelhof und Schöneberg genutzt, um nach Kreuzberg und Mitte zu gelangen, und umgekehrt. Den ganzen Tag Pkws, Lkws, Busse, permanenter Krach.

Wach bleiben. Unbedingt. Isabels Schädel dröhnte. »Mein Name ist Isabel Keppler«, sagte sie in die leere, dunkle Wohnung hinein. *Wie heißen Sie. Welcher Tag ist heute.* Stellten Notärzte nicht immer solche Fragen? In ihrer Wohnung roch es seltsam. Anders als sonst. Aber vielleicht lag das an ihrer Position so weit unten, die Nase dicht am Boden. »Ich heiße Isabel Keppler. Ich bin neununddreißig Jahre alt. Heute ist Freitag. Oktober. Der … Oktober.« – Verdammt, welches Datum war heute?

Das Datum fiel ihr einfach nicht ein, sosehr sie auch grübelte. Grübeln tat weh. Sie musste wach bleiben. Unbedingt. Wach.

Als Isabel nach einiger Zeit wieder zu sich kam – nur wenige Minuten später oder vielleicht auch viele Stunden –, fragte sie sich, seit wann sie schon hier lag. Sie wusste nicht einmal mehr genau, wann sie die Vernissage besucht hatte. Vorhin? Gestern? War heute schon morgen? Sie sollte jemanden anrufen. Möglicherweise war sie ein echter Notfall und in ihrem Kopf fanden gerade gefährliche Prozesse statt. Schädel-Hirn-Trauma oder so was. Immerhin verspürte sie keine Übelkeit, was sie als gutes Zeichen deutete. Sie war nur müde. So müde. Auf dem Fußboden, sieben Stufen unter Normalnull, war es ganz schön kalt. Überall Krümel, Dreck, Steinchen, die sich in ihre Handflächen bohrten. Kein geeigneter Ort, um hier die Nacht zu verbringen. Aber sie schaffte es nicht, sich zu erheben. Der Weg zu ihrem Schlafzimmer erschien ihr unendlich weit. War es überhaupt schon Zeit zum Schlafen? Isabel dachte an den Mann im blauen Sakko. Ob er die zweihundert Euro vermisste? Wenn sie sich so gut an die Geldscheine erinnern konnte, funktionierte ihr Kopf offenbar noch halbwegs. Gutes Zeichen. Sie tat so etwas nicht gezielt. Nur manchmal. Ganz selten. Dann, ganz selten, betrachtete sie es als eine Art Umverteilung. Als Gerechtigkeit. Wenn der Mann locker zehntausend Euro für ein Bild ausgeben konnte, taten ihm lächerliche zweihundert wohl kaum weh. Falls er den Verlust überhaupt bemerkte. Viele Leute trugen gar kein Bargeld mehr mit sich herum, aber bei ihm hätte Isabel wetten können, dass er etwas Altmodisches kultiviere. Und sie hatte recht behalten. In ihren Einschätzungen lag sie meistens richtig. Warum hatte sie, neben ihren diversen abgebrochenen Studiengängen, eigentlich nie mit Psychologie angefangen? Dann säße sie heute unter der Woche in einem ansprechenden Raum, der mit seinen geschmackvollen Möbeln und dem gedämpften Licht aus teuren italienischen Leuchten eher einem Wohnzimmer glich. Sie würde sich das öde, selbstmitleidige Gejammer unzufriedener Mittelschichtsmenschen ohne echte Probleme anhören und pro Sitzung ein stattliches Honorar kassieren.

Auf den kalten Dielen, mit einem Loch im Kopf, beschäftigte Isabel auch die Frage, ob sie sich künftig noch in der Galerie blicken lassen konnte. Finissage der aktuellen Ausstellung. Vernissage der nächsten. Sie hätte ungern auf diese Besuche verzichtet. Nicht auszuschließen, dass sie dort dem Mann mit dem blauen Sakko wieder über den Weg lief, selbst wenn er nicht in Berlin lebte. Aber er ordnete sie in der Mitte der Gesellschaft ein – im oberen Segment der Mitte – und brachte sie garantiert nicht mit den zweihundert Euro in Verbindung.

Als Jugendliche hatte sie ihrer Mutter hin und wieder Geld gestohlen. Damals hatte Isabel gerätselt, wie gut ihre Mutter die Summen an Bargeld, die sich zu Hause befanden – weitaus schlechter versteckt, als sie wahrscheinlich dachte –, im Kopf hatte. Isabel war zu dem Schluss gekommen, dass ihr der Überblick fehlte. Jetzt, in dieser Nacht auf den Dielen, Jahrzehnte später, wurde ihr klar, dass ihre Mutter vermutlich immer Bescheid gewusst hatte, bis auf den Pfennig genau. Sie hatte nur nichts gesagt,

Isabel nie auf die kleinen Diebstähle angesprochen, sondern sie unter den Teppich gekehrt, als wären sie nicht passiert.

Starb sie demnächst? Jetzt bald? Oder was hatte es sonst zu bedeuten, dass sie plötzlich an ihre *Mutter* dachte? Isabel dachte nie an sie. Nicht einmal Weihnachten oder an ihrem Geburtstag. Und genauso verhielt es sich mit dem Rest ihrer Familie. Sie hatte sie alle seit fast genau zehn Jahren nicht mehr gesehen, Mutter, Vater, Bruder. Sie rief sie nicht an, schrieb ihnen keine Weihnachts- oder Geburtstagsgrüße, schickte keine Fotos, E-Mails oder sonstigen Nachrichten. In sozialen Netzwerken, wo ihre Familie sie hätte auffinden können, verkehrte sie nicht. Zu viel Geschwätz. Ihre Familie bestand sicher darauf, dass Isabel ja »damit angefangen« und den Kontakt eingestellt habe. Das konnte sie sich lebhaft vorstellen, auch heute noch, nach zehn Jahren Funkstille, wie sie am Esstisch saßen oder vor dem Fernseher und sagten: »Wir haben damit ja nicht angefangen, sondern Isabel. Isabel war's.« Waren sie älter geworden? Davon war wohl auszugehen. Streng genommen wusste Isabel gar nicht, ob ihre Eltern noch lebten, aber falls dem nicht so war, hätte sie es wahrscheinlich auf irgendeinem Weg erfahren. Es hätte sie übrigens nicht im Mindesten gekratzt. Oder nur sehr wenig. Zehn Jahre zuvor, sie hatte mit Ende zwanzig gerade den x-ten Studiengang abgebrochen, war sie das letzte Mal bei ihnen zu Besuch gewesen. Unermüdlich hatten ihre Eltern auf sie eingeredet – was sie denn aus ihrem Leben zu ma-

chen gedenke, dass sie sich auf nichts fokussieren könne und kein Ziel habe, nie bei der Stange bleibe, egal,
worum es sich handelte, was nur mit ihr los sei, sie sei
doch keine fünfzehn mehr, sondern fast dreißig. Isabel war früher als geplant wieder abgereist und zurück
nach Berlin gefahren, am ersten Weihnachtstag, noch
vor dem opulenten Mittagessen, für das ihre Mutter
den ganzen Vormittag in der Küche gestanden hatte, und seitdem nie mehr dort aufgetaucht. Hatte sie
nicht mehr angerufen. Ihnen ihre neue Adresse nach
einem Umzug nicht mitgeteilt und auch alle weiteren
Adressen nicht. Im Laufe der Zeit hatte sie sich an
die Abwesenheit ihrer Familie gewöhnt. Sie vermisste
sie nicht. Vergaß sie allmählich. Und aus ihrem Leben
hatte sie immer noch nichts gemacht.

Hinten am Kopf ertastete Isabel eine klebrige Stelle, aber es war anstrengend, den Arm auch nur ein
kleines bisschen zu heben, und so gab sie es bald auf,
sie zu befühlen. Der erste überwältigende Schmerz
war inzwischen zu einem dauerhaft dumpfen geworden. In der Wohnung roch es seltsam, und Isabel
fragte sich, wie viel in ihrem Gehirn wohl verrutscht
war. Falsche Sinneswahrnehmungen und so weiter.
Sie sollte endlich an ihre Rente denken. Das kam
ihr alle paar Monate in den Sinn, und meistens vergaß sie es bald darauf wieder. Mit neununddreißig
dachte man nicht an die Rente. Es war ungewöhnlich ruhig. In der Katzbachstraße war es nie ruhig.
Außerdem war es so dunkel. Normalerweise drang
durch die beiden vergitterten Souterrainfenster, die

immer eine gewisse Knastatmosphäre vermittelten, das Licht der Autoscheinwerfer und der Laternen ins Innere. Jetzt war es verschwunden. Als hätte jemand die Helligkeit heruntergedreht, so weit, bis es komplett finster war.

3

Das Geräusch war hässlich und laut und fuhr ihr direkt in den Kopf. Im ersten Moment konnte Isabel es nicht einordnen, genauso wenig wie die Uhrzeit, den Tag oder wo sie war. Ihre Jacke hing halb über dem Bett, Schuhe und der Rest ihrer Kleidung waren davor verstreut. Sie schlug die Decke zurück, um zu sehen, was sie trug. Schlafanzug. Unter dem Schlafanzug noch ein Unterhemd. Offenbar hatte sie es nicht mehr geschafft, das Unterhemd auszuziehen. Schlafanzug und Bettwäsche waren ihr vertraut, demnach lag sie also in ihrem eigenen Bett.

Nach dieser Erkenntnis meldete sich der Kopfschmerz mit aller Macht zurück. Hinten brannte und pulsierte es, und als Isabel den Kopf bewegte, merkte sie, dass ihre Haare am Kissen festklebten. Die Erinnerung kam sehr verlangsamt und nur in Bruchstücken. Bücher. Hanteln. Kerzenleuchter. Der Kerzenleuchter aus Messing war übrigens ein Geschenk ihrer Mutter gewesen, damals, zum Einzug in ihre erste Berliner Wohnung. Lange her. Allem Anschein nach war Isabel irgendwann gestern Nacht vom Boden aufgestanden und in ihr Schlafzimmer gegangen, aber ihr fehlte jede Erinnerung daran.

Filmrisse waren ihr nicht unbekannt. An manchen Vormittagen ihres Lebens hatte sie sich beim Aufwachen verwundert gefragt, wie sie in der Nacht davor eigentlich unbeschadet nach Hause gekommen war. Flecken auf den Klamotten hatten sie begrüßt, bei denen sie sich nicht erklären konnte, woher sie stammten, manchmal auch kleinere Blessuren. Oder sie war gar nicht in ihrem eigenen Bett wach geworden. All das kannte Isabel, auch wenn es seit einigen Jahren nicht mehr oft vorkam. Aber gestern in der Galerie hatte sie gar nicht so viel Wein getrunken. Was war also mit ihrem Gedächtnis los?

Das hässliche Geräusch identifizierte sie erst jetzt. Es war nicht der Wecker, wie zuerst angenommen, sondern die Klingel. Jemand klingelte bei ihr Sturm. Offenbar schon eine ganze Weile. Isabel wollte sich aufsetzen, musste dazu aber erst ihre verklebten Haare vom Kopfkissen lösen. Heute war Samstag. Sie hatte frei. Oder hatte sie einen Termin bei Frau Baumann? Selbst wenn, nicht so schlimm. Elfriede Baumann brachte sowieso alle Uhrzeiten und Wochentage durcheinander, auch die Jahre und sogar Jahrzehnte. Hätte Isabel ihr erzählt, dass Willy Brandt letzten Monat im Warschauer Ghetto gekniet habe, der Mauerfall vorgestern passiert sei und 9/11 hingegen 1974, hätte Frau Baumann ihr das sofort geglaubt. Mit ihrem Sohn verhielt es sich leider anders. Klingelte Frau Baumanns Sohn bei ihr Sturm, weil Isabel einen Termin vergessen hatte?

Baumann junior würde anrufen und nicht zu ihr nach Hause kommen. Er war noch nie bei ihr zu Hause gewesen. Mit jemandem wie Isabel gab er sich nicht mehr als unbedingt nötig ab. Er würde sie in diesem jovialen Ton, aus dem in Wahrheit schlecht verhohlene Verachtung sprach, telefonisch an ihre Pflichten erinnern. Isabel hätte am liebsten abgewartet, bis die Person wieder verschwand, aber das Klingeln hörte nicht auf, sodass sie schließlich aufstand und zur Tür ging, ohne sich etwas über den Schlafanzug zu ziehen. Es war ausgerechnet der mit den Koalabären, der etwas kindlich wirkte. Sie öffnete die erste Tür, ging durch den kleinen Vorraum, der so winzig war, dass man sich darin kaum umdrehen konnte, und stieg die sieben Stufen nach oben. Hinter der oberen Tür lag kein Hausflur wie üblich, sondern unmittelbar die Straße. Feuchte, abgasgetränkte Oktoberluft und Autolärm drangen ins Innere, Laub wehte herein. Vor ihr auf dem Gehweg stand Ferdi, ihr Vermieter.

»Wie siehst du denn aus?«, sagte er. »Wohl gerade erst aus dem Bett gekommen?«

»Was willst du hier?«

»Das ist aber eine sehr unfreundliche Begrüßung. Ich dachte, du trinkst einen Kaffee mit mir.«

Isabel verstand ihn kaum, denn über die Katzbachstraße rauschte der stete Strom vorbeifahrender Autos. Sie trank nie Kaffee mit Ferdi, auch keinen Wein, grünen Tee, Bier oder sonst was. Aber er war ihr Vermieter, und sie konnte ihn schlecht abweisen. Dass ihr Vermieter an einem Samstagmorgen persönlich bei ihr auftauchte, war ein schlechtes Zeichen. Heute war doch Samstag? Sonst rief er Isabel an oder schrieb ihr eine Nachricht. Und auch das kam nur selten vor. Sie zahlte ihm jeden Monat pünktlich die Miete und hatte ansonsten fast nie mit ihm zu tun. Abgesehen natürlich von den paar Malen, als er sich eigenmächtig Zutritt zur Wohnung verschafft hatte, angeblich, um nach dem Rechten zu sehen. Deswegen hatte sie ja die Falle installiert. Bücher. Hanteln. Kerzenleuchter. Ihr Kopf tat weh.

Sie bemerkte erst jetzt die Papiertüte in Ferdis Hand, mit der er herumwedelte.

»Croissants«, sagte er. »Willst du noch länger im Schlafanzug hier draußen rumstehen? Irgendwie passt der nicht zu dir, Keppler. Zu niedlich, wenn du mich fragst. Komm schon, lass mich rein.«

Ferdi nannte sie nie Isabel, sondern immer nur Keppler. Was wollte er hier? Mit Croissants, als wären sie miteinander befreundet und würden ständig zusammen frühstücken. Er wollte ihr die Wohnung kündigen, weil er sie jetzt doch selbst brauchte, obwohl er immer das Gegenteil behauptet hatte, und die Croissants sollten diese Hiobsbotschaft ein wenig abmildern. Etwas anderes konnte sie sich nicht vorstellen. Sie traute Ferdi alles Schlechte zu. Isabel traute grundsätzlich allen alles Schlechte zu, Misstrauen war ihr Markenkern.

Ferdi folgte ihr in die Wohnung. »Wie sieht's denn hier aus, Keppler?«

Alles lag noch herum, die Bücher, die Hanteln, der Pflasterstein vom Mariannenplatz und der böse Kerzenleuchter.

»Ist hier jemand eingebrochen? In meine Wohnung? Jetzt sag schon!«

»Ja. Nein. Nicht so wichtig. Ist nichts passiert.«

»Was denn nun, ja oder nein? Und was hast du da eigentlich hinten am Kopf? Sieht ja fies aus.«

»Machst du dir neuerdings Sorgen um mich?«

»Ich mache mir um all meine Mitmenschen Sorgen.«

»Sicher.«

Er wedelte wieder mit der Brötchentüte. »Komm schon, Keppler, jetzt sei nicht so ein Muffel. Ich dachte, es könnte nicht schaden, an einem guten Vermieter-Mieter-Verhältnis zu arbeiten.«

Isabel war schon auf dem Weg zur Küchenecke, da ihr wohl nichts anderes übrig blieb, als ihm Kaffee anzubieten, den sie im Übrigen dringend selbst brauchte, aber Ferdi blieb stehen und begutachtete die Delle im Fußboden, die bei einem der ersten Testläufe mit der Falle entstanden war.

»Keppler, das geht doch nicht. Die schönen Dielen.«

»War schon drin.«

»Ach ja? Daran kann ich mich aber gar nicht erinnern. Du hast die Wohnung in einem Eins-a-Zustand übernommen, das möchte ich mal klarstellen.«

»Doch, ganz sicher, das war schon drin, als ich eingezogen bin, hast du wohl vergessen.«

»Und was ist das hier?« Ferdi kniete sich hin und kratzte an einem Farbfleck herum. »Und wonach riecht es hier eigentlich?«

Er meinte sicher das Terpentin. Isabel ließ seine Fragen unbeantwortet, füllte den Wasserkocher und stellte ihn an. Was blühte ihr jetzt? Eine Mieterhöhung? Wenn er mit der Absicht gekommen war, ihr zu kündigen, hätte er kaum so einen Vermieter-Mieter-Quatsch erzählt.

Während das Wasser kochte, ging sie ins Schlafzimmer, um sich anzuziehen. Sie schloss die Tür und betrachtete sich kurz im Spiegel. Ihr Kopf war nur hinten in Mitleidenschaft gezogen, vorne unversehrt. Auf dem Kopfkissen prangte ein Blutfleck.

Ferdis unangemeldeter Besuch überforderte sie. Isabel war zwar nie in der Stimmung, sich mit ihm zu unterhalten, aber heute schien es ihr nahezu unmöglich. Sie wollte allein sein, am liebsten wieder zurück ins Bett. Vielleicht brauchte sie einen Neurologen, irgendwen, der sich mit Gehirnen auskannte. Ferdi brauchte sie ganz sicher nicht.

Als sie sich am Küchentisch gegenübersaßen, sagte er: »Was ist eigentlich mit dir los? Hast du dich geprügelt?«

»Geprügelt? Wie kommst du denn darauf?«

»Na ja, zutrauen würde ich's dir. Und das da an deinem Kopf sieht echt übel aus.«

»Halb so wild.«

»Oder bist du überfallen worden? Nachts im Viktoriapark oder so?«

»Ich bin … ich habe mich gestoßen. Weiter nichts.«

»Gestoßen, so so. Das sagen sie alle.«

Isabel ging darauf nicht weiter ein. Sie stand auf, füllte ein Glas mit Wasser und schluckte eine Ibuprofen. Ferdi beobachtete sie.

»Mensch, Keppler, auf nüchternen Magen, das ist doch nicht gesund. Hier, iss was.«

Er schob die Tüte mit den Croissants zu ihr. Einen Moment sah er tatsächlich besorgt aus, und so tat Isabel ihm den Gefallen und aß eins zur Hälfte. Ohne Butter oder Marmelade, und einen Teller holte sie dafür auch nicht. Es fühlte sich so an, als bliebe es ihr im Hals stecken, ein großer, trockener Brocken, der sich nicht schlucken ließ und an dem sie gleich vor Ferdis Augen erstickte. Isabel hustete und trank Kaffee zum Nachspülen. Als sie die Tasse wieder hinstellen wollte, verfehlte sie den Tisch. Die Tasse landete auf dem Boden, ging zwar nicht zu Bruch, hinterließ aber einen Fleck.

»Oh, kleines Missgeschick«, sagte sie und hob die Tasse auf. Alles war so mühsam. Essen. Sprechen. Bücken. Ferdi.

Ferdi sah sie zweifelnd an. »Alles in Ordnung mit dir?«

»Ja, alles bestens.«

»Muss wohl wirklich eine lange Nacht gewesen sein. Du bist ja ganz schön neben der Spur. Na, hoffentlich hat es sich wenigstens gelohnt.« Ein lüsterner Ausdruck trat in Ferdis Gesicht, was Isabel ganz und gar unpassend und auch ein bisschen unappetitlich fand.

Alles war so mühsam, und jede unbedachte Bewegung verursachte eine Erschütterung ihres Kopfes. Was wollte Ferdi hier? Und was bezweckte er mit seiner scheinheiligen Freundlichkeit? Wollte er ihr doch schonend beibringen, dass sie ausziehen musste und ihr noch so und so viele Wochen blieben, um etwas Neues zu finden?

»Hör zu, du musst etwas für mich tun«, sagte er.

Was für mich tun. Meinte er damit: Pack deinen Kram, ich brauche die Wohnung selbst?

»Ach ja, muss ich?«

»Sagen wir mal so, es wäre nett von dir.«

Isabel fasste an die pochende Stelle am Hinterkopf. Eigentlich sollte Ferdis Kopf jetzt so aussehen, mit einem blutverkrusteten Loch darin, und nicht ihrer. Sie schwieg, wollte einen Moment Aufschub, wollte sich sammeln und gegen das wappnen, was folgte. Es konnte nichts Gutes sein.

»Ich meine, dir ist schon klar, dass der Vermieter hier keine Untervermietung erlaubt und dass ich mir deinetwegen ganz schön viel Ärger einhandeln könnte. Das ist dir doch klar, Keppler, oder?«

Isabel hatte nicht allzu viel mit Ferdi zu tun, aber jedes Mal, wenn sie ein paar Worte miteinander wechselten, brachte er genau das an. Er ließ sie nur aus Nettigkeit hier wohnen. Weil er so ein guter Mensch war. Ihre vorige Wohnung in Friedrichshain war in eine Eigentumswohnung umgewandelt worden. Alle anderen im Haus auch. Es stehe ihr frei, wurde Isabel damals mitgeteilt, die Wohnung selbst zu erwerben. Guter Witz. Sie hatte Friedrichshain hinter sich gelassen, wie sie das meiste in ihrem Leben irgendwann hinter sich ließ, Menschen, Jobs, Bindungen, Gefühle, ohne ein einziges Mal zurückzublicken.

»Wieso ausgerechnet ich?«, sagte sie. »Kennst du sonst niemanden?«

Sie hätte ihn natürlich zuerst fragen sollen, worum es sich überhaupt handelte. Alles im Zusammenhang mit der Wohnung – Kündigung, Mieterhöhung – war wohl vom Tisch, was sie für einen Moment unendlich erleichterte. Die Wohnung war nicht schön und außerdem fast unerträglich laut, aber zum ersten Mal seit Langem hatte Isabel hier ein Gefühl von Zuhause. Die Erleichterung hielt jedoch nicht lange an. Sie konnte sich bei Ferdi nur etwas Unangenehmes vorstellen. Oder etwas immens Zeitraubendes. Warum sonst sollte er sie bitten, statt es selbst zu erledigen? Ihr fiel nichts ein. Gar nichts. Entweder fehlte ihr die Fantasie oder sie war doch angeschlagener, als sie dachte. Ferdi hatte sie noch nie um etwas gebeten – abgesehen von einer Mieterhöhung nach sechs Monaten, »das musst du doch verstehen« –, und im Grunde kannte sie ihn gar nicht. Dabei sollte es nach Möglichkeit auch bleiben. Dass er an ihr interessiert war, schloss Isabel aus. Dagegen sprach auch, dass er sie stets mit ihrem Nachnamen anredete. Es sei denn, hierbei handelte es sich um eine besondere Form des erotischen Werbens. Soweit sie wusste, hatte er eine Freundin, die er vergötterte. Nein, Ferdi war nicht an ihr interessiert.

»Willst du gar nicht wissen, worum es geht?«

»Nein.«

»Ha ha, lustig. Du bist wirklich lustig. Also pass auf, ich erklär's dir. Ist ganz einfach.«

An Ferdis Kinn klebten fettige Croissantkrümel und auch ein bisschen gelbe Marmelade, die sie für ihn aus dem Schrank geholt hatte, um sich als gute Gastgeberin zu erweisen. In Wahrheit wollte sie weder eine gute Gastgeberin sein noch ihm einen Gefallen tun. Sie wollte, dass er wieder verschwand. Er war kein ganz übler Kerl, die meisten Leute fanden ihn sogar sympathisch – sie nicht –, aber seine Anwesenheit war ihr lästig. Den nun folgenden Erklärungen, wobei und warum er ihre Hilfe benötige, hörte sie nicht richtig zu. Sie starrte auf die Marmelade an seinem Kinn und versuchte, in ihren Kopf hineinzuhorchen. Ferdi sagte immerzu: »Das verstehst du doch? Ich kann mich unmöglich selbst darum kümmern. Das verstehst du doch, oder?« Isabel verstand es zwar nicht, nickte aber zu allem. Zu heftiges Nicken tat auch weh.

»Und wieso fragst du ausgerechnet mich?«

Die Frage erübrigte sich. Mit ihren zweieinhalb schlecht bezahlten Jobs konnte sie sich keine andere Wohnung leisten. Der Scheißkerl hatte sie in der Hand und wusste das wahrscheinlich sehr gut.

»Um ehrlich zu sein, Keppler, du bist nicht gerade die Freundlichkeit in Person. Ich glaube, dich mag auch keiner. Kann das sein? Aber du machst immer so einen coolen Eindruck. Irgendwie … abgebrüht. Unerschrocken. Ich dachte, wenn jemand das hinkriegt, dann Keppler. Und ich habe eine verdammt gute Intuition. Hatte ich schon immer. Wobei das kein bisschen schwierig ist oder so, nicht, dass du mich falsch verstehst. Du musst eigentlich gar nicht viel machen.«

Er versicherte ihr, dass es völlig harmlos sei. Nichts weiter als eine Art Recherche. Dann holte er sein Portemonnaie aus der Hosentasche, zog fünfhundert Euro in Fünfzigern heraus und legte sie auf den Tisch. »Wie ich schon sagte, es kostet vierhundertneunzig. Stolzer Preis, was?« Angesichts der zehn Euro Trinkgeld hielt er sich wahrscheinlich für besonders großzügig. »Ich habe dich auch schon angemeldet. Du zahlst das Geld dann beim ersten Treffen. Wir sind uns jetzt einig, oder? Schön. Sehr schön. Sag mal, was ist eigentlich in dem kleinen Zimmer?« Er deutete zu der geschlossenen Tür.

»Abstellkammer.«

Was sollte die blöde Frage? Ferdi war doch schon allein in ihrer Wohnung gewesen. Und bei diesen Gelegenheiten hatte er ganz sicher überall herumgeschnüffelt, auch in dem winzigen Raum, fensterlos und tatsächlich kaum größer als eine Abstellkammer.

Er stand auf, und Isabel hoffte, dass er sich endlich verabschiedete, aber stattdessen trat er mit einem albern verzückten Gesicht, als wäre er ungefähr drei Jahre alt, an den Hamsterkäfig. Godzilla, dessen Existenz Isabel heute zum ersten Mal zur Kenntnis nahm, hockte vor seinem Futternapf. Um diese Tageszeit ließ er sich selten blicken. Sein Rhythmus war offenbar auch durcheinandergeraten.

»Echt süß«, sagte Ferdi.

»Ach, findest du? Du kannst ihn haben. Willst du ihn gleich mitnehmen?«

»Nein, das geht nicht, leider. Meine Tierhaarallergie. Weißt du doch.«

Wusste sie nicht. Interessierte sie auch nicht.

»Ich dachte schon, du hättest ihn abgemurkst. Zuzutrauen wär's dir ja. Dass ausgerechnet du ein Haustier hast. Und dann auch noch so eins. Passt irgendwie gar nicht zu dir. Na dann. Du hältst mich auf dem Laufenden?«

»Ja, klar.«

Und endlich, endlich ging er.

Als Erstes wusch Isabel Ferdis Kaffeetasse, sein Messer und seinen Teller ab. Die Geldscheine ließ sie auf dem Küchentisch liegen. Sie gehörten ihr nicht. Sie gehörten ihr nicht, und sie wollte auf keinen Fall tun, worum er sie gebeten hatte, wollte nicht mal darüber nachdenken. Galt es für ihn schon als Zusage, dass sie das Geld nicht zurückgewiesen hatte? Sie würde nächste Woche nach Lichtenberg fahren, wo er wohnte, und ihm die fünfhundert Euro bringen. »Lichtenberg ist das neue Friedrichshain«, sagte er gern. Sie würde das Geld in der Zwischenzeit auch für nichts anderes ausgeben, nein, das würde sie nicht, sie würde sich wirklich beherrschen. Irgendeine Ausrede, warum es ihr nicht möglich war, seine Bitte zu erfüllen, fiele ihr schon ein. Sie stopfte den Pflasterstein vom Mariannenplatz in den Müll, Schluss mit sentimentalen Erinnerungen, die Bücher ins Regal. Darunter befand sich eine Grammatik fürs Mittelhochdeutsche. Germanistik hatte Isabel auch einige Semester belegt. Damals studierten all diejenigen Germanistik, die sonst nichts mit sich anzufangen wussten und BWL oder Jura abstoßend fanden. Die Hanteln schob Isabel unter das Bett, den Draht, ihre großartige Falle, rollte sie zusammen und legte ihn in eine halbwegs freie Küchenschublade. Anschließend stieg sie auf ihre kleine Leiter und holte alle Kartons vom Schrank neben der Eingangstür, zerlegte sie und brachte sie in den Hof zum Papiermüll. Den Kerzenleuchter aus Messing trug sie ein paar Häuser weiter und stellte ihn in einen Hauseingang. In Kreuzberg landete vieles von dem, was niemand mehr haben wollte, im Hauseingang. Ein alter Mann, der vorbeiging, sagte: »Einfach hier Müll abladen oder was? So geht das aber nicht. Ich rufe das Ordnungsamt an!« Isabel zeigte ihm den Mittelfinger und ihr bösestes Gesicht, wofür sie sich selbst mit einem möglichen Schädel-Hirn-Trauma nicht besonders anstrengen musste, und trat wuchtig in seine Richtung. Dabei geriet sie leicht ins Schwanken, aber es wirkte, er zog ohne weitere Bemerkungen ab.

Um Ferdi abzuschrecken, musste sie sich etwas Neues überlegen, von herunterfallenden Gegenständen hatte sie genug. Vielleicht doch Strom? Oder sie ließ das mit der Falle ganz. Von Ferdis Besuch und vom Aufräumen war Isabel so erschöpft, dass sie sich danach aufs Bett legte und wieder einschlief.

4

Das Geräusch war hässlich und laut und fuhr ihr direkt in den Kopf. Im ersten Moment konnte Isabel es nicht einordnen, genauso wenig wie die Uhrzeit, den Tag oder wo sie war.

Aber diesmal brauchte sie nicht ganz so lange, um sich zu orientieren. Bett. Kopf. Gelbe Marmelade. Ferdi. Die Klingel. Hatte Ferdi etwas vergessen? Wollte er ihr noch mehr aufhalsen? Oder – das wäre Isabel am liebsten gewesen – hatte er es sich anders überlegt und kam, um seine fünfhundert Euro zurückzuholen?

Ihre Haare klebten nicht mehr am Kopfkissen fest. Eindeutig eine Verbesserung. Und statt des Bärenschlafanzugs trug sie normale Kleidung. Die von gestern, die sie zur Vernissage angezogen hatte und die jetzt nicht mehr elegant aussah, sondern zerknittert, mitgenommen und billig. Isabel war wieder dort angekommen, wohin sie gehörte.

Oben auf der Katzbachstraße vor der Tür zu ihrer Wohnung stand Babs.

»Hi, du Gestörte. Ich dachte, ich komme mal vorbei. Machst du mir einen Kaffee?«

Gestörte, so nannte Babs sie oft. Es war einerseits ernst gemeint, andererseits ihr besonderes Zeichen von Zuneigung. Babs kam öfter »mal vorbei«, was Isabel fast nie recht war, aber sie hatte es schon vor Jahren aufgegeben, sich dagegen zu wehren. Es nützte sowieso nichts. Babs ließ sich nicht davon abbringen, egal, wie unfreundlich und schroff Isabel sie auch behandelte. Manchmal hatte sie den Eindruck, ein Langzeitexperiment zu leiten – wie viel ließ Babs sich bieten, bevor sie Isabel die Freundschaft kündigte. Verband sie überhaupt eine Freundschaft? Eher nicht. Wobei Isabel ganz sicher keine Expertin für Freundschaften war. »Dich mag keiner« – hatte Ferdi das nicht gesagt? Er lag damit vollkommen richtig. Isabel ihrerseits konnte auch niemanden leiden. Mit Ausnahme von Babs. Vielleicht. Ein bisschen. Zumindest hielt sie Babs im Unterschied zu den meisten anderen einigermaßen aus, und das hieß schon etwas. Heute allerdings nicht. Heute wollte sie allein sein, zurück ins Bett und schlafen. Den Gedanken, zur Notaufnahme ins Urban-Krankenhaus zu gehen, hatte sie längst wieder verworfen. Sie hätte dort stundenlang auf einem unbequemen Stuhl neben hysterischen und laut krakeelenden Leuten warten müssen, und angesichts dieser deprimierenden Aussicht war sie zu dem Schluss gekommen, dass ihr nichts fehlte.

Es war viel zu mühsam, sie vor der Tür abzuwimmeln, heute war alles zu mühsam, also fügte Isabel sich in ihr Schicksal und ließ Babs eintreten. Kurz bevor sie sich umdrehte, um ihr zu folgen und die sieben Stufen wieder nach unten zu steigen, sah sie auf der gegenüberliegenden Straßenseite, ungefähr an der Bushaltestelle, den Mann, dem sie manchmal im Park begegnete und den sie sich gemerkt hatte. Der Eichhörnchenfütterer. Er wirkte nicht wie jemand, der Eichhörnchen fütterte, aber Isabel hatte ihn schon dabei beobachtet. Jetzt stand er einfach nur da und blickte über die Straße direkt in ihre Richtung. Oder täuschte sie sich? Ein Lkw schob sich zwischen sie, und nachdem er vorbeigefahren war, war der Mann verschwunden.

»Was ist denn mit dir passiert?«, fragte Babs.

»Nichts. Wieso?«

»Na, da, an deinem Kopf. Bist du mit jemand aneinandergeraten?«

»Quatsch.«

Isabels Kopfschmerzen kamen eindeutig nicht vom Weißwein gestern Abend. Irgendetwas ging in ihr vor sich. Sollte sie Babs bitten, sie zur Notaufnahme zu begleiten? Nein, besser nicht. Sie hatte nicht die geringste Lust, ihr von dem peinlichen Missgeschick zu berichten.

Alles fing wieder von vorne an. Kaffee. Küchentisch. Reden. Was fanden die Leute bloß an diesem ständigen Reden, Reden, Reden? Inzwischen war es Nachmittag, fast drei, wie Isabel mit Blick auf die Küchenuhr sah. Sie hatte, nachdem Ferdi gegangen war, rund vier Stunden geschlafen. An sich genug. Trotzdem sehnte sie sich danach, den weiteren Tag zu verschlafen und die folgende Nacht dazu, am besten den Rest ihres Lebens.

»Willst dich wohl nicht unterhalten, was?«, sagte Babs, als sie vor ihren Kaffeetassen saßen. »Na, kennt man ja von dir.«

Babs blieb auch dann noch, wenn sie augenscheinlich unerwünscht war. Entweder hatte sie ein besonders dickes Fell oder sie bekam es nicht mit – schwer zu glauben – oder sie stand darauf, schlecht behandelt zu werden. Isabel war bis heute nicht dahintergekommen, dachte aber auch nicht allzu viel darüber nach.

Sie musste sich gar nicht um ein Gespräch bemühen, worin sie auch an besseren Tagen keine Meisterin war, denn Babs begann zu reden und hörte nicht mehr auf. Wie meistens klagte sie über die Markthalle und ihren Chef. In der Markthalle am Marheinekeplatz frittierte Babs überteuerte Pommes und briet Bio-Currywürste. Sie hasste es, zumindest behauptete sie das, und roch immer ein wenig nach altem Fett, selbst wenn sie nach der Arbeit geduscht und die Kleidung gewechselt hatte. Bei einem ähnlichen Job hatten sie sich auch kennengelernt, vor mehr als fünfzehn Jahren, als Isabel noch so getan hatte, als würde sie eifrig studieren. Lange her. Hatte sie das eigentlich wirklich selbst geglaubt? Sie konnte sich nicht mehr erinnern. Babs war die einzige Konstante in ihrem Leben und vermutlich der einzige Mensch, der Isabel zur Notaufnahme gebracht hätte.

Babs deutete zu den Scheinen auf dem Küchentisch. »Warum liegt bei dir so viel Geld rum?«

Isabels Denken vollzog sich immer noch träge und schleppend, und während sie überlegte, ob sie auf diese Frage antworten sollte, und wenn ja, wie, klingelte das Telefon. Festnetz, auf dem sie fast nie jemand anrief. Sie wollte es zuerst nicht beachten, sah dann aber doch auf die angezeigte Nummer. Frau Baumanns Sohn. Ihn konnte sie nicht ignorieren.

»Ich grüße Sie. Ich hoffe, es geht Ihnen gut.« Seine scheinheilige Freundlichkeit machte Isabel jedes Mal aggressiv. »Weshalb ich anrufe – ich bräuchte morgen Ihre Dienste. Das können Sie ja sicher einrichten. Morgen gegen Mittag, um zwölf oder halb eins. Dann können Sie noch ausschlafen.«

Matthias Baumann lachte gönnerhaft, als hätte er ihr ein großartiges Geschenk gemacht. Er fragte sie nicht, ob sie Zeit hatte, morgen war immerhin Sonntag, keine Entschuldigung, weil es so kurzfristig kam, und einen Wochenendaufschlag erwähnte er natürlich auch nicht. Baumann junior ging davon aus, dass Isabel verfügbar war. Immer. Er habe seine Familie vernachlässigt, sagte er, so viel Arbeit in den letzten Wochen. Soweit Isabel wusste, bestand seine Arbeit im Wesentlichen daraus, unrentable Betriebe zu *verschlanken*. Ob er bei deren Mitarbeitern auch diese widerliche Freundlichkeit an den Tag legte? Falls er sich überhaupt herabließ, mit ihnen zu sprechen. Für morgen habe er einen Ausflug mit seiner Familie geplant, sagte er. Seine Mutter rechnete er offenbar nicht dazu. Stattdessen geriet er wieder über seine beiden kleinen Töchter ins Schwärmen, seine *Augensterne*. Isabel hatte sie ein paar Mal zu Gesicht bekommen. Zwei Albträume in Rosa und Pink.

»Sie kommen dann also um zwölf und bleiben bis zum Nachmittag. An diese Zeiten ist meine Mutter sonntags gewöhnt. Ich wünsche Ihnen noch einen schönen Tag!«

Du mich auch. Isabel bezweifelte, dass Elfriede Baumann noch an irgendetwas gewöhnt war, geschweige denn den Überblick über Wochentage und Uhrzeiten behielt.

»Musst du wieder zu der alten Schachtel?«, fragte Babs.

»Ja, morgen.«

»Ach, ist doch leicht verdientes Geld. Reißt du auf einer Arschbacke ab. Was machst du eigentlich immer mit der? Mau-Mau spielen? Ich finde das total lustig, dass du einmal die Woche zu deiner Alten gehst.«

»Zweimal.«

»Was?«

»Meistens fahre ich zweimal pro Woche zu ihr.«

»Okay, also zweimal die Woche. Was ich aber eigentlich sagen wollte – ausgerechnet du. Ich meine, du bist doch kein bisschen …«

»Kein bisschen was?«

»Na ja, so eine, die Süppchen kocht und sich Gebrabbel anhört und Händchen hält und so. Ich könnte mich ausschütten, wenn ich mir das vorstelle. Nimmst du mich mal mit zu ihr? Mau-Mau geht ja auch zu dritt. Oder verarschst du mich und machst in der Zeit was ganz anderes? Obwohl ich ja schon denke, dass du mir immer die Wahrheit sagst. Machen wir heute Abend was zusammen? Bierchen trinken?

Und vorher könnten wir was essen gehen. Fänd ich gut, wenn mir mal zur Abwechslung jemand was zu essen macht und ich nicht die Scheißwürste braten muss, das kotzt mich so an. Ist doch eine gute Idee, was meinst du?«

Essen gehen. Außer dem Croissant am Morgen hatte Isabel noch gar nichts gegessen, wie ihr jetzt einfiel, aber sie verspürte keinerlei Hunger. Babs lag falsch. Frau Baumann bedeutete nicht wirklich leicht verdientes Geld, und Isabel verfluchte es oft, in dieses Arrangement hineingeraten zu sein. Am besten, sie beendete es einfach. Gleich morgen. Sie würde morgen einfach nicht hinfahren. Dann hätte sie allerdings Baumann junior am Hals, der sie ständig anrufen würde. Würde er es überhaupt mitbekommen? Konnte sie ihm nicht sagen, ja, ich war gestern bei Ihrer Mutter, sie war nicht gut beieinander, und weiter den Lohn einstreichen, eine Weile zumindest?

Isabel nahm die Geldscheine vom Tisch und legte sie in eine Schublade, damit sie aus Babs' Sichtfeld verschwanden. Allerdings fühlte sich das so an, wie einen nicht mehr kündbaren Vertrag zu unterschreiben, in dem sie sich verpflichtete, Ferdis Bitte nachzukommen. Scheiß drauf. Sollte er sich doch selbst um seinen Kram kümmern. Sie war ihm nichts schuldig.

»Ich muss früh schlafen«, sagte sie. »Heute kein Bier.«

»Du gehst doch nie früh schlafen.«

»Heute schon.«

Babs sollte an Zurückweisung gewöhnt sein, aber es war bereits die zweite Abfuhr innerhalb kürzester

Zeit, und die Enttäuschung war ihr jetzt anzusehen. Vorgestern und gestern hatte sie Isabel angebettelt, sie zur Ausstellungseröffnung begleiten zu dürfen. Sie hatte einfach nicht lockergelassen, nimm mich mit, ach, warum nimmst du mich nicht mit. Isabel war eisern geblieben. Sie hatte sie noch nie zu solchen Anlässen mitgenommen und wusste gar nicht, wie sie plötzlich auf diese Idee kam. Babs in einer Galerie? Kunst war einfach nichts für sie. Wenn sie so weitermachte, wäre sie eines Tages auch Babs los. Und wenn schon. Mit ihrer Anhänglichkeit ging sie Isabel sowieso oft auf die Nerven, manchmal kam es ihr so vor, als wären sie keine erwachsenen Frauen, sondern Grundschulfreundinnen. Abgesehen davon, dass Grundschülerinnen in der Regel keine Joints miteinander rauchten, sich nicht nachts draußen herumtrieben und in Bars literweise Bier in sich hineinschütteten.

Ihr war nicht gut. Gar nicht gut. Sie ging ins Bad, kniete sich vor die Kloschüssel und wartete auf das Kotzen. Kam aber nichts. Da sie schon einmal kniete, sprach sie ein stilles Gebet, dass Babs bald verschwinden möge, obwohl Beten eigentlich nichts für sie war, da es sowieso nichts brachte. Isabel betete, wenn überhaupt, höchstens zu einem Fünfzig-Euro-Schein oder einem Hundert-Euro-Schein oder zur Veuve Clicquot. Anschließend betrachtete sie sich im Spiegel. Das eine Ohr, seit wann stand es eigentlich ein bisschen ab? Seltsam. Eine solche Asymmetrie war ganz neu. Mit neununddreißig war man doch nicht plötzlich ganz neu, im Gegenteil. Das musste sie unbedingt weiter beobachten. Aber nicht jetzt. Später, wenn Babs endlich gegangen war. Oder morgen. Sie wusch sich die Hände, wollte nach dem Abtrocknen das Handtuch zurück an den Haken hängen und traf ihn nicht. Das Handtuch fiel zu Boden. Erst die Tasse, jetzt das Handtuch. Isabel war eindeutig nicht in Bestform. Neulich hatte sie eine kleine Depression gepflegt, die sich ganz ähnlich angefühlt hatte. Zu gar nichts Lust. Nicht einmal zum Ausgehen. Nur schlafen. Leben vorbei. Kein Interesse, das winzige fensterlose Zimmer zu betreten, das sie Ferdi gegenüber Abstellkammer genannt hatte. Es blieb tagelang zugesperrt. Die kleine Depression war dann nach einer Weile wieder von selbst weggegangen. Diesmal war es sicher genauso.

5

Die Rosen müssen geschnitten werden. Warum sieht das denn keiner? Das kann ich doch nicht auch noch machen, ich bitte dich. Ich habe schon so viel um die Ohren, ich weiß nicht, wo mir der Kopf steht. Dieser Lothar taugt einfach nichts. Oder heißt er Ludger? Woher soll ich das auch wissen, er hat sich mir ja nicht vorgestellt. Hält er wohl nicht für nötig. Er hat es nur auf das Geld abgesehen, das sieht man doch gleich. Macht sich einen faulen Lenz. Dem kann man nicht trauen, ich sag's dir. Du wirst noch an meine Worte denken. Herrgott, warum merkt denn keiner außer mir, dass die Rosen leiden? Du musst etwas tun, ich bitte dich!«

So ging es schon die ganze Zeit, seit Isabel die Wohnung betreten und Elfriede Baumann auf ihrem Fernsehsessel vorgefunden hatte, heute in diesem weinerlichen Jammerton, den sie manchmal an den Tag legte und der kaum auszuhalten war. Elfriede wechselte ständig zwischen Sie und Du. Geduzt zu werden, störte Isabel nicht weiter. Aber welche Rosen meinte sie? Auf dem kleinen Balkon hatte Isabel noch nie welche gesehen. Und auch ringsherum, vor dem Haus oder im Hof, gab es keine. Ganz zu schweigen von einem Lothar oder Ludger. Im Grunde war das aber auch egal. Elfriede hätte es selbst bald wieder vergessen.

Als Erstes war Isabel ihr listiger, verschlagener Blick aufgefallen, der im Widerspruch zu den Beschreibungen ihres Sohnes stand. Ihr Sohn betonte immer ihre Sanftmut und Güte. Das lag nun zwei Jahre zurück, so lange leistete Isabel schon ihren eigenartigen Dienst an Frau Baumann ab, für den es keine passende Bezeichnung zu geben schien. Die unerschrockene Isabel hatte sich eingestehen müssen, dass sie sich vor diesem Blick fürchtete, nur ein bisschen zwar, aber er war ihr nicht geheuer. Sie hatte überlegt, wie viel Geld dabei heraussprang und ob es sich überhaupt lohnte und, vor allem, ob von ihr erwartet wurde, irgendwelche ekelhaften Tätigkeiten zu verrichten, die sie sich lieber nicht genauer ausmalen wollte und die mit Ausscheidungen zu tun hatten. Doch Matthias Baumann hatte ihr versichert, das sei nicht ihre Aufgabe. Er war ein Mensch, der immer bekam, was er wollte, und so hielt er die Sache bereits für besiegelt, als sie zwei Jahre zuvor zu dritt in Frau Baumanns Wohnzimmer in Friedenau saßen und Kaffee aus altmodischen dünnen Tassen mit den passenden Untertassen tranken. Das einzige Mal übrigens, dass sie zu dritt aufeinandertrafen. Baumann junior hatte sie ja angeheuert, um sich selbst so selten wie möglich in der Mutterwohnung in Friedenau blicken lassen zu müssen. An diesem Tag tanzte der Staub wild in der Sonne und lag in dicken Schichten auf Schränken und Kommoden. Irgendwo roch es faulig. Vielleicht verdorbene Lebensmittel. Von all dem schien Matthias Baumann nichts zu bemerken, auch nicht von den Blicken seiner Mutter oder ihrem nervösen Tic. Sie leckte sich dauernd über die Lippen und ließ anschließend die Zunge weit heraushängen. Wie Isabel auffiel, immer nur dann, wenn ihr Sohn nicht hinsah. Ihre Zunge kam Isabel ungewöhnlich lang vor. Sie reichte ihr bis ans Kinn.

Sie würde schon mit ihr fertigwerden, beschloss sie an diesem Nachmittag. Das konnte ja nicht so schwer sein. Außerdem wäre sie künftig allein mit Frau Baumann, und was sie dann mit dieser alten Frau veranstaltete, die ihr die Zunge herausstreckte, entzog sich jeder Kontrolle. Ihr würde schon etwas einfallen.

Matthias Baumann und Isabel wurden sich noch am selben Tag einig. Seine Mutter wurde dazu nicht befragt. Er legte Isabel die Hand auf die Schulter, hatte es sehr eilig und schien froh, als er die Wohnung endlich verlassen konnte.

Gesellschafterin, vielleicht war das das richtige Wort für ihre Tätigkeit. Isabel leistete Elfriede Baumann ein oder zwei Mal in der Woche ein bisschen Gesellschaft. So deutlich hatte ihr Sohn es zwar nicht gesagt, aber er bezahlte Isabel dafür, dass sie so tat, als wäre sie eine verstorbene Freundin seiner Mutter oder eine längst weggezogene oder ebenfalls schon verstorbene Nachbarin oder, diese Möglichkeit bestand auch, irgendeine Person aus Elfriedes Fantasie, die mal so und mal anders hießen.

Heute war der Gisela-Tag.

»Gisela, ist es nicht langsam Zeit für das Mittagessen? Ich bin ja geduldig, das weißt du, ich habe eine Engelsgeduld, darüber machen sich doch immer alle lustig, aber jetzt reicht es. Ich muss wirklich strenger mit dir sein. Soll ich mich schon mal an den Esstisch setzen? Ach Gott, der ist ja noch gar nicht gedeckt. Nimm doch heute bitte das gute Service.«

»Mittagessen gab's schon«, behauptete Isabel. »Sie sind ganz satt.«

Elfriede sah sie zweifelnd an und schien nicht überzeugt, und Isabel fragte sich, wie lange sie ihr wohl weismachen konnte, gar nicht mehr hungrig zu sein. Hunger war so elementar, dass sich hierbei sicher auch ein wirrer Geist nicht belügen ließ.

»Satt?«

»Ja, vorhin haben Sie doch gesagt, heute schaffen Sie nicht mal Nachtisch.«

»Ich bin so satt, ich mag kein Blatt.«

»Genau, das haben Sie gesagt.«

Isabel kochte nicht für Elfriede Baumann. Niemals. Schon aus Prinzip nicht. Angeblich war sie dazu selbst in der Lage, zumindest behauptete das ihr Sohn. »Meine Mutter ist noch völlig selbstständig. Sie fühlt sich nur manchmal ein bisschen einsam.« Die Leistungen, die sie erbrachte, bestanden daraus, sich das unzusammenhängende Zeug anzuhören, das Elfriede von sich gab und nur sie allein verstand, und manchmal für sie einzukaufen. Nicht aus Zuneigung, sondern ausschließlich des Geldes wegen. Wenn Elfriede auf ihrem Sessel saß und redete, so wie jetzt, nickte Isabel hin und wieder oder brummte bestätigende Laute. Es war auch schon vorgekommen, dass sie kurz weggedämmert war, und beim Aufwachen hatte Elfriede immer noch geredet.

Sie erzählte die Geschichte schon länger, genau genommen seit zwei Jahren. Falls es überhaupt eine einzige, große, zusammenhängende Geschichte war – danach sah es nicht aus – und nicht bloß Fetzen vieler kleiner. Das Ganze hatte keinen Anfang und bislang auch kein Ende, weder eine erkennbare Struktur oder guten Aufbau, noch war es auch nur annähernd mitreißend. Über die beteiligten Personen herrschte ebenfalls Unklarheit, weil sie ständig wechselten oder neue hinzukamen, die dann später aber keine Erwähnung mehr fanden. Vielleicht war das eine Art verrückter *stream of consciousness*.

Isabel glaubte, Magenknurren aus Richtung des Fernsehsessels zu hören. Elfriede blickte vor sich hin und klagte nicht mehr. Dafür klagte es jetzt wohl in ihrem Bauch. Sie hielt mit beiden Händen dieses kindische Stofftier auf ihrem Schoß fest umklammert, ein hellbrauner Hase. Erbarmenswert, wenn eine erwachsene, eine sozusagen übererwachsene, Frau mit einem Plüschtier kuschelte. Letzten Sommer hatte Isabel sie probehalber ausgesperrt – nur um zu sehen, was dann passierte. Sie hatte, als Elfriede auf dem Balkon saß, die Tür von innen verschlossen, sich in die Küche gesetzt und eine Weile gelesen. Erstaunlicherweise war gar nichts passiert. Im Winter wäre das Ganze sicher viel interessanter gewesen. Isabel hatte mit Tränen gerechnet, vielleicht auch mit Wut oder sogar mit einer vor Wut eingeschlagenen Scheibe, aber nichts dergleichen war eingetreten. Eine halbe Stunde später saß Elfriede noch genauso da wie zuvor.

Am Morgen hatte Isabel es verflucht, nach Friedenau fahren zu müssen, auch wenn sie nicht behaupten konnte, dass ihr die Zeit dafür fehlte. Sie hatte nichts vor. Keine Verabredung. Kein Ausflug. Womit beschäftigten sich normale Leute an einem Sonntag? Ohne den Termin hätte Isabel sich wahrscheinlich schon vormittags vor den Fernseher gesetzt. Oder sich im Internet lauter schöne Dinge angesehen, die sie sich nicht leisten konnte. Ein Hobby von ihr. Die Kopfschmerzen hatten über Nacht nachgelassen, waren aber immer noch präsent. Isabel hatte so lange an der verschorften Wunde herumgekratzt, bis sie wieder zu bluten begann, und später, als sie aufbrechen musste, eine Mütze aufgesetzt, damit sie draußen niemand schief ansah. Für die S1 nach Friedenau hatte sie aus einem Gefühl heraus einen Fahrschein gelöst, was sie nur selten für nötig hielt. Doch sie wurde nicht kontrolliert, worüber sie sich maßlos ärgerte. Offenbar konnte sie auf ihre Gefühle nichts mehr geben. In der S-Bahn bemerkte sie, dass der Wollstoff an Haaren und Wunde klebte, weshalb sie die Mütze auch in der Wohnung aufbehielt, was Elfriede nicht zu irritieren schien.

Heute war also der Gisela-Tag. Wer immer diese Gisela war und warum sie Verantwortung für Elfriedes Mittagessen trug. Ihr Name war schon öfter gefallen, und Isabel hatte Matthias Baumann nach ihr gefragt. Ihm war keine Gisela bekannt, aber Isabel hatte ohnehin nicht den Eindruck, als interessierte er sich sonderlich für das Leben seiner Mutter, weder für das vergangene noch das gegenwärtige. Manchmal war Isabel die ominöse Gisela, manchmal Frau Baumanns Schwester. Oder waren Gisela und die Schwester ein- und dieselbe Person? Die Schwester hieß jedoch Waltraud, soweit Isabel wusste, und war seit mindestens zehn Jahren tot. Ein oder zwei Mal hatte Elfriede sie »Fräulein Brettschneider« genannt, mit flackernder Angst in den Augen. Wie sich herausstellte – zumindest reimte Isabel sich das so zusammen –, handelte es sich bei Fräulein Brettschneider um eine Lehrerin.

Abgesehen von dem Kuchen, den sie hin und wieder vom Einkauf mitbrachte, wusste sie nichts über Elfriedes Ernährung. Wäre sie verhungert, hätte es Isabel nicht im Mindesten berührt. Allerdings wäre damit eine Einnahmequelle weggefallen, auch wenn sie keine Reichtümer bescherte, und vermutlich hätte es ein lästiges Gespräch mit Baumann junior nach sich gezogen, in dem sie beide ihr Bedauern heuchelten. Heucheln war anstrengend und widerlich. Also besser nicht verhungern lassen.

Sie ging in die Küche, stöberte in den Schränken herum und fand eine Dose Hühnersuppe mit Nudeln. Haltbarkeitsdatum erst zwei Monate überschritten. Galt das Erhitzen einer Dose Suppe bereits als Kochen? Ja, irgendwie schon. Aber vielleicht machte Isabel heute eine Ausnahme. Sonst fanden ihre Besuche meist später am Tag statt, auch ein Grund, warum sie Elfriedes Mittagessengewohnheiten nicht kannte. Möglicherweise ließ ihr Sohn sie ja beliefern, von einer Gisela, und hatte nie etwas davon erzählt. Isabel sprach ohnehin nur das Nötigste mit ihm. Sie öffnete weitere Schubladen und Schränke, entdeckte ein altes Portemonnaie, leider ohne Geld, und eine altmodische Brosche. Kurz überlegte sie, die Brosche einzustecken, aber sie wusste gar nicht, was sie damit anfangen sollte. Sie hatte keine Lust, irgendwelchen Plunder bei ebay zu verscherbeln, womit andere Leute ja ihr halbes Leben verbrachten.

Während sie die Suppe auf dem Herd beaufsichtigte und manchmal umrührte, tat Isabel sich sehr leid. Das gestattete sie sich nur selten. Doch an diesem Sonntag in Elfriedes Küche sah sie alles ganz klar vor sich: Sie war neununddreißig, also fast tot, hatte nie eine Ausbildung zu Ende gebracht, lungerte im Leben herum und konnte sich mit ihren schlecht bezahlten Jobs nur Ferdis schäbiges Souterrain leisten. Sie fand, dass ihr mehr zustand, viel mehr. Ferdi vermittelte ihr das Gefühl, ihm auf ewig dankbar sein zu müssen, wahrscheinlich bis ans Grab. Seine Bitte, wie er es genannt hatte, fiel ihr wieder ein. Ihr blieb wohl nichts anderes übrig, als sie zu erfüllen, was ihre Laune nicht gerade hob. Sie würde allerdings nur ein einziges Mal hingehen, das musste reichen, und ihm danach wie erwünscht Bericht erstatten, wobei sie nicht wusste, was es dabei groß zu berichten gab.

»Gisela! Gisela, wo bist du denn?«, krähte Elfriede aus dem Wohnzimmer.

Isabel verspürte nicht den geringsten Appetit auf abgelaufene Dosensuppe, doch Frau Baumann hätte sich bestimmt gewundert, wenn Gisela nicht mitaß. Sie saß bereits erwartungsvoll am Esstisch. In den nächsten Minuten war sie völlig auf die Suppe konzentriert, löffelte sie so gierig in sich hinein, als stünde sie kurz vorm Verhungern. Dass Tischdecke und Servietten fehlten, schien sie nicht weiter zu stören, sie mahnte keinen »Sittenverfall« an wie sonst. Als sie fertig war, rülpste sie leise, blickte sich um, als suchte sie nach einer weiteren Person im Zimmer, und fragte, ob es Nachschlag gebe. Am Ende aß sie die Suppe fast allein. Sie machte sich auch noch über Isabels Teller her – »Willst du das nicht mehr?« – und leckte ihn anschließend großflächig ab.

Eine Spülmaschine besaß Elfriede nicht, laut ihres Sohnes hatte er ihr schon oft angeboten, eine einbauen zu lassen, was sie aber ablehne. Isabel wusch Teller, Löffel und Topf ab, froh, eine Weile nicht unter lauernder Beobachtung zu stehen. Als sie zurück ins Wohnzimmer kam, sagte Elfriede: »Wer sind Sie? Wie kommen Sie in meine Wohnung?«

»Ich bin's doch. Isabel.«

Ich kenne Sie nicht! Wer sind Sie? Ich rufe die Polizei! Das kannte Isabel schon. Es trat alle paar Wochen auf und war nervtötend.

»Isabel, ja, richtig. Wo sind nur meine Gedanken? Sie sind die nette Nachbarin, die neulich eingezogen ist. Haben Sie Kinder? Wenn man Kinder hat, macht man sich immerzu Sorgen, nicht wahr? Meine Gedanken sind nicht da, wo sie hingehören.«

Isabel dachte an den Song *Where Is My Mind* von den Pixies, der ihr bei Frau Baumann oft in den Sinn kam. Wie lange musste sie noch bleiben? »Zwei, drei Stunden«, hatte Matthias Baumann gestern gesagt und damit nicht zwei, sondern drei Stunden gemeint. Verstrichen war gerade mal eine. Es war schon vorgekommen, dass er bei seiner Mutter anrief, um zu kontrollieren, ob Isabel auch die vereinbarte Zeit ableistete. Aber heute war er mit seiner Familie beschäftigt, mit seiner Frau und ihrem ausdruckslosen Gesicht und den rosa- und pinkfarbenen Mädchen, die nichts mit sich anzufangen wussten. Es bestand keine Notwendigkeit, dass Isabel Elfriedes Geschwätz noch länger lauschte. Genauso gut konnte sie das alles den Wänden und Möbeln und Ziergegenständen erzählen, dem geduldigen hellbraunen Hasen oder den imaginierten Rosen, denen es schlecht ging. Das machte keinen Unterschied und fiele ihr wahrscheinlich gar nicht auf. Außerdem wollte Isabel sich so wenig wie möglich in die Baumann'sche Gedankenwelt begeben. Wenn sie sofort aufbrach, erwischte sie noch die nächste S-Bahn. Für die Rückfahrt würde sie garantiert keinen Fahrschein lösen.

Sollte sie sich verabschieden? Nein. Zu umständlich. Zu langwierig. Und die S-Bahn wäre dann weg.

Im Flur nahm Isabel ihre Jacke von der Garderobe und zog sie hastig an. Als sie die Wohnungstür öffnete und schon fast im Treppenhaus stand, hörte sie ein Poltern aus dem Wohnzimmer. Schwer zu sagen, was es ausgelöst hatte. Frau Baumann, die vom Sessel geplumpst war? Sie hatte Suppe gegessen, würde also immerhin satt sterben. Isabel würde nicht nachsehen, ganz sicher nicht. Heute war Sonntag. Sie bekam ohnehin viel zu wenig vom Leben, da sollte doch wenigstens ein Sonntag drin sein. Sie schob die Hand in ihre Jackentasche, und etwas stach ihr schmerzhaft in den Finger. Was war das? Der Verschluss der Brosche aus der Küchenschublade, die Isabel schon wieder vergessen hatte. Sie hatte sie unbewusst, wie automatisch, doch eingesteckt. Die Nadel hatte sich mindestens einen halben Zentimeter in ihren Finger gebohrt und steckte wie ein kleiner Dolch darin.

6

Das Ganze fand in einem heruntergekommenen Hotel in Charlottenburg statt, das seine besten Tage hinter sich hatte, wahrscheinlich schon seit dem Mauerfall, in einem Raum, der sich großzügig »Konferenzsaal« nannte. Hoffentlich ist es bald vorbei, dachte Isabel, bevor es überhaupt angefangen hatte.

Der Kursleiter begrüßte sie. »Ich bin Daniel und heiße euch herzlich willkommen.« Er blickte in die Runde und bat die Anwesenden, sich zuerst vorzustellen und dann zu sagen, was sie hierhergeführt hatte und was sie sich von dem Workshop versprachen. Auf ihn sollte sie achten, aber Ferdi hatte sich reichlich vage ausgedrückt. Zusammen mit Isabel waren es zehn Teilnehmer, vier Männer, sechs Frauen. Theo, Nadine, Annette, Ekaterina, Peter, Jens, Samira, Max, Miriam. Zehnmal vierhundertneunzig, das machte viertausendneunhundert Euro. Nicht schlecht. Wie oft im Jahr veranstaltete Daniel so etwas? Abzüglich der Kosten für den »Konferenzsaal«, die aber sicher nicht allzu hoch ausfielen, so, wie es hier aussah, mit dem stinkenden, speckigen Mobiliar aus den Achtzigern. Isabel hasste so etwas zutiefst. Alle, die vor ihr an der Reihe waren, schwafelten über ihre begonnenen Romane. Sollten sie nicht besser ihre Romane zu Ende schreiben, statt vierhundertneunzig Euro auszugeben und darüber zu reden? Ungefähr die Hälfte der Teilnehmer war älter als Isabel, was sie mit einer gewissen Befriedigung erfüllte. Allerdings war sie auch nicht mehr wirklich jung. Neununddreißig. Neuerdings trug sie meistens ein Unterhemd, weil ihr unten am Rücken oft kalt war. Noch vor wenigen Jahren hatte sie dafür keine Notwendigkeit gesehen.

»Ich will nur mal sehen, ob das was für mich ist«, sagte sie, als alle Blicke sich auf sie richteten. Etwas Besseres fiel ihr nicht ein. Natürlich war das nichts für sie. Um das herauszufinden, musste sie nicht diesen Kurs besuchen. Isabel Keppler schrieb nicht gern. Sie hatte nie Briefe geschrieben, nie Tagebuch geführt, sie hasste Gequatsche auch in schriftlicher Form, war nicht in sozialen Medien präsent, und ihre E-Mails, sofern sie überhaupt welche verfasste, waren nie länger als ein paar Zeilen.

Ein Konzept für einen Roman, sagte Daniel, sei Voraussetzung für die Teilnahme an diesem Workshop, ob sie sich denn vorher nicht informiert habe. Ein Kurs für Fortgeschrittene, nicht für Anfänger. Scheiß-Ferdi, dachte Isabel, wieso hat er mir davon nichts gesagt? Wenn ich jetzt gehe, bekomme ich dann das Geld zurück und kann es behalten? Aber, so Daniel weiter, er würde eine Ausnahme machen, falls niemand etwas dagegen einzuwenden habe.

Nadine meldete sich als Erste zu Wort. Sie hatte etwas dagegen einzuwenden. »Ich finde, Isabel sollte sich etwas anderes suchen. Mogelt sich hier einfach rein. Am Ende klaut sie noch unsere Ideen. Ist ja alles schon vorgekommen.«

Die meisten anderen hielten das für übertrieben und wollten Isabel nicht ausschließen. Wie bedauerlich. Isabel hätte die ganze Angelegenheit für beendet erklären können, noch an diesem Abend, und Ferdi mitgeteilt, dass er sich jemand anders suchen musste, weil ihre Teilnahme nicht erwünscht war.

Daniel erklärte ihnen, wie sich die folgenden Treffen gestalten würden. Einmal pro Woche, immer hier im Konferenzsaal. »Ich bin froh, dass ich so einen schönen Ort gefunden habe.« Heute zuerst ein paar leichte Schreibübungen zum Warmwerden. Diskussion darüber. Beim nächsten Mal Vorstellen ihrer Konzepte. »Bis auf dich«, sagte er an Isabel gewandt, »du hast ja kein Konzept.«

»Dann muss sie sich bis nächste Woche aber was einfallen lassen«, sagte Nadine.

Auf seiner Website klang Daniel wie ein großer Heilsbringer. Er veranstaltete nicht nur Schreibworkshops, sondern betätigte sich auch als »Coach«. Bei ihrer Recherche war Isabel auf eine eigene kleine Welt der Selbstoptimierung gestoßen. Sie hatte hierfür auch ihre Arbeitskollegin Sonja ausgequetscht, von der sie wusste, dass sie solche Kurse besuchte. Coaching, um das Beste aus sich herauszuholen. Schulungen in Achtsamkeit. Kreativitätstraining. Jeder Mensch ist kreativ. Kreativitätstraining, um zu sich selbst zu finden. Japanische Teezeremonie erlernen. Shaki-Dance, mit Unterstützung von Shivas Energie. Alles Mögliche zur Ich-Findung. Viel Heilen. Ich schreibe meine Autobiografie, Mindestalter fünfundzwanzig. Jeder ist kreativ, auch du. Schreibe dich glücklich. Schamanisches Business-Seminar. Erleben, verstehen, lernen, befähigen. Diese Trainings- und Seminarkonzepte ermöglichen einzigartige Lernerfahrungen. Talente entfalten. Isabel fand eine ehemalige Kommilitonin, an deren Namen sie sich noch erinnern konnte. Sie hatte damals keine einzige Hausarbeit geschafft, weil sie immer an »Blockaden« litt. Sogar Isabel war produktiver gewesen als sie. Heute bot die ehemalige Kommilitonin mit den Blockaden, die keine einzige Hausarbeit geschafft hatte und irgendwann nicht mehr aufgetaucht war, Kurse in *creative writing* an.

Daniel erzählte etwas von »an sich glauben«, von »Spirit« und »sich selbst für wertvoll halten«. Musste Isabel sich eigentlich Notizen machen? Aber worüber? Außerdem hatte sie gar nichts zu schreiben dabei. Das Ganze war sterbenslangweilig. Ob Ferdi sie verarschen wollte? Doch das würde er sich wohl kaum fünfhundert Euro kosten lassen, zumal er geizig war. Ob er sich geirrt und ihr den falschen Workshop genannt hatte? Hier passierte nichts, rein gar nichts, und es sah auch nicht danach aus, als würde sich daran noch etwas ändern. Isabel hätte am liebsten die ganze Zeit nur die anderen beobachtet und vor sich hingeträumt. Allerdings war sie gleich am Anfang ins Zentrum der

Aufmerksamkeit geraten und stand jetzt unter Beobachtung. Wie früher in der Schule. In der Schule hatte sie immer einen Tisch ganz hinten gewählt, um ihre Ruhe zu haben, mit dem Ergebnis, dass sie erst recht auffiel. Schule war offenbar eine sehr einprägsame Lebensphase. Sogar in Elfriede Baumanns löchrigem Hirn schwirrte noch eine Lehrerin namens Fräulein Brettschneider herum.

Der Kursleiter hatte eindeutig ein Auge auf sie geworfen, wobei Isabel noch nicht klar war, welcher Art sein Interesse war. Die Frau direkt neben ihr, Annette, die garantiert schon wesentlich länger als Isabel nierenwärmende Unterhemden trug, quatschte sie die ganze Zeit an. »Mein Roman ist ja fast fertig.« – »Und warum bist du dann hier?« Isabel hätte zwanzig Euro darauf gewettet, dass Annette am liebsten Apfelsaftschorle trank. – »Na, für den letzten Schliff. Und wegen der Unterstützung, die man hier erfährt. Ich will die Meinung eines Profis hören. Das ist schon mein dritter Workshop bei Daniel. Er ist echt gut. Und so einfühlsam.«

Als Nächstes sollten sie einen kurzen Text schreiben, wofür sie eine Viertelstunde Zeit hatten. Thema: Eltern. »Um eure sprachlichen Fähigkeiten einschätzen zu können. Einige von euch kenne ich ja schon, aber es gibt auch ein paar neue Gesichter.« Langer Blick zu Isabel. »Ich wollte erst die Liebe nehmen, das wichtigste Thema überhaupt in der Literatur, aber dann dachte ich, beginnen wir doch mit den Eltern. Beschreibt also bitte kurz, wie ihr heute zu ihnen steht. Oder erzählt etwas aus eurer Kindheit. Was ihr am liebsten gegessen habt zum Beispiel. Euch fällt schon was ein, und ich vertraue auf eure Kreativität. Es muss nicht perfekt sein. Es ist eine Übung zum Auflockern.«

Während im Folgenden alle mit Papier und Stift beschäftigt waren und es auf den Tischen raschelte, spielte Daniel auf seinem Smartphone herum. Isabel wollte sich zuerst verweigern und gar nichts zu Papier bringen, aber dann hätte sie eine Viertelstunde untätig herumsitzen müssen, und außerdem war sie bereits in Ungnade gefallen. Sie bat Annette um einen Stift und ein paar Blätter Papier und füllte zu ihrer eigenen Überraschung in kurzer Zeit ohne eine einzige Unterbrechung, ohne den Kugelschreiber einmal abzusetzen, fast vier DIN-A4-Seiten.

Nach zwanzig Minuten forderte Daniel den ihm am nächsten sitzenden Teilnehmer auf, seinen Text vorzulesen.

Vorlesen? Davon war bislang keine Rede gewesen. Isabel überlegte, wie sie sich davor drücken konnte. Ich bin heiser. Mir ist nichts eingefallen. Ich bin noch nicht so weit. Acht Personen trugen nacheinander ihre Übungstexte vor. Nach jedem bat Daniel um Kommentare der übrigen Kursteilnehmer. Alle äußerten sich wohlwollend und freundlich. Isabel schwieg. Schreiben lassen, vorlesen lassen, quatschen lassen, so ging die teuer bezahlte Zeit für Daniel natürlich schnell herum.

Isabel war die Nummer acht.

»Ich will das nicht vorlesen.«

»So schüchtern?« Daniel stand auf und trat näher zu ihr. »Oder hast du Angst, dass es nicht gut genug ist?«

»Ich konnte noch nie gut vorlesen.«

»Das gehört aber auch dazu. Sich der Kritik der Gruppe mit dem eigenen Text zu stellen, ist Teil des Workshops. Du musst noch eine Menge lernen. Komm schon, jetzt zier dich nicht so, ich sehe doch, dass du eine ganze Menge geschrieben hast.«

»Nein. Mache ich nicht.«

»Vorlesen kann man üben«, sagte Nadine. »Du bist wohl gar nicht vorbereitet. Wieso ist die überhaupt hier? Kann mir das mal einer sagen?«

»Na gut, wenn du zu schüchtern bist, übernehme ich das für dich.« Daniel griff nach den von Isabel beschriebenen Zetteln. »Ausnahmsweise. Nadine hat recht, du solltest das bis zum nächsten Mal zu Hause üben. Was haben wir hier denn? ›Drei Skizzen‹. Klingt doch ganz vielversprechend.«

I. Meine Mutter schneidet im Garten an den Blumen herum. Das macht sie ständig. Ich muss sie ins Haus locken. Draußen würde sie die ganze Nachbarschaft zusammenschreien. Es ist gar nicht so leicht, meine Mutter ins Haus zu locken, wenn sie an ihren geliebten Blumen schnippelt. Irgendwann gelingt es mir. Sie folgt mir in die Küche. Ich lege sofort los. Meine Mutter schreit gar nicht, als ich ihr das Messer in den Bauch ramme. Das Messer ist ganz neu und schneidet mühelos in Fleisch. Meine Mutter ist verblüfft. Damit hat sie nicht gerechnet. Es poltert laut, als sie zu Boden stürzt. Sie hat in den letzten

Jahren ganz schön zugelegt. Mein Vater kommt in die Küche und sieht die blutige Bescherung. Bei ihm muss ich es anders machen. So ein Stich in den Bauch ist ja keine Garantie. Deswegen schlitze ich ihm in einer blitzschnellen Bewegung den Hals auf. Das ist erst eine Schweinerei. Das Blut spritzt nur so und besudelt die schöne Küche. Eigentlich fand ich die Küche noch nie schön.

II. Meine Mutter schläft schon. Mein Vater sitzt unten vor dem Fernseher. Er sieht sich eine Polit-Talkshow an. Der Ton ist so laut, als wäre er taub. Dieser Krach ärgert mich. Meine Mutter schläft immer schnell ein und merkt nicht, dass ich in ihr Schlafzimmer komme. Ich drücke ihr das Kissen meines Vaters aufs Gesicht. Sie zappelt, aber damit habe ich gerechnet. Ich bin stark. Meine Mutter kommt nicht gegen mich an, da kann sie strampeln so viel sie will. Die Polit-Talkshow ist so laut, dass mein Vater von dem ganzen Drama nichts mitbekommt.

III. Mein Vater geht immer direkt nach dem Abendessen in seinen Hobbykeller. Jeden Tag. Das Signal für ihn ist, wenn meine Mutter das Geschirr in die Küche bringt und anfängt, dort herumzuputzen. Mein Vater kann die Putzerei nicht leiden. In seinem Hobbykeller geht er handwerklichen Arbeiten nach, die niemand braucht oder will. Die Stromleitungen im Keller sind alt und gefährlich. Da müsste schon lange was gemacht werden. Ein Elektriker müsste sich das ansehen, aber meine Eltern scheuen die Kosten. Sie finden, dass es im Keller nicht so wichtig ist. Ich weiß um die Schwachstellen. Ich kenne mich gut mit Elektrizität aus. Ich musste vorher ein bisschen basteln, aber es ging leichter als gedacht.

Nach dem Abendessen bringt meine Mutter das Geschirr in die Küche. Sie wischt so gründlich über die Arbeitsflächen und die Spüle, als bekäme sie Noten dafür. Mein Vater steigt die Kellertreppe hinunter, um in seinem Hobbykellert zu sägen und zu schrauben. Es war gar nicht so schwer, die Türklinke unter Strom zu setzen. Es klappt sofort. Ich biete meiner Mutter an, ihr beim Aufräumen zu helfen. In der Küche hören wir den dumpfen Knall von unten, als mein Vater zu Boden stürzt. Ich stelle mir das gern vor, wie er nichtsahnend an die unter Strom stehende Türklinke fasst. Sein Herz schafft das einfach nicht.

Isabel wollte sich unbeliebt machen, um in Ruhe gelassen zu werden. Das ging nicht ganz auf.

Daniel war zum Ende der drei Skizzen gekommen, und es blieb eine ganze Weile still. Bis Ekaterina, die weiter vorne saß, zu kichern anfing und Samira so etwas sagte wie »Puh!«. Daniel legte die karierten Blätter zurück auf Isabels Tisch, leicht angeekelt, als wollte er damit nicht länger in Berührung kommen. Er und alle elf Teilnehmer blickten Isabel an.

Daniel räusperte sich. »Nun, wie ich sehe, willst du wohl Krimis schreiben, oder wie ist das sonst zu verstehen?«

»Das ist ja total gestört«, sagte Nadine.

Ekaterina kicherte wieder.

»Also, ich fand's interessant. Mal was anderes.«

»Echt jetzt?«

»Geht das überhaupt mit der Türklinke? Ich weiß ja nicht, ob das geht. Klingt wie aus einem echt schlechten Krimi, findet ihr nicht?«

»Aber selbst wenn sie Krimis schreiben will, was ich persönlich ja für keine richtige Literatur halte« – etliche nickten –, »warum ausgerechnet die Eltern? Was sollte das?«

»Frage ich mich auch. Das war schon ziemlich widerlich.«

»Bevor wir irgendein Urteil fällen, müssten wir doch erst mal von Isabel hören, was sie damit sagen will, oder? Ihre Beweggründe und so.«

»Finde ich nicht. Das ist so gestört, dazu will ich gar keine Erklärungen hören.«

»Machst du dir es damit nicht ein bisschen zu leicht?«

»Nein, das finde ich nicht. Weißt du, meine Mutter ist letztes Jahr gestorben. Ich kann so etwas im Moment überhaupt nicht ertragen.«

»Das tut mir leid, aber deine Mutter hat ja erst mal nichts mit Isabels Text zu tun.«

Sie redeten jetzt untereinander über die Elternmörderin, und Isabel war vorübergehend abgemeldet. Wie praktisch. Wenn das hier vorbei war, würde sie bestimmt niemand fragen, ob sie noch ein Bier trinken wolle. Die drei Skizzen waren nicht aus dem heimlichen Wunsch entstanden, ihre Eltern abzumurksen. Warum sollte sie Leute abmurksen wollen, an die sie niemals dachte, die sonnensystemweit entfernt von ihrem eigenen Leben waren, die für sie gar nicht mehr existierten. Isabel hasste ihre Eltern auch nicht. Sie waren ihr gleichgültig. Fremd. Fast eine andere Spezies. Sie spielten schon lange keine Rolle mehr. Dass sie wegen ihres Geizes bei den maroden Leitungen im

Keller allerdings irgendwann ein Stromschlag ereilte, hielt sie für durchaus möglich.

Theo, der behauptet hatte, es interessant gefunden zu haben, schickte Isabel verschwörerische Blicke. Ich fand das gut, die anderen sind zu blöd, das zu kapieren, aber du und ich, wir sind anders, wir verstehen uns, nicht wahr? Er sah aus wie ein Computer-Nerd. Oder vielleicht eher so, wie er sich einen Nerd vorstellte. Paar Jahre älter als sie. Also in dem Alter, Familienvater zu sein. Besuchten mittelalte Familienväter, die aussahen wie Möchtegern-Nerds, solche Workshops?

Daniel unterbrach die Diskussion und erinnerte daran, dass noch zwei weitere Vortragende auf ihre Gelegenheit warteten. Ihnen hörte Isabel nicht zu. Die anderen Teilnehmer, vor allem Nadine und Annette, beäugten Isabel verstohlen. Einzig Theo tat es nicht verstohlen, sondern ganz direkt. Wenn sich jedes Treffen so gestaltete wie das heutige, war es leicht verdientes Geld für Daniel. Kurz packte Isabel der Neid. Sie sollte auch Workshops abhalten. Bloß, worüber? Außerdem konnte sie Geschwätz nicht leiden, und Geschwätz schien unabdingbare Voraussetzung zu sein. Vielleicht also doch keine gute Idee.

Daniel wirkte jetzt ungeduldig und drängte zur Eile. Er schien sich vorgenommen zu haben, keine Minute zu überziehen. Am Ende gab es Hausaufgaben wie in der Schule. Überarbeitung der Romankonzepte, die sie beim nächsten Treffen vorstellen sollten.

»Was wir mit dir machen, Isabel, weiß ich noch nicht«, sagte er. »Du hast ja kein Konzept.«

Das stimmte durchaus. Isabel Keppler hatte kein Konzept. Sie war mal auf dem Weg in ein bürgerliches Leben gewesen. Ein bisschen dies, ein bisschen das studiert, dann gar nichts mehr. Seitdem jeden Job angenommen, der halbwegs akzeptabel war. Mit den meisten schnell wieder aufgehört. Auch mit anderen Menschen hielt sie es in der Regel nicht lange aus. Mit zwanzig kein Konzept zu haben, war etwas anderes als mit neununddreißig. Mit zwanzig, mit fünfundzwanzig, auch noch mit dreißig gehörte es dazu, aber jetzt? Scheiß drauf. Das bekümmerte sie doch sonst auch nicht. Besser, sie dachte darüber nach, was Ferdi sich eigentlich davon erhoffte, dass sie hier ihre Zeit absaß.

»Lust auf ein Bier?«, fragte Theo.

»Ja, warum nicht.«

7

Ferdi rief am nächsten Tag nicht an, was sie überraschte. Mit seinem Anruf – den sie nicht angenommen hätte – hatte Isabel schon am Abend zuvor
gerechnet, direkt nach dem Workshop, weil er seine
Neugier nicht zügeln konnte und sie außerdem kontrollieren wollte. Aber möglicherweise ging er davon
aus, dass sie an allen fünf Treffen teilnahm und ihm
erst nach dem letzten Bericht erstattete. Umso besser.
Dann hatte sie eine Weile Ruhe vor ihm.

Den weiteren Terminen würde sie natürlich fernbleiben. Und sich für Ferdi irgendetwas ausdenken.
Das konnte ja nicht so schwer sein. Es war langweilig gewesen, fast schlimmer als Schule oder ein ödes
Uni-Seminar, unglaublich, dass jemand so etwas freiwillig besuchte, und die anderen vier Treffen würden
sich wohl kaum vom gestrigen unterscheiden. Kennst
du eins, kennst du alle. Eine Zumutung, dass er sie
dorthin geschickt hatte. Isabel hatte Ferdi noch nie
sonderlich gemocht, aber jetzt hasste sie ihn regelrecht. Da war einerseits ihre Abhängigkeit von ihm
in Sachen »Mietverhältnis«, ein Ärgernis, das ihr be-

ständig schlechte Laune bereitete, weil er sie damit in der Hand hatte, und andererseits nun auch noch diese Aufgabe, die er ihr aufgebürdet hatte. Vielleicht würde er sich das angewöhnen, wenn sie einmal mitgespielt hatte, und sie künftig dauernd um irgendwelche Gefälligkeiten bitten. Wie ein mieser kleiner Erpresser, der den Hals nicht vollbekam.

Vormittags hatte sie vier Stunden bei ihrer Büro-Idiotenarbeit verbracht, Job eins, und war anschließend zum Marheinekeplatz gefahren, um Babs und ihren verschrumpelten Bio-Currywürsten einen kurzen Besuch abzustatten, bevor sie weiter nach Friedenau zu Elfriede Baumann musste. Ihr war zu spät eingefallen, dass heute Babs' freier Tag war. So etwas vergaß Isabel oft. Sie hatte keine Lust, allein durch die Markthalle zu streifen und den Leuten beim Fressen zuzusehen, keine Lust, irgendwo einen Kaffee zu trinken, und es war zu kalt, um draußen auf einer Bank zu sitzen. Was die ganzen Junkies, die den Platz immer bevölkerten, jedoch nicht davon abhielt. Seit in der Heimstraße eine Arztpraxis Methadon ausgab, wimmelte es hier von abgerissenen Gestalten, um die alle anderen einen weiten Bogen machten. Manchmal, im Sommer, setzte Isabel sich auf eine Bank in ihrer Nähe – was Babs gern »Mutprobe« nannte und aus sicherer Entfernung beobachtete –, nur um zu sehen, ob sie angepöbelt, angebettelt oder angefasst wurde. Oder gar als eine der ihren angesehen. War sie so weit davon entfernt? Doch bislang war nie etwas Derartiges geschehen. Sie hatten weiter herumgebrüllt und Isabel nicht groß beachtet.

Sie beschloss, keine Zeit mehr totzuschlagen, sondern gleich zu Elfriede zu fahren. Auf dem Weg zur U-Bahn kam ihr eine der beiden Frauen entgegen, die hier ständig herumgeisterten und irgendwas von »Aura« säuselten. *Aura, Aura, soll ich deine Aura lesen?* Sie sahen sich so ähnlich, Schwestern vielleicht, dass Isabel sie lange für ein- und dieselbe Person gehalten hatte, bis sie sie einmal zusammen antraf, die doppelte Aura. Die Aura-Leserin und ihre Kollegin oder Schwester beackerten das Bergmannstraßen-Revier und gehörten hier genauso ins Stadtbild wie die Junkies auf dem Marheinekeplatz und der großgewachsene Typ mit dem fusseligen Bart, der die Leute anquatschte, um ihnen ein soeben ersonnenes Gedicht aufzudrängen, Preis zwischen zehn und dreißig Euro.

»Schöne Aura hast du«, sagte die Frau. Natürlich wäre eine hässliche oder schlechte oder blasse oder sonst wie problematische Aura kein guter Gesprächseinstieg gewesen, aber trotzdem, sie verstand ihr Geschäft nicht. Isabels Aura war finster.

Am Sonntag zuvor hatte sie die nächste S-Bahn verpasst und die übernächste auch. Elfriede war nicht vom Fernsehsessel gefallen. Sie hatte ihn vor Wut umgeworfen. Danach war sie in den Flur gekommen, bemerkenswert leichtfüßig, in dem Isabel immer noch stand, halb im Treppenhaus, halb drinnen, und hatte geschrien: »Du gehst jetzt nicht! Das lasse ich nicht zu! Das weiß ich zu verhindern!«

Und sie wusste es in der Tat zu verhindern, zumindest für eine Weile. Ohne Vorwarnung holte sie die hinter ihrem Rücken verborgene abscheuliche Blumenvase hervor und schlug damit auf Isabel ein. Vermutlich wollte sie ihren Kopf treffen, erwischte aber, da sie um einiges kleiner war als Isabel, nur ihre Schulter. Die dünnwandige Vase ging zu Bruch. Isabel war viel zu verblüfft, um erschrocken oder empört zu sein. Sie hatte keinen Schimmer, wer von den vielen nicht gehen sollte. Gisela? Die tote Schwester? Die nette Nachbarin Isabel? Die Schwiegertochter? Letztere erwähnte Elfriede allerdings so gut wie nie.

An Frau Baumann war Isabel so ähnlich gekommen wie an Godzilla. Ganz ohne ihr Zutun. Godzilla war allerdings weitaus genügsamer als Elfi. Er musste nicht beaufsichtigt werden. Er meckerte nicht, wenn sie das Falsche eingekauft hatte. Überhaupt war er angenehm schweigsam, machte vom Rattern seines Laufrads abgesehen keinen Krach und war demnächst sowieso tot. Das war vielleicht das Allerbeste an ihm.

Isabel hatte Baumann junior über Stefanie kennengelernt. Stefanie stammte aus demselben süddeutschen Provinzkaff wie sie und war eine alte Schulfreundin. Das heißt, sie war damals keine Freundin gewesen, im Gegenteil, Isabel hatte sie wegen ihrer Bravheit verachtet und es sie deutlich spüren lassen, aber entweder hatte Stefanie das alles vergessen, das Piesacken, die Gemeinheiten und Kränkungen, oder sie verdrehte die Wirklichkeit. In der Fremde, also in Berlin, sei Heimat besonders wichtig, behauptete sie, und man müsse zusammenhalten. Nach Berlin waren sie beide direkt nach dem Abitur gezogen – alle aus der Provinz wollten nach Berlin, endlich frei –, und genauso lange traf Isabel sich auch mit Stefanie. Somit war Babs nicht die einzige Konstante in ihrem Leben. Es gab sicher auch noch andere ehemalige Mitschüler, die in Berlin wohnten und an die sich Stefanie mit ihren Heimatgefühlen hätte hängen können, aber aus einem rätselhaften Grund hatte sie Isabel erwählt, wahrscheinlich auch, weil sie sich im ersten Semester zufällig in einem Seminar an der FU über den Weg gelaufen waren. Oder genauer, Stefanie hatte in der Reihe vor Isabel gesessen, sich umgedreht, sie angestarrt und gesagt: »Isabel? Das glaube ich jetzt nicht. Wir müssen unbedingt einen Kaffee zusammen trinken.«

Die Tasse Kaffee dauerte sehr lange, nämlich zwanzig Jahre. Seitdem wurde Isabel sie nicht mehr los, und irgendwann vergaß sie, dass sie Stefanie eigentlich loswerden wollte. Sie ließ bei ihr zu Hause nie etwas mitgehen, aber wenn sie zum Essen verabredet waren, hatte sie oft ganz zufällig nicht genug Geld dabei, was Stefanie meistens mit einem milden »Ich lade dich ein« kommentierte. Isabel vermutete, dass Stefanie sie irgendwie skurril fand. Ihre kurzlebigen, gescheiterten Beziehungen, ihre schlecht bezahlten Jobs und wie sie sich durchs Leben schlug. Im Unterschied zu Isabel hatte sie damals ihr Studium abgeschlossen, war seit einigen Jahren mit einem gut verdienenden Typen verheiratet und wohnte in Pankow. In der Wohnung über Baumann junior.

Stefanie redete viel, am liebsten über sich selbst und ihren tollen Mann oder ihre allesamt dummen und faulen Arbeitskollegen. Vor einiger Zeit waren die Nachbarn eine Etage tiefer hinzugekommen. Neues Lieblingsthema. Familie Baumann. Vater, Mutter, zwei Töchter. Eines Tages, als Isabel sie besuchte – bei Stefanie und ihrem Mann gab es immer reichlich Essen und Wein und Bier, dafür konnte man auch ein bisschen Gequatsche in Kauf nehmen, ein fairer Deal –, erzählte sie, Herr Baumann habe neulich erwähnt, dass er eine »Kraft« für seine Mutter suche. Und da habe sie sofort an Isabel gedacht und ihm das auch gleich vorgeschlagen. »Ich hoffe, das war okay.« War es nicht, und wie kam Stefanie darauf, dass ausgerechnet Isabel die geeignete Person für dieses Tätigkeitsfeld war? »Ich dachte, du brauchst doch Geld.« Stefanie machte sie noch am selben Tag mit Baumann junior bekannt. Er ging ganz selbstverständlich von ihrer Zusage aus, noch bevor sie sich dazu äußerte. Isabel hatte nicht den Eindruck, dass ihm wichtig war, wer seiner Mutter die Zeit vertrieb. »Ich habe bei Ihnen ein gutes Gefühl«, ließ er sie an jenem Tag in Pankow wissen, und er verströmte schon hier dieses Gönnerhafte, das ihn auch im Weiteren kennzeichnen sollte, und bereits an diesem warmen Herbsttag, als Stefanies Mann Unmengen an Wurst und Fleisch grillte, Stefanie war für die Salate zuständig, hatte Isabel das erste Mal den starken Wunsch verspürt, Matthias Baumann eine reinzuhauen.

Sie fuhr nach Friedenau und war weder sonderlich gespannt auf Elfis Tagesform noch darauf, welche Rolle ihr heute zugedacht war – Gisela, Waltraud oder jemand anders. Im Grunde war ihr das egal. Isabel saß stur ihre Zeit bei Elfi ab. An Tagen, an denen sie es gar nicht aushielt, sah sie alle paar Minuten ungeduldig auf die Uhr, nicht etwa heimlich, damit Elfi es nicht mitbekam, sondern ganz deutlich. »Du hast es wohl eilig?«, sagte Elfi dann. »Matthias hat es auch immer eilig.«

Einkaufen stand auf dem Plan. Baumann junior hatte es ihr telefonisch mitgeteilt. »Wären Sie dann so nett, für meine Mutter ein paar Besorgungen zu machen? Die Liste liegt bereit.« Er betonte stets, dass seine Mutter ihren Grips noch beisammenhatte, dass sie sehr gut wisse, was sie benötige, und über alles den vollen Überblick habe. Sie könne nur keine schweren Sachen mehr tragen. Natürlich würde er sich am liebsten selbst um sie kümmern, aber er sei so eingespannt bei seiner Arbeit. Ohne ihn laufe dort nichts.

Heute war sie Isabel. Die Wahrscheinlichkeit, als Isabel begrüßt zu werden, lag bei etwa fünfzig bis sechzig Prozent. Frau Baumann gab ihr vorher Bargeld, wenn Isabel für sie einkaufte, und sie konnte erstaunlich gut die Preise überschlagen. Das Geld war immer knapp bemessen, sodass Isabel bedauerlicherweise nie etwas für sich abzweigen konnte. Elfriede mochte hin und wieder verwirrt sein, aber ihre Rechenfähigkeit hatte nicht gelitten. Sie wollte auch jedes Mal den Kassenzettel sehen, den sie dann lange und gründlich überprüfte.

Obwohl Isabel sich Zeit ließ und trödelte, ging das Einkaufen beim nächsten Edeka schnell vonstatten. Zu Hause bestand Elfi darauf, die Waren selbst in die Schränke zu räumen. »Ich weiß ja wohl am besten, wohin alles gehört. Dass Sie immer das Teuerste nehmen müssen. Die Billigmarke, wie heißt die noch, ich komme nicht drauf, Gut und Gern, Schön und Gut, die hätte es doch auch getan. Ich sehe da keinen Unterschied. Sie etwa?« Nein, sie habe recht, sagte Isabel, um ihre Ruhe zu haben, sie könne auch keinen Unterschied erkennen, und es sei löblich, dass sie so genau aufs Geld achtete. Elfriede Baumann hatte es nicht nötig, aufs Geld zu achten, zumindest nach den Worten ihres Sohnes.

Isabel kochte Teewasser und holte Teller für den mitgebrachten Kuchen aus dem Schrank. Elfi liebte Kuchen – *Ich bin eine kleine Naschkatze*, kicher, kicher –, und sie liebte dieses Ritual. Sie sagte jedes Mal: »Ach, wie schön, dass wir hier zusammensitzen.« Unabhängig davon, ob Isabel, Waltraud, Gisela oder sonst wer mit ihr am Tisch saß. An den Vorfall vom Sonntag mit der hässlichen Blumenvase schien sie sich entweder nicht mehr zu erinnern oder er war nicht weiter wichtig. Wäre nicht eigentlich eine Entschuldigung fällig gewesen? Gut, Isabel entschuldigte sich auch nie für etwas, aber das hieß noch lange nicht, dass sie es nicht von anderen erwartete. Und Elfriede Baumann bildete sich doch so viel auf ihre Rechtschaffenheit und ihre tadellosen Manieren ein. Sie war schätzungsweise Anfang achtzig. Neunzig oder hundert sicher noch nicht. Baumann junior hatte ihr Alter erwähnt, als sie zwei Jahre zuvor in Pankow miteinander ins Geschäft gekommen waren, aber Isabel hatte es sofort wieder vergessen. Einmal hatte sie Elfriede danach gefragt, die es an diesem Tag jedoch selbst nicht mehr so genau wusste. Baumann junior hatte Isabel eingeschärft, seiner Mutter nie, niemals zu verraten, dass er sie für die Zeit, die sie mit ihr verbrachte, bezahlte. Das würde sie kränken. Sie sollte im Glauben gelassen werden, dass jemand sie freiwillig und aus tiefer, reiner Sympathie regelmäßig besuchte. »Am besten, Sie tun so, als wären Sie eine nette Nachbarin. Kriegen Sie das hin?«

Warum wohl sollte sie das nicht hinkriegen? Manchmal fragte sie sich, ob Elfi nicht irgendwann merken musste, dass die nette Isabel gar nicht in ihrem Haus lebte. Sie verließ durchaus ihre Wohnung, soweit Isabel wusste, und traf dabei vermutlich auch auf echte Nachbarn und redete mit ihnen.

Am Sonntag, während erst die nächste und dann auch die übernächste S-Bahn ohne sie abfuhr, hatte Isabel die Scherben aufgefegt und mehrfach Elfis Hand abschütteln müssen, die sich wie ein Schraubstock an ihrem Arm festgeklammert hatte. Bemerkenswert viel Kraft. Als das erledigt war, hatte sie Elfi ins Wohnzimmer geschoben, nicht sonderlich sanft, den umgestoßenen Sessel aufgerichtet, sie dann bei den Schultern gepackt, ihre mürben, bröseligen Knochen, herumgedreht und auf den Sessel geschubst.

»Ich gehe jetzt«, hatte sie gesagt. »Und du machst gefälligst kein Theater mehr.« Sie duzte Elfi nur ganz selten. Sobald sie die Wohnungstür von außen zugezogen hätte, wäre ihr ohnehin egal, ob Elfi Theater machte oder nicht. Sollte sie doch. »Und komm bloß nicht auf die Idee, deinem Sohn zu erzählen, dass ich dich schlecht behandeln würde. Er glaubt dir sowieso nicht.«

Daraufhin hatte Elfi sie aus ihrem Sessel, irgendwo ganz weit unten, so bekümmert angesehen, hatte einen solchen Anblick des Jammers geboten, dass Isabel fast Mitleid mit ihr bekam. Aber nur fast.

Elfi entschuldigte sich zwar nicht für Sonntag, aber abgesehen von der Zurechtweisung wegen angeblich zu teurer Einkäufe schien heute ein unproblematischer Tag zu sein, ohne Geheule, Schraubstockhände, Verwirrtheit, Verzweiflung. Sie hielt Isabel nicht für eine längst Verstorbene und befand sich offenbar im Hier und Jetzt. Noch eine weitere anstrengende, aber harmlose Stunde Plauderei – »Ach, heute haben wir wieder über Gott und die Welt geredet«, pflegte Elfi dann zu sagen – und ihr Dienst wäre beendet. Sie entschied, eine Stunde draufzuschlagen. Baumann junior überwies ihr einmal im Monat den Lohn, der sich nach der Stundenaufstellung richtete, die sie ihm präsentierte. Auf dem Kontoauszug stand immer das Gleiche: »Auslagen«. Sie brachte gerade Tassen und Teller in die Küche, als es losging.

»Der Lothar hat ja dann öfter diese Manuela mitgebracht. Wir hatten zuerst nichts dagegen, müssen Sie wissen. Auch die Freunde der Kinder sind uns immer willkommen. Ach, Sie sind so nett, Sie können gern öfter kommen, ich würde mich freuen. Aber dann hat sich herausgestellt, dass diese Manuela ganz unverschämt ist. Respektlos ist sie. Vorlaut und frech. Eine gute Erziehung hat sie nicht genossen, das sieht man sofort. Auch wie sie sich anzieht. Aber was soll man bei solchen Leuten erwarten, nicht wahr? Ich glaube, sie hat auch gestohlen. Beweisen konnten wir ihr das nie. Sie hat sich geschickt angestellt. Solche Leute haben ja manchmal so eine Bauernschläue, wissen Sie, was ich meine? Da sind so seltsame Dinge passiert. Es hat oft etwas gefehlt. Immer dann, wenn diese Manuela da war. Das ist doch kein Zufall, oder? Man kann solchen Leuten einfach nicht über den Weg trauen. Traurig, aber so ist das. Sie hat sich bei uns eingeschlichen. Unsere Gutmütigkeit hat sie ausgenutzt. Was soll man da machen? Wir haben das viel zu spät gemerkt. Sie sind sehr nett. Und wir unterhalten uns ja immer so gut. Wir sind richtige Quasselstrippen, wir zwei, was? Aber wissen Sie, der Kaffee war mir heute wieder zu dünn. Sie machen immer so dünnen Kaffee. Wir sind doch nicht bei Schmalhans.«

Der Kaffee war so dünn, weil er kein Kaffee war, sondern Tee. Kräutertee, Sorte »Ruhe und Gelassenheit«. Immer wenn er den fürsorglichen Sohn mimte, erinnerte Baumann junior Isabel daran, seiner Mutter bloß keinen Kaffee zu geben, Herz, innere Unruhe, kann dann nicht schlafen und so weiter. Meistens hielt Isabel sich auch daran.

Aber wer war eigentlich Manuela? Langsam kam Isabel bei den Namen nicht mehr mit. Genau genommen war das schon seit zwei Jahren der Fall. Einige Figuren gehörten zum Stammpersonal und tauchten immer wieder auf, anderen war nur ein kurzes Leben vergönnt, kürzer noch, viel kürzer, als das eines Goldhamsters, und sie gerieten schon bald nach ihrer Erschaffung wieder in Vergessenheit.

Doch dann fiel ihr ein, dass dieser Name schon häufiger gefallen und Elfriede Baumann nicht gut auf sie zu sprechen war. Manuela. Elfi war sogar auffallend schlecht auf sie zu sprechen. Was Manuela wohl angestellt hatte, außer, keine gute Erziehung genossen zu haben? Ach ja, gestohlen. Vielleicht. Einen Moment fragte Isabel sich, ob Elfi ihr mit dieser kleinen Geschichte etwas mitteilen wollte, ob es sich um eine Art Gleichnis handelte und es gar keine Manuela gab, nie gegeben hatte, sondern sie, Isabel, gemeint war. Doch bis auf die Brosche hatte sie bei ihr nie etwas mitgehen lassen. Was auch. In diesem Haushalt gab es absolut nichts von Interesse. Neulich die Brosche und früher hin und wieder ein paar praktische Dinge. Nicht der Rede wert. Der Salzstreuer, der ihr gefiel, oder der hübsche Aschenbecher. Ein verirrter Zehn-Euro-Schein, auf den Elfi nicht gut genug aufgepasst hatte. Der teure Korkenzieher, den Isabel gut gebrauchen konnte und für den die alte Frau sowieso keine Verwendung hatte. Das Beste war, Elfriede einfach reden zu lassen, und nicht darauf einzugehen.

Noch zwei Tage bis Heiligabend

Das Lastenfahrrad, mit dem wochentags wahrscheinlich ein Kind zur Kita transportiert wurde, stand nicht an seinem üblichen Platz. Und auch nirgendwo sonst. Die Besitzer hatten es im Hof abgestellt, ausgerechnet heute. Unerreichbar für Isabel. Diese Möglichkeit hatte sie nicht in Betracht gezogen, war ganz sicher gewesen, dass das Glück sie nicht verließ. Trotz allem hatte sie bisher meistens Glück im Leben gehabt.

Und jetzt?

Ihn auf ihrem eigenen Fahrrad festzubinden, war nicht möglich, er würde ihr kaum den Gefallen tun und aufrecht sitzen bleiben. Bis morgen warten, um eine Schubkarre zu kaufen? An diesem Punkt war sie doch schon gewesen. Eine Schubkarre war viel zu auffällig, und sie müsste sich bei Job zwei krankmelden. Sich bei Job zwei krankzumelden, kam gar nicht gut an, zumal sie genau das erst vor ein paar Wochen getan hatte. Hätte sie sich das Krankmelden mal besser aufgespart für Zeiten, in denen sie es wirklich brauchte, und es nicht so leichtfertig verschwendet.

Im Übrigen hätte es bedeutet, einen weiteren Tag und eine ganze Nacht und dann noch einen Tag bis zur nächsten Nacht mit ihm in der Wohnung zu verbringen. Ausgeschlossen. Es musste heute geschehen, noch bevor es hell wurde. Sie musste das jetzt durchziehen.

Ohne das Lastenfahrrad brauchte Isabel ein Auto. Babs, die einzige Person, die sie vielleicht doch mitten in der Nacht und vor allem mit solch einem Problem behelligen konnte, hatte keins. Die gute treue Babs würde ihr sicher helfen, selbst dabei. Sie tat nicht gerade alles für sie – *alles* hatte Isabel bislang noch nicht ausprobiert –, aber fast alles. Dafür verachtete Isabel sie ein wenig. Babs, Mädchen ohne Abitur, empfand eine Art Ehrfurcht vor ihr, weil Isabel im Unterschied zu ihr keine Würste braten musste und eine Uni zumindest schon von innen gesehen hatte. Doch die gute treue Babs besaß kein Auto. Außer Babs fiel ihr nur Stefanie ein, die Schulfreundin, die nie eine gewesen war. Arbeitskollegen. Tolle Idee, mitten in der Nacht Arbeitskollegen anzurufen, denen sie sonst aus dem Weg ging. Wenn sie ihnen nicht aus dem Weg ging, zettelte sie Streit mit ihnen an. Grundlos, wie die Kollegen fanden. Tolle Idee, einen von ihnen anzurufen, Sonja oder Migränchen oder sonst wen, und dann zu sagen – ja, was eigentlich? Sorry, es ist ein bisschen spät, aber hast du vielleicht Zeit, einen lästigen Toten mit mir fortzuschaffen?

Es war äußerst unrealistisch, heute Nacht einen Helfer mit Auto zu finden. Aber selbst, wenn sie einen fände, was dann? Das Auto zu beladen wäre genauso auffällig, wie eine Schubkarre durch die Gegend zu schieben. Und wohin mit ihm? Natürlich musste es nicht unbedingt der Viktoriapark sein, abgesehen von dem unbestreitbaren Vorteil, dass er direkt vor ihrer Haustür lag. Irgendein anderer Park täte es auch. Kleistpark, Hasenheide, auf vielen Berliner Grünflächen waren schon Leichen oder Teile davon gefunden worden. Oder die Spree. Landwehrkanal.

Isabel sollte sich nichts vormachen – sie würde es nicht schaffen. Unmöglich. Ausgeschlossen. Geschätzte ein Meter fünfundachtzig und achtzig bis neunzig Kilo konnte sie nicht allein tragen. Sie würde es nicht einmal schaffen, diese Einsfünfundachtzig über den Boden zu schleifen und anschließend die sieben Treppenstufen nach oben. Und selbst, wenn es ihr mit Ach und Krach gelänge, ohne das Fahrrad käme sie nicht weiter. Wie hatte sie nur glauben können, das alles ginge reibungslos über die Bühne? Die Wirkung des Joints und des ganzen Biers war längst verflogen. Und damit auch die fast heitere Gelassenheit. Isabel war jetzt vollständig ernüchtert. Ja, klar, Isabel Keppler, stark und zäh, Isabel kriegt das schon hin. Sie würde es nicht hinkriegen. Das nicht. Sie konnte das Problem nicht allein lösen, es aber auch mit niemandem teilen. Und für längere Überlegungen blieb keine Zeit. Sie musste es sich noch heute Nacht vom Hals schaffen.

Vier Uhr, inzwischen sicher schon halb fünf. Gegen acht wurde es langsam hell. Noch rund dreieinhalb Stunden. Höchstens. Hundegassi-Leute und Jogger waren oft schon im Morgengrauen unterwegs. Es gab so schrecklich viele Köter in Berlin. Isabel überquerte die Katzbachstraße, ohne auf Autos zu achten, was um diese Zeit selbst hier nicht lebensgefährlich war. Mit forschem Schritt ging sie in den Viktoriapark, ohne recht zu wissen, was sie dorthin trieb, sie ging so schnell, dass ihr bald der Schweiß ausbrach und unangenehm am Rücken klebte. Sie konnte nicht zurück in ihre Wohnung und die Lösung des Problems auf morgen vertagen. Morgen wäre es umso größer. Wann fing er wohl an zu stinken? Sie hätte die Heizung ganz ausschalten sollen. Das schöne teure Messer, erst letzte Woche gekauft. Sie musste das verdammte Messer loswerden. Irgendwann würde ihn jemand vermissen. Daran hatte sie noch gar nicht gedacht. »Scheiße«, sagte sie, zuerst in normaler Lautstärke, dann brüllte sie es in die kahlen Baumkronen und in den Park: Scheiße, Scheiße, SCHEISSE! Das Gewicht des Bolzenschneiders im Rucksack spürte sie kaum, hatte fast vergessen, warum sie ihn eigentlich mit sich herumtrug. Sie achtete nicht auf den Weg, sah nicht, wohin sie trat, geriet an einer unebenen Stelle ins Rutschen, konnte sich nicht mehr fangen und landete hart auf dem Boden.

Was sollte sie jetzt tun? Was sollte sie mit diesen Einsfünfundachtzig tun, mit dem großen, unförmigen Brocken neben ihrem Küchentisch?

Sie wollte sich gerade wieder aufrappeln, als sie den Gestank ganz in der Nähe bemerkte. Seltsam süß. Widerlich. Unverwechselbar. Clemens hatte sie vor ein paar Jahren, kurz vor ihrer Trennung, ganz aufgeregt in den Botanischen Garten in Dahlem geschleppt, um dem Erblühen der Titanenwurz beizuwohnen. Was für ein ekelhaftes scheußliches Ding. Sie blühte nur an ein oder zwei Tagen, und das auch nur alle paar Jahre. Damit sich in diesen seltenen Momenten möglichst viele Bestäuber auf sie stürzten, verströmte die Titanenwurz beim Blühen Aasgestank.

Wahrscheinlich verweste hier irgendwo eine Maus. Oder etwas Größeres. Der Gestank ermahnte Isabel daran, was sie zu Hause erwartete. Sie stand auf, streifte Dreck und matschiges Laub von ihrer Hose und dem schwarzen Kapuzenpullover und trat den Rückweg an.

Sie wollte ins Bett. Einschlafen. Irgendwann gegen Mittag aufwachen und alles wäre so wie sonst auch, vielleicht ein bisschen langweilig. Nichts schien ihr in diesem Moment erstrebenswerter als ein langweiliger, grauer Sonntag kurz vor Heiligabend ohne irgendwelche Ereignisse. Neben dem Küchentisch läge nichts Erwähnenswertes, höchstens Schuhe oder Socken oder ein nicht weggeräumter Rucksack, und das Schlimmste, was ihr passieren konnte, wäre ein Anruf von Matthias Baumann mit der als Bitte getarnten Anweisung, außerplanmäßig zu seiner Mutter zu fahren. Elfriede wäre ihr im Moment sogar sehr lieb gewesen. Tee trinken in Friedenau mit Gisela, Waltraud, Lothar, Ludger, Manuela und all den anderen Gestalten. Aber das war früher. Das war vorbei.

Obwohl ihr die Zeit davonlief, wollte Isabel das Ankommen so lange wie möglich hinauszögern, und statt auf direktem Weg nach Hause zu gehen, bog sie nach Verlassen des Parks in die Monumentenstraße ein. Und hier stand es. Am falschen Platz. Als sie überhaupt nicht mehr damit gerechnet hatte. Das Lastenfahrrad. Nicht irgendeines, sondern genau dasjenige, das sie schon länger im Blick hatte. Isabel hatte es sich gut eingeprägt und erkannte es sofort. Es war an einen Laternenpfahl angeschlossen, aber das sollte angesichts ihrer misslichen Lage das geringste Problem darstellen. Passendes Werkzeug trug sie bei sich, und auf den Straßen war es noch dunkel und menschenleer. Sie hatte sich voller Selbstmitleid gehen lassen und mit dem sinnlosen Abstecher in den Park wertvolle Zeit vergeudet. Isabel hasste Selbstmitleid. Sie musste sich wirklich besser im Griff haben.

Sie nannte eine gut ausgestattete Werkzeugkiste ihr Eigen. Als sie in die Katzbachstraße gezogen war, unterhielt ein alter Mann im Keller des Seitenflügels eine Werkstatt. Einige Wochen nach ihrem Einzug war er gestorben, und für seine Werkstatt hatte sich eine ganze Weile niemand interessiert. Sie war unverschlossen, wie Isabel schnell festgestellt hatte. Daraufhin war sie mit einer großen blauen Ikea-Tasche losgezogen und hatte alles eingesteckt, was ihr in die Hände fiel, einen Schraubstock, diverse Zangen und Schraubenschlüssel und den großen Bolzenschneider, ein Mordsding.

Sie holte den Bolzenschneider aus dem Rucksack, zog Handschuhe an und legte los. Der erste Versuch misslang. Aber Isabel hatte jetzt wieder Oberwasser und ließ sich nicht mehr so schnell entmutigen wie vorhin. Beim zweiten Versuch klappte es, und sie durchtrennte sauber das Schloss. Ein Kinderspiel. Sie musste sich beherrschen, nicht in Jubelgeschrei auszubrechen. Wenn der Diebstahl des Fahrrads so leicht zu bewerkstelligen war, galt das vielleicht auch für den Rest.

Isabel schob das Rad zu ihrem Haus und stellte es direkt vor der Souterrain-Privattür ab. Sie wollte es gar nicht stehlen, nur ausleihen. Wenn alles geschafft war, würde sie es anschließend zurück in die Monumentenstraße bringen, um am Ende dieser Nacht noch etwas Selbstloses und Gutes zu tun.

Der Mann neben ihrem Küchentisch war in der Zwischenzeit natürlich nicht von selbst verschwunden. Isabel setzte den Rucksack ab, holte ihr Smartphone und legte sich in einigem Abstand zu ihm auf den Boden, um ihn aus dieser Perspektive zu fotografieren. Dafür musste sie sich zwar überwinden, aber sie wusste, später würde sie sich ohne ein solches Foto ärgern. Vor ihrer Nase flitzte Godzilla über die Dielen. Hatte sie ihn nicht vorhin eingesperrt? Oder war es andersherum gewesen und sie hatte ihn aus dem Käfig gelassen? Hin und wieder tat sie das, damit er keinen Knastkoller bekam.

Sie hatte vergessen, das Messer in einen Abfalleimer im Park zu werfen. Sie musste sich besser im Griff haben, konzentriert sein, hochkonzentriert. Aber auf dem Messer befanden sich sowieso noch ihre Fingerabdrücke, insofern war dieses Versäumnis zu entschuldigen.

Isabel stand auf und näherte sich dem mächtigen, toten Körper. Schickes Jackett. Wäre eigentlich schon die passende Kleidung für seine Bestattung. Augen geschlossen. Gut so. Obwohl Isabel weder Bedauern noch Reue empfand, nichts dergleichen, obwohl sie ihn ganz kühl betrachtete und in ihm nichts weiter als das riesengroße Problem sah, das er ihr bereitete und das sie bis zum Einsetzen der Dämmerung gegen acht Uhr lösen musste, hätten ihr offene Augen jetzt den Rest gegeben.

8

Gleiche Zeit, derselbe Ort, Konferenzsaal des heruntergekommenen Hotels in Charlottenburg. Theo, Nadine, Annette, Ekaterina, Peter, Jens, Samira, Max, Miriam. Wie beim ersten Mal setzte Isabel sich neben Annette.

»Na, das war ja was mit dir letzte Woche«, sagte Annette. »Aber nach den ersten Anlaufschwierigkeiten hast du dich jetzt bestimmt an alles gewöhnt. Man lernt so viel bei Daniel. Du wirst schon sehen. Du machst das zum ersten Mal, war es nicht so? Ich habe schon oft solche Workshops besucht. Und sie haben mich jedes Mal weitergebracht. Ich kann dich unterstützen, wenn du willst. Ich helfe gern, weißt du.«

Sie erklärte ihr noch, wie wichtig es sei, sich in die Gruppe einzufügen. Isabel mochte keine Gruppen und diese hier schon gar nicht. Waren zwei Personen eigentlich auch schon eine Gruppe? Sie hatte nicht die Absicht, sich einzufügen. Theo beobachtete sie die ganze Zeit, ebenso Nadine. Nadine wirkte angriffslustig. Ein Familienvater war Theo übrigens nicht. Beim Bier letzte Woche hatte er Isabel erzählt, dass er kinderlos sei – »soweit ich weiß, haha« – und getrennt lebte. »Du bist nicht so glatt«, hatte er gesagt. »Du bist ein bisschen sperrig. Das gefällt mir. Da fragt man sich, was dahintersteckt. Das macht mich neugierig. Und deine Mordtexte über die Eltern, köstlich. Wie die alle geguckt haben. Ich bin ja auch eher unkonventionell und mache mein eigenes Ding und so und ecke oft an. So wie du. Ich glaube, wir haben viele Gemeinsamkeiten.«

Diesmal hatte Isabel daran gedacht, etwas zu schreiben mitzubringen. Lustlos notierte sie ein paar Kleinigkeiten zu Daniel, um Ferdi überhaupt etwas bieten zu können. Daniel hat dies gesagt. Daniel hat das gesagt. Spirit. Innere Stimme, auf die wir achten müssen. Zur eigenen Kreativität finden. Achtsamkeit, auch mit sich selbst. Daniel wirkt manchmal unkonzentriert. Daniel sieht ständig auf sein Smartphone. Das alles war belanglos und banal. Es konnte Ferdi unmöglich interessieren.

Daniel sprach die Hausaufgabe von letzter Woche an, wobei er das Wort »Hausaufgabe« vermied. Diejenigen, die noch nicht Zettel und Stift vor sich platziert hatten wie die Streberin Annette, kramten in ihren Taschen herum. Isabel blieb reglos sitzen.

»Und? Hast du uns wieder ein paar Morde mitgebracht?« Klar, dass Daniel zuerst sie fragte.

»Ich habe gar nichts mitgebracht.«

Noch bevor Daniel etwas erwidern konnte, ergriff Nadine das Wort. Sie klärte Isabel darüber auf, dass sie bei diesem zweiten Treffen ein überarbeitetes Romankonzept vorstellen sollten.

»Ich habe kein Konzept«, sagte Isabel.

»Ja, genau diesen Eindruck machst du auch. Du hättest dir ja was einfallen lassen können. Das war die Aufgabe. Das hat Daniel beim letzten Mal doch deutlich gesagt. Wieso bist du überhaupt hier?« Dann beschwerte sie sich noch über die Anzahl der Kursteilnehmer. »Zehn sind sowieso zu viel, finde ich. Daniel kann gar nicht individuell auf jeden Einzelnen eingehen. Für mich ist das aber wichtig. Ich fühle mich sonst nicht richtig betreut. Und dann noch solche Teilnehmer wie Isabel, die hier einfach nicht hingehören.«

Isabel bezweifelte, dass Daniel in diesem Punkt derselben Ansicht war wie Nadine. Doppelt so viele Teilnehmer, mindestens, wären ihm sicher wesentlich lieber gewesen.

Er nahm Nadine den Wind aus den Segeln, indem er sie dazu aufforderte, den anderen ihr Konzept vorzustellen. Sie straffte sich, blätterte in den vor ihr liegenden Zetteln und sagte: »Ich will über Brandenburg schreiben. Meine Protagonistin zieht von Berlin aufs Land. Davon hat sie schon lange geträumt. Jetzt macht sie es endlich wahr. Doch sie ist den Feindseligkeiten der anderen Dorfbewohner ausgesetzt. Das wird ganz heftig.«

»Gab's das nicht schon mal?«, sagte Isabel, als Nadine fertig war. »Ich würde dein Buch nicht lesen.« Es war sicher nicht besonders klug, mit solchen Äußerungen aufzufallen und wieder im Mittelpunkt zu stehen. Egal.

»Was hast du eigentlich für ein Problem?«, sagte Annette. »Du bist total aggressiv. Du machst alles schlecht und hast selbst nichts zu bieten.«

»Sie muss doch auch gar nichts bieten«, sagte Theo. »Oder ist das hier so ein Leistungsding, von dem ich noch nichts mitbekommen habe?«

Wie schon beim ersten Mal redeten jetzt alle wild durcheinander. Die Hälfte verteidigte Isabel, darunter auch Annette, die andere Hälfte forderte wieder ihren Ausschluss. Das wäre sicher auch Daniel recht gewesen, doch wie sollte er jemanden ausschließen, der schon den kompletten Betrag bezahlt hatte?

»He, Leute«, mischte er sich ein. »Das läuft hier langsam aus dem Ruder. Und es ist überhaupt nicht konstruktiv.« Er bat sie alle um mehr Rücksicht und Achtsamkeit, sah dabei aber nur Isabel an. Dann erwähnte er, wie schon beim ersten Treffen, dass er auch Coachingkurse anbot. »Vielleicht ist das ja was für dich. Damit du mit deinen Mitmenschen besser klarkommst.«

»Die braucht ja wohl eher eine Therapie«, sagte Nadine.

Es war überall das Gleiche. Isabel fühlte sich an Job eins und Job zwei erinnert. Ihre Kollegin Sonja, die sie nicht ertrug, ihr Kollege Patrick, mit dem sie eine offene Feindschaft pflegte, auch wenn niemand es so nannte. Sie müsse sich wirklich mehr einbringen, sagte Daniel. Sie müsse ihre Verweigerungshaltung ablegen. Bald biete er wieder Coachingkurse an. Die seien etwas teurer, aber sehr effizient.

Alle warteten mit vor Aufregung glühenden Gesichtern auf ihren Moment, und so traten Isabel und ihre nicht gemachten Hausaufgaben bald in den Hintergrund. Niemand achtete mehr auf sie, abgesehen von Nadine und Theo, die ihr immer wieder Blicke zuwarfen, Theo neugierige, Nadine hasserfüllte, und Annette, die Isabel zwischendurch regelmäßig ansprach. Sie erzählte von ihren Romanprojekten – sie klang so, als befänden sich auf ihrer Festplatte mindestens zehn fertige Bücher – und von ihrem Sohn Niklas. Er sei kürzlich dreiundzwanzig geworden. »Aber natürlich wollte er seinen Geburtstag nicht mit seiner Mutter verbringen. Hast du Kinder?« Sie müsse zugeben, sagte sie dann, ohne Kinder bleibe Isabel einiges erspart. Niklas habe sich in Schwierigkeiten gebracht. Nein, im Grunde sei er unverschuldet in Schwierigkeiten geraten. Isabel tippte auf Koks, Gras, Pillen. »Er ist zwar jetzt erwachsen, aber als Mutter macht man sich ständig Sorgen. Daniels Workshops entspannen mich.« Daniel saß etwas weiter weg ganz vorne und spielte mit seinem Smartphone herum. Besonders viel tat er nicht für sein Geld.

Nach dem Workshop gingen sie ein Bier trinken. Isabel und Theo wurden diesmal von Annette, Ekaterina und Peter begleitet. Nach kurzem Zögern schloss sich auch Nadine an. Draußen wehte ein scharfer Wind, der sofort unter die Kleidung kroch. Isabel war zu dünn angezogen. Mit Clemens wäre ihr das nicht passiert. Ihr Ex Clemens hätte sie auf das Wetter aufmerksam gemacht und ihr geraten, ihre Kleidung entsprechend anzupassen. Er hatte ständig alle möglichen Wettervorhersagen im Internet durchforstet. Vermutlich tat er das heute immer noch. Geh doch einfach auf den Balkon, hatte Isabel meistens gesagt, dann merkst du doch, wie kalt oder warm oder nass oder trocken es ist. Hin und wieder war es vorgekommen, dass das Wetter sich erdreistete, nicht mit dem Wetter im Internet übereinzustimmen. Das hatte Clemens jedes Mal fertiggemacht. Er hatte sich aufgeregt und die Welt nicht mehr verstanden. Verklag doch meinwetter.de, hatte Isabel ihm geraten. In der Zeit mit Clemens hatte sie eine Weile über einen Balkon verfügt. Sein Balkon. Ein halbes Jahr nach ihrem Kennenlernen hatte er sie dazu überredet zusammenzuziehen. Keine gute Idee, wie sich schnell herausstellte. Zusammenziehen bedeutete, dass sie ihre Wohnung kündigte und in seine zog. So etwas wie Sicherheit war ihr damals völlig gleichgültig gewesen. Sicherheit war langweilig. Wirklich keine gute Idee. Zuerst fand sie es praktisch, der Balkon, schöne Möbel, und Clemens bestand darauf, die Miete weiterhin allein zu zahlen, das habe er vorher ja auch getan, und außerdem verdiente er mehr als sie. Doch wie sich herausstellte, konnte Clemens sich nicht allein beschäftigen. Das ging Isabel zusehends auf die Nerven. Anfangs hatte er sich unabhängig gegeben, mehr Single- als Paarmensch, mehr der Lockere-Affären- als der Hochzeitstyp, was sich aber rasch als Täuschung erwies. Dass die Leute einfach nie die Wahrheit über sich erzählten. Nachdem Isabel bei ihm eingezogen war, wollte er, dass sie alles gemeinsam taten. Fernsehen, ausgehen, kochen, essen. Er schaffte lauter Hörbücher an, weil es doch schöner sei, sie zusammen zu genießen. Ein Wunder, dass sie noch allein aufs Klo durfte. Es lohnte sich nicht einmal, Clemens zu bestehlen, weil Isabel kaum noch Gelegenheiten hatte, allein Geld auszugeben. Dieses Zusammenwohnen war nichts für sie. Mit Clemens' Vorgänger hatte sie eine Weile zusammengelebt und ganz am Anfang ihrer Studienzeit in einer schmuddeligen Vierer-WG gewohnt. Einzig mit Godzilla klappte es problemlos.

Theo bemerkte, dass Isabel fror, und legte ihr einen Arm um die Schulter. Sie ließ es geschehen. Sie musste ja nicht immer sofort alle vergraulen, und vielleicht war er irgendwann noch für etwas nützlich. In der Kneipe setzte er sich viel zu dicht neben sie und spielte den anderen ihren Vertrauten vor. Er sei ja genauso widerständig und unangepasst wie sie, erklärte er. Ein Rebell. Annette bestellte wie erwartet eine große Apfelsaftschorle. Peter jammerte und klagte die ganze Zeit, über seine Arbeit, seine Wohnung, seine Gesundheit. Theo fasste Isabel ständig auf den Arm und legte irgendwann seine Hand auf ihren Oberschenkel. Sie schob seine Hand zur Seite und rückte ein Stück von ihm ab. Für den Rest der Zeit hielt sie sich an Annette.

9

Sie traf ihn schneller wieder als gedacht. Noch vor der Finissage in der Galerie in der Joachimstraße. Dort hätte sie mit ihm gerechnet, aber ganz sicher nicht in der Kassenschlange im LPG-Bio-Supermarkt Obentrautstraße, Ecke Mehringdamm, zumal Isabel fest davon überzeugt war, dass er nicht in Berlin lebte. Nach der Vernissage hatte er sich draußen so suchend und ein wenig hilflos umgeblickt, weshalb sie ihn für einen Galerie-Touristen gehalten hatte, einen reisenden Sammler, bei dem das Geld lockersaß.

Diesmal trug er kein blaues Sakko, sondern einen kurzen grauen Wollmantel. Isabel sah gedankenverloren auf seinen Rücken, auf die Waren, die er aufs Band legte. Eine Flasche Rotwein. Ingwer. Hautcreme. Kräutersaitlinge. Einen Topf Basilikum. Tomaten. Er war irgendein x-beliebiger fremder Mann. Bis er sich umdrehte. Isabel erkannte ihn sofort.

Bei ihm dauerte es wesentlich länger. Sein Blick blieb eine ganze Weile völlig ausdruckslos, und wenn Isabel nicht an der Kasse angestanden hätte, gefangen zwischen ihm und den Kunden hinter ihr, hätte sie sich schnell weggedreht. Doch hier war kein Ausweichen möglich. Jetzt, erst jetzt fiel bei ihm der Groschen. Seinetwegen hatte Isabel in Erwägung gezogen, auf den Besuch der Finissage zu verzichten, und nun traf sie ihn im Bio-Supermarkt. Sie hatte ihm nicht begegnen wollen, zumindest nicht in nächster Zeit. Dabei ging es weniger um die zweihundert Euro. Abgesehen davon, dass sie natürlich längst ausgegeben waren, hatte Isabel sie inzwischen vergessen. Und wenn sie etwas vergessen hatte, hatte das Ganze, in diesem Fall der beherzte Griff in seine Sakko-Innentasche, auch nicht stattgefunden. Es gefiel ihr nicht, wenn sich das andere Leben, in dem sie Ausstellungen besuchte, mit dem Alltagsleben vermischte, wenn es damit überhaupt nur in Berührung kam. Der Mann mit dem blauen Sakko gehörte nicht hierhin, in diese Kassenschlange. Er war Freizeit. Mehr noch, er war gar nicht real. Und es ging um das Bild. Das großformatige Bild mit den Blättern im Licht. Sie wollte nicht von ihm darauf angesprochen werden, und das würde er unweigerlich tun. Isabel kam gerade von Job zwei, hatte sich dort die ganze Zeit mit Patrick gestritten, der währenddessen Kuchen in sich hineingestopft hatte, war müde und wollte nach Hause. Sie hatte nicht die geringste Lust, cool zu sein, mit diesem Hauch Überheblichkeit, und vor allem nicht, die Vermögende zu spielen, à la, ach, ich habe mich immer noch nicht entschieden und weiß auch gar nicht, ob das Bild wirklich zu meiner Einrichtung passt. Zu Isabels Sperrmüll-Einrichtung hätte keins der Bilder in der

Ausstellung gepasst. Er würde sich danach erkundigen oder gleich Mutmaßungen anstellen, »bestimmt im minimalistischen Bauhaus-Stil« oder Ähnliches, und dann würde er sich wahrscheinlich auch wieder an das angebliche Dachgeschoss in der Katzbachstraße erinnern. Warum hatte er sich bloß umgedreht? Morgen musste Isabel zu Job eins, danach zu Elfriede Baumann, und übermorgen stand schon wieder der Workshop mit diesem unerträglichen Gequatsche an. *Ich plane ja den Jahrhundertroman. – Ich stelle mir ein Buch vor, in dem alles steht, was ich jemals gedacht habe. – Ich schreibe an einer Geschichte, die ist unglaublich, so unglaublich, das könnt ihr euch gar nicht vorstellen.*

»Kennen wir uns nicht?«, sagte der Mann. »Aber sicher, wir sind uns doch neulich bei der Vernissage begegnet. Was für ein Zufall. Berlin ist ein Dorf, nicht wahr?«

Er zahlte. Mit Karte, dabei hatte Isabel ihn doch für einen Bargeldtypen gehalten. Sie erkannte sein abgewetztes Portemonnaie wieder, hatte sogar das Gefühl aus der Galerie kurz in den Fingern, als sie es angefasst hatte und sich beeilen musste, bis er von der Toilette zurückkam.

Der Mann wirkte überrascht, noch überraschter als sie selbst, und hocherfreut. »Was für ein Zufall«, wiederholte er.

»Ja, das finde ich auch.«

Ach, Sie hier? Wie schön. Was für ein Zufall. Finde ich auch. Was man halt so redete, wenn man sich nichts zu sagen hatte. Isabel hasste das. Was nicht bedeutete, dass sie es nicht beherrschte, wenn es sein musste oder sich als nützlich erwies. Jetzt war sie nicht in der Stimmung dafür, und Nützlichkeit konnte sie auch nicht erkennen.

Der Mann war groß und massig, was Isabel hier an der Supermarktkasse viel mehr auffiel als in der Galerie. Vermutlich kämpfte er beständig mit Gewichtsproblemen. Während er seinen eigenen Einkauf in eine Papiertüte packte, begutachtete er Isabels, mit dem der Kassierer sich nicht lange aufhalten musste, da er nur aus Kartoffeln und sechs Eiern bestand. Es war der Kassierer mit dem blond gefärbten Irokesen und den vielen Tattoos an Hals, Händen und Armen. Er schmeichelte sich bei allen Kunden ein und gab ständig Kommentare von sich, die er wohl für originell und witzig hielt und über die er selbst am meisten lachte. Isabel konnte ihn nicht leiden. Nicht dass sie sich schämte, sie schämte sich grundsätzlich nicht, aber passten Kartoffeln und sechs Eier zu einem ausgebauten Dachgeschoss?

»Sie haben nicht zufällig Lust, noch einen Kaffee mit mir zu trinken?«

Dazu hatte Isabel ganz sicher keine Lust. Warum trieb er sich in ihrem Territorium herum? Statt zu antworten, fragte sie: »Wohnen Sie hier in der Gegend?«

»Nein, nein, ich wohne in Charlottenburg, aber ich hatte hier was zu erledigen.« Charlottenburg, ja, das passte zu ihm. »Und dann treffe ich Sie«, fuhr er fort. »Das ist doch ein schöner Zufall, finden Sie nicht?« Schöner Zufall, nicht zufällig Lust – hatte er keine anderen Vokabeln zur Verfügung? »Ich bin mit dem Auto hier. Soll ich Sie irgendwohin mitnehmen? Wo war das noch mal, Möckernstraße? Großbeeren-straße? Wäre mir ein Vergnügen.«

»Nicht nötig, ich gehe zu Fuß.« Immerhin hatte er sich ihre Straße nicht gemerkt. Andere hätte das vielleicht gekränkt, Isabel jedoch war es ganz recht. Sie legte keinen Wert darauf, in jemandes Gedächtnis zu bleiben, schon gar nicht, wenn sie diesem Jemand zu-vor albernes Zeug über sich als große Kunstkennerin und -käuferin erzählt hatte. Abgesehen von billigen Drucken in schlechten Farben und Museumspostern hatte Isabel sich noch nie ein Bild gekauft.

Er hatte etwas von einem Gentleman an sich, alte Schule, bisschen verstaubt und geradezu rührend. Hätte sie ihre Jacke nicht bereits getragen, er hätte ihr sicher liebend gern hineingeholfen. Oder ihr die Tür aufgehalten, wenn sie sich nicht von selbst geöff-net hätte. Vielleicht hatte sie doch Lust, einen Kaffee mit ihm zu trinken. Vielleicht sollte sie das mit der Nützlichkeit noch einmal überdenken. Im Kopf über-schlug Isabel das Pro und Kontra. Pro: Er hatte ein-deutig Geld und war außerdem gepflegt und höflich. Kontra: Irgendwann wurden die meisten Menschen sehr, sehr lästig.

Inzwischen standen sie draußen vor dem Eingang der LPG, umtost vom Lärm des Mehringdamms. Isabel schlug vor, entweder zur Bergmannstraße oder Richtung Gleisdreieckpark zu gehen. Sie war müde und hatte nicht die geringste Lust auf ein Gespräch, aber hieß es nicht, man solle in die Zukunft investieren?

Der Mann blickte auf seine Uhr. Natürlich las er die Zeit nicht vom Smartphone ab, sondern von einer Armbanduhr, die teuer aussah.

»Ach, schade«, sagte er, »schon so spät. Ich würde gern einen Kaffee mit Ihnen trinken, aber heute geht es nicht. Leider. Vielleicht ein andermal.«

Und mit diesen Worten ließ er sie einfach vor dem Supermarkt stehen, an dieser besonders lauten, hässlichen, trostlosen Ecke, als Isabel gerade ihre Meinung geändert hatte. Er hatte ihr weder seine Telefonnummer gegeben noch nach ihrer gefragt. Isabel ärgerte sich maßlos. Das war ihr seit vielen Jahren nicht mehr passiert. Genau genommen noch nie.

10
Anfang November

Wolken, Sprühregen, volle S-Bahn. Als Isabel nachmittags bei Elfriede ankam, wurde es bereits dunkel. Sie würde einen Tee mit ihr trinken, Kräutertee, damit Elfi nachts schlafen konnte, sich ihr Geschwätz anhören und nach einer Stunde wieder fahren. Das sollte reichen. Aus der einen Stunde würde sie zwei machen. Sie hatte sich angewöhnt, manchmal mehr Zeit als die tatsächlich abgeleistete aufzuschreiben, und es sprach nichts dagegen, weiter so zu verfahren. Baumann junior merkte es nicht und hatte genug Geld, damit prahlte er ja immer. Und seine Mutter kannte sowieso keinen Unterschied zwischen einer Stunde, fünf Stunden oder einem ganzen Tag.

Isabel sollte besser nicht darüber nachdenken, womit sie ihre Zeit verbrachte. Mit zwei verhassten Jobs, einer alten Frau, mit der sie nicht verwandt war und die sie nicht einmal mochte, und neuerdings auch noch in einem Workshop für künftige Bestseller-Autoren. Zumindest glaubten die Teilnehmer, dass sie eines Tages ganz groß rauskamen. Das Leben ist sinnlos, dachte Isabel in der überfüllten S-Bahn. Aber trotzdem lebten ja alle weiter. Sogar Elfi.

Sie saß reglos im Dämmerlicht auf ihrem Fernsehsessel und reagierte nicht, als Isabel sich bemerkbar machte. Wäre nicht das kratzende, schabende Geräusch gewesen, das ihre Finger auf den Armlehnen des Sessels erzeugten, Isabel hätte geglaubt, eine Puppe oder eine Tote vor sich zu haben. Das wäre ja noch schöner. Nach Möglichkeit sollte sie nicht ausgerechnet dann sterben, wenn Isabel in der Nähe war.

»Warum sitzen Sie denn im Dunkeln?« Isabel schaltete das Licht ein.

»Ist schon Donnerstag?«, fragte Elfi erschrocken. »Du lieber Himmel, ich habe verschlafen. Ich habe doch gleich einen Termin.«

Es war Freitag, nicht Donnerstag, und abgesehen von gelegentlichen Arztterminen und ihrer Fußpflege hatte Elfi keine Verpflichtungen.

»Ich hätte jetzt gern meinen Kaffee. Bist du so gut? Du lieber Himmel, ich habe verschlafen. Das ist mir seit Jahren nicht mehr passiert.«

Isabel klärte sie darüber auf, dass es nachmittags war und nicht morgens, was Elfi jedoch bestritt. »Erzähl mir doch nichts!« Sie beharrte auf Kaffee und wurde bockig. »Ich trinke morgens immer meine zwei Tassen, das weißt du doch, schon seit Jahrzehnten tue ich das, und es hat mir nicht geschadet.« Sie musste zu ihrem Termin, darauf bestand sie, und um es zu unterstreichen, schlug sie mehrmals fest auf die Armlehnen. Vor ihrem Termin musste sie sich ein bisschen zurechtmachen. »So kann ich doch nicht nach draußen unter Leute.«

Wenigstens lag der hellbraune Stoffhase heute nirgendwo sichtbar herum. Der Anblick des Hasen auf Elfies Schoß machte Isabel aggressiv. Wie sie mit verklärtem Blick an seiner Schnauze und seinen Ohren entlangfuhr, ihn an sich drückte und dabei kindisches Zeug säuselte. »Du Süßer. Du kleiner Schnuffel, du. Ja, du bist mein Süßer.«

Aber trotz allem wollte Isabel gern weiterhin die Unterhalterin für Elfi spielen. Baumann junior zahlte gut, und es gab viel schlimmere Jobs. Isabel merkte sich nicht unbedingt, was ihre Mitmenschen erzählten, weil es sie in der Regel nicht sonderlich interessierte, aber Elfi keinen Kaffee zu verabreichen, hatte sie abgespeichert. Baumann junior erwähnte das Kaffeeverbot für seine Mutter häufig. Obwohl er angeblich so wenig Zeit hatte, redete er, von seiner Großartigkeit überzeugt, am Telefon ewig, sodass sie manchmal gar nicht mehr wusste, wovon er eigentlich sprach. Isabel war egal, ob Elfi Herzrasen bekam oder nachts nicht schlafen konnte, aber es bestand die Gefahr, dass sie bei ihrem Sohn darüber klagte. Isabel musste so tun, als hielte sie sich strikt an alles, was er vorgab, als folgte sie seinen Gesetzen. Es befriedigte ihn, wenn er das Gefühl hatte, dass die ganze Welt ihm gehorchte.

Elfi jammerte jetzt, wurde unleidlich und gleichzeitig fordernd, eine besonders unangenehme Mischung. Sie bestand darauf, auf der Stelle ihren Morgenkaffee serviert zu bekommen, wobei sie Isabel wie ein Dienstmädchen behandelte, und dass sie zu ihrem Termin musste, sie musste ins Badezimmer, sich ankleiden und herrichten, musste ihr Tagwerk beginnen. Sie wollte aufspringen und sank dann mitten in der Bewegung zurück. Von einem Moment auf den anderen wurde Elfi plötzlich ganz klein und schmal. Und verstummte. Hoffentlich fängt sie nicht an zu heulen, dachte Isabel. Inzwischen kannte sie die Zeichen, und es sah alles danach aus. Sie sollte ihr jetzt unmissverständlich klarmachen, dass kein Termin anstand, damit endlich Ruhe herrschte, dass es nachmittags war und bald das Vorabendprogramm im Fernsehen begann. Elfi schimpfte gern über die niveaulosen Leute im Fernsehen und ergötzte sich gleichzeitig an ihnen.

Isabel ging in die Küche, um Tee zu kochen. Mochte Elfriede überhaupt Kräutertee? Der laute Wasserkocher übertönte eine Weile alles andere. Nachdem er sich abgeschaltet hatte, hörte Isabel aus dem Wohnzimmer leises Schluchzen und Wimmern. Es war so weit. Elfi heulte. Isabel hätte darauf wetten können, dass es heute dazu käme. In den letzten zwei Jahren hatte sie diesem Schauspiel mehrfach beigewohnt und Elfi kein einziges Mal getröstet. Meist war sie kühl, tat so, als würde sie nichts davon mitbekommen.

Elfriede Baumann vergaß ständig, wer Isabel war, und hielt sie donnerstags für jemand anderen als am Montag davor. Manchmal glaubte Isabel, dass der Grund hierfür nicht Vergesslichkeit und ein löchriges Hirn waren, sondern Missachtung. Sie verweigerte es einfach, sich Isabel einzuprägen. Neulich hatte sie wieder gesagt: »Ich weiß gar nicht, wer Sie sind.« Hätte sie von ihren schlecht bezahlten Jobs gewusst, ihrem abgebrochenen Studium, der Wohnung im Keller, sie hätte Isabel erst recht verachtet. Noch mehr als die niveaulosen Leute im Fernsehen. Sie war ziemlich dünkelhaft, die Gute. Genauso wie ihr Sohn.

Ihr kam eine Idee, wie sie das Schluchzen aus dem Wohnzimmer noch länger von sich fernhalten konnte. Vor ein paar Tagen hatte sie sich eine kleine Bluetooth-Box für ihre Küche gekauft und sie seitdem im Rucksack vergessen. Sie ging leise in den Flur und holte sie. Während der Tee in der Kanne zog, verband Isabel die Box, rot, in Form einer Dose, mit ihrem Smartphone und testete sie. Es funktionierte auf Anhieb, und bald darauf wurde Elfriede Baumanns Küche von ungewohnten Klängen in erstaunlich guter Qualität erfüllt. Isabel drehte die Musik lauter. Und noch ein bisschen lauter.

Ich darf den Tee nicht vergessen, dachte sie. Scheiß auf den Tee. Scheiß auf die flennende Elfi. Isabel begann, in Elfriede Baumanns Küche zu tanzen. Die Küche bot dafür eine Fläche von etwa ein Meter fünfzig mal ein Meter fünfzig. Höchstens. Der Boden, beigefarbene Fliesen, war sehr sauber und glatt. Baumann junior zahlte seiner Mutter neuerdings auch eine Putzfrau, die einmal pro Woche kam. Isabel schloss die Augen, warf den Kopf zurück und die Arme nach oben. Ins Berghain ging sie nie. Nicht mehr jung genug. Nicht mehr im Partypeople-Alter.

Dass sie mittlerweile Unterhemden trug, konnte man wahrscheinlich sogar von außen durch zwei Schichten sehen. Sie ging gern ins SO36, ins Kater Blau und auch ins SchwuZ, weil dort egal war, wie man aussah, und sich niemand um sie scherte. Verschwitzte Leiber. Sie mochte das. Frischer Schweiß roch gar nicht schlecht. Isabel tanzte auch allein in ihrer Kellerwohnung. Weil sie unter Kopfhörern die Bässe nicht spürte, drehte sie ohne Rücksicht auf die Nachbarn meistens laut auf. Entweder bekamen die Nachbarn es nicht mit oder es zahlte sich aus, dass sie in der Regel unfreundlich und schroff zu ihnen war, man ihr deswegen aus dem Weg ging und sich keiner mit ihr anlegen wollte, jedenfalls hatte sich noch niemand über den Krach aus der Souterrainwohnung beschwert.

Sie hatte Elfi ganz vergessen, bis sie plötzlich im Türrahmen stand und sie anstarrte. Isabel nahm sie bei der Hand und zog sie auf die kleine Tanzfläche, bevor der ganze Schwall kam – *Was tun Sie hier, wer sind Sie, warum ist es hier so laut, ich rufe meinen Sohn an, mein Sohn kommt dann sofort, mein Sohn weiß, was zu tun ist.*

Ihr Sohn kam nie sofort.

Elfi ließ sich bereitwillig von Isabel herumdrehen und -schwingen und war offenbar viel zu verblüfft, um etwas zu sagen. Sie trug Filzpantoffeln. Vielleicht zu rutschig für die Fliesen? Wenn sie jetzt stürzte und sich einen Oberschenkelhalsbruch zuzog, würde Matthias Baumann Isabel zur Sau machen. Wahrscheinlich, nein, ganz sicher, würde er sie sogar verklagen. Obwohl ihm seine Mutter in Wahrheit ziemlich egal war. Warum sonst hatte er Isabel engagiert und ihr eingetrichtert, sie solle eine »Freundin« spielen? Bei seinen Anrufen machte er ihr gern Vorschläge, was Isabel mit seiner Mutter tun, worüber sie mit ihr reden solle und worüber nicht. »Nicht über das Haus in Zehlendorf, das tut ihr zu weh.« Isabel wusste lange gar nicht, welches »Haus in Zehlendorf« er meinte. Anfangs hatte sie immer erwidert, das müsse er schon ihr überlassen, doch das war gar nicht gut angekommen. »Ich finde auch jederzeit jemand anders, Frau Keppler«, hieß es dann. Isabel hatte schnell gemerkt, dass es am besten war, Baumann junior recht zu geben. Dass man ihm recht gab, war für ihn im Übrigen eine Selbstverständlichkeit. Laut Stefanie, die als Nachbarin einiges mitbekam, hatte er auch bei seinen vergötterten Töchtern und seiner schweigsamen Frau gern alles unter Kontrolle. Stefanie hatte einen Narren an seiner schweigsamen Frau gefressen. »Die redet nicht«, sagte sie, »die sagt nicht mal guten Tag. »Zuerst dachte ich, ein klassischer Fall, er verprügelt seine Frau.«

»Und?«

»Davon musste ich dann wieder Abstand nehmen. Man sieht nie etwas. Kein blaues Auge oder so was. Und laut ist es auch nicht. Abgesehen von dem grässlichen Klavierspielen. Diese Kinder sind total unmusikalisch, aber natürlich müssen sie Klavier spielen. Dann dachte ich, er fummelt an den Mädchen rum. Du weißt schon. Manchmal sieht das ehrlich gesagt auch so aus. Oder findest du es normal, wenn die Mädchen auf ihm liegen und ihren Kopf in seinen Schoß legen? Inzwischen denke ich, dass er seine Frau kontrolliert und dass sie Psychopharmaka nimmt. Manchmal ist sie nämlich total weggetreten. So sehr, dass sie es nicht mal schafft, mit dem Paketboten oder einem Handwerker zu reden. Kiffst du nicht manchmal? Das mache ich ja nie. Habe ich nie gemacht, auch früher nicht. Aber so weggetreten wie Frau Baumann kann ich mir dich einfach nicht vorstellen.« Den Töchtern, den Augensternen, den Regenbogen-Pferdchen-Einhorn-Prinzessinnen, so Stefanies Eindruck, schrieb er gern vor, wie sie im Garten zu spielen hatten.

Elfi streckte die Zunge heraus, tastend, es sah ein bisschen obszön aus oder wie eine Spezies, die mit der Zunge Gerüche einfing.

Matthias Baumann hätte Isabel gesagt, dass ihre Dienste nicht mehr erwünscht seien, wenn er gesehen hätte, was sie mit seiner Mutter in deren Küche veranstaltete.

Elfi zog ihre Zunge zurück, kicherte zuerst verschämt, lachte dann und schwang die Arme. Der Tee. Isabel musste die Beutel aus der Kanne holen. Der Tee zog jetzt bestimmt schon eine halbe Stunde. Elfi stieß kleine Juchzer und Quiekgeräusche aus und imitierte Isabels Bewegungen wie bei einer schrägen Paar-Choreografie. Am besten schienen ihr *Planet Claire* von den B-52's und *A Forest* von The Cure zu gefallen, dabei wurde sie richtig wild. Außer sich sein und zugleich ganz bei sich. Sich spüren und gleichzeitig vergessen. Alles vergessen. Schlechte Jobs. Das Vermieter-Arschloch. Isabel war auf seine Gnade und sein Wohlwollen angewiesen, und als hätte das nicht gereicht, erpresste er sie jetzt auch noch. Elfi, die mit ihr in der Küche herumwirbelte, mit geröteten Wangen und viel gelenkiger und beweglicher als erwartet, wollte sich möglicherweise wiederfinden, weil sie sich bereits vergessen hatte. Sie streckte wieder ihre Zunge heraus. Sollte sie doch. Sollte sie doch allen die Zunge zeigen, Isabel, der Welt, Waltraud, dem Tod.

Schluss jetzt. Genug. Isabel sah auf die Uhr am Herd, die einzige funktionierende in dieser Wohnung. Es standen und hingen überall Uhren herum, aber die meisten gingen falsch oder gar nicht. Darum kümmerte sich augenscheinlich weder Baumann junior noch die von ihm angeheuerte Putzfrau. Höchste Zeit, endlich zu verschwinden. Heute war es gar nicht nötig, mehr Zeit aufzuschreiben. Hoffentlich verpetzte Elfi die kleine Episode in der Küche nicht ihrem Sohn. Und wenn schon. Von ihm darauf angesprochen, würde Isabel verwundert tun und sagen: Tanzen? Um Himmels willen! Da hätte ich ja Angst um sie. Ihre Mutter war sehr verwirrt.

Sie packte Elfi und schob sie zurück zu ihrem Fernsehsessel. Elfi ließ es widerstandslos mit sich geschehen. Danach entkoppelte Isabel die Bluetooth-Box vom Smartphone, steckte beides in ihren Rucksack, goss den Tee weg und kochte neuen, diesmal aber nur eine Tasse. Die Tasse brachte sie Elfi zu ihrem Fernsehsessel. Heute hielt sie den Tee immerhin nicht für Kaffee, denn sie sagte: »Ich mag diesen Tee gar nicht.«

Es war Zeit zu gehen. Doch vorher sollte sie sich noch ein paar Minuten mit Elfi unterhalten.

»Sie trinken ja gar nichts«, sagte Elfi tadelnd.

»Ach, ich mag diesen Tee nicht besonders.«

Elfi sah Isabel eine Weile an, dann begannen sie im selben Moment zu lachen.

»Was halten Sie von Kohlrouladen am Sonntag? Oder finden Sie, das ist zu gewöhnlich und kein Sonntagsgericht?«

»Das ist ein sehr gutes Sonntagsgericht.«

»Ich bin ganz Ihrer Meinung. Wir verstehen uns.«

Wenn Elfriede schon so vergnügt war, konnte Isabel sie auch noch ein bisschen nach der Familie ihres Sohnes ausfragen. Nicht dass es sie wirklich interessierte, aber Stefanie sprach oft über sie, noch häufiger über die schweigsame Ehefrau als über Matthias oder die beiden Albträume in Rosa. Elfi erwähnte ihre Schwiegertochter so gut wie nie. Stefanie behauptete, die Ehefrau sei fahrig und ausweichend, könne niemandem in die Augen sehen und würde dauernd Dinge sagen wie: Ach, darum kann ich mich jetzt nicht kümmern, das ist mir zu viel, ich weiß nicht, wo mir der Kopf steht. Da sie das Verprügeln ausschloss, tippte Stefanie auf irgendwelche Psychopillen. Die harmonische, glückliche Vorzeige-Familie und Psychopillen? Das interessierte sogar Isabel. Vielleicht ließe sich daraus ja in irgendeiner Weise Kapital schlagen? Wenn Isabel ohnehin noch ein paar Minuten bei Elfriede

saß, konnte sie sie auch zu ihrer Schwiegertochter be-
fragen und es Stefanie demnächst berichten. Das Essen bei Stefanie und ihrem Mann war wirklich gut,
ebenso die Auswahl an Wein und allen möglichen
Biersorten, und Isabel musste aufpassen, sich nicht
zu oft selbst bei ihnen einzuladen. Stefanie bedauerte
sie, weil sie zurzeit keinen Partner hatte, und fragte sie
manchmal nach etlichen Gläsern Wein und noch einem oder zwei Grappa, ob sie sich nicht einsam fühle.
Einsam? Isabel hatte keine Zeit, sich einsam zu füh-
len und depressiv oder so was zu sein und auch keine
Lust dazu. Gleichzeitig beneidete Stefanie sie um ihre
Freiheit, wie sie es nannte, was sie aber erst nach noch
mehr Grappa äußerte, wenn ihr Mann schon ins Bett
gegangen war.

Isabel kannte den Vornamen von Elfis Schwiegertochter gar nicht, wie ihr jetzt auffiel. Baumann junior
sprach immer nur über seine Prinzessinnentöchter,
aber fast nie über seine Frau. Und genauso verhielt es
sich mit Elfi. Sie war augenscheinlich wach und in der
Gegenwart, aber bei der Erwähnung ihrer Schwiegertochter blieb ihr Gesicht ausdruckslos. Sie überging
die Frage und begann stattdessen, über die rosafarbenen Mädchen zu reden. Wie entzückend sie seien, wie
viel Freude sie ihr machten, wie fürsorglich die Ältere
zu der Jüngeren sei und so weiter. Isabel hatte nicht
den Eindruck, als bekäme Elfi ihre Enkeltöchter allzu
oft zu Gesicht. Laut Stefanie mussten sie mit ihrem
Vater samstags oft zum Tennis oder zum Golfspielen,
komplett mit passender Sportkleidung und Schlägern

für Kinder ausgerüstet, damit sie schon früh wussten, wohin sie gehörten.

Elfi wurde von einer Sekunde auf die andere still, sank in sich zusammen, schrumpfte in den Sessel hinein. Erschöpft von der Tanzerei, dachte Isabel. Wann hatte Elfriede Baumann wohl das letzte Mal getanzt? Und dann noch zu *Planet Claire*?

Isabel war davon überzeugt, dass sie eingeschlafen war, sehr gut, dann musste sie sich nicht verabschieden, und wollte gerade leise in den Flur zu ihrem Rucksack gehen, als sie plötzlich weitersprach.

»Ihr Herz hat das nicht mehr mitgemacht. Das passiert ja auch bei Jüngeren Das wünscht man natürlich keinem. Gewundert hat mich das nicht. Der Manuela geschah das ganz recht, wenn du mich fragst. Nein, huch, versteh mich nicht falsch, wie klingt das jetzt, das klingt ja –. Natürlich ist es bedauerlich, und ich denke auch an ihre arme Mutter, wie es der gehen muss, mag man sich ja gar nicht vorstellen. Aber die hat sicher auch ihren Teil dazu beigetragen, anders kann es gar nicht sein. Da waren ganz sicher Drogen im Spiel. Das kennt man ja von solchen Leuten. Traurig, aber so ist das. Ich habe immer schon vermutet, dass es kein gutes Ende nimmt, aber auf mich wollte ja keiner hören. Was sagst du? Nein, ihr genaues Alter weiß ich gar nicht. Fünfzehn, sechzehn, dachte ich. Jünger als Lothar. Ein junges Ding. Sie hat sich aber immer älter zurechtgemacht und gleichzeitig verdorben und billig. Richtig billig. Man sah das auch an den Augen. Sie hatte so was Durchtriebenes. Ich könnte am Sonntag mal wieder Tafelspitz machen, was meinst du? Den isst du doch so gern. Das hatten wir schon lange nicht mehr. Mit Meerrettichsoße.«

Tafelspitz? Waren es vorhin nicht noch Kohlrouladen gewesen? Bisschen viel Fleisch, Frau Baumann! Ich muss wirklich strenger mit Ihnen sein. Angeblich konnte sie sich noch problemlos selbst versorgen. Isabel hatte sie allerdings noch nie kochen sehen. Sicher schwelgte sie in Erinnerungen, wie sie früher ihren Sohn bekocht hatte, damit er groß und stark und widerlich und herablassend wurde. Manuela hatte neulich in irgendeinem Zusammenhang mit einem Lothar gestanden, aber Isabel konnte sich nicht mehr erinnern, in welchem. Und ob es überhaupt einen gab. Vermutlich nicht. Vor Kurzem hatte sie Baumann junior am Telefon aus Neugier gefragt, wer Manuela eigentlich sei, so schlecht, wie seine Mutter über sie sprach. Er hatte äußerst unwirsch reagiert, behauptet, keine Manuela zu kennen, und sofort das Gespräch beendet.

»Dann bis zum nächsten Mal«, sagte Isabel übertrieben laut, so wie man mit allen übertrieben laut sprach, die man entweder für alt, ausländisch oder zurückgeblieben hielt. Beim nächsten Mal wäre Manuela mit dem Herzproblem sicher schon Geschichte.

»Bleibst du denn nicht hier?«, fragte Elfi. »Wo willst du um diese Zeit denn noch hin?«

11

Wie so oft ging Babs zuerst zu Godzillas Käfig. Sie verstand einfach nicht, was nachtaktiv bedeutete, obwohl Isabel es ihr schon zigmal erklärt hatte, und erwartete, dass der Hamster sie freudig begrüßte, wie ein Hund, egal, zu welcher Tageszeit. Und wenn er sich nicht blicken ließ, was oft der Fall war, fragte sie: »Was ist denn los? Wo ist er denn? Ist er tot?« – »Nein, er ist nicht tot«, sagte Isabel dann, wenngleich sie sich dessen gar nicht immer sicher war. Manchmal bekam sie ihn selbst tagelang nicht zu Gesicht. Allerdings achtete sie auch kaum auf ihn. Godzilla lebte sein Leben und sie ihres.

Heute allerdings tat er Babs den Gefallen. Als sie vor dem Käfig stand, kramte er gerade mit wenig Begeisterung in braun gewordenen, schrumpeligen Apfelschnitzen herum.

»Musst du ihn nicht mal füttern?«

»Da liegt doch noch was, und außerdem wird er zu fett.«

»Armes Tier. Du bist so herzlos und grausam.«

»Ja, ich weiß.«

Herzlos, so hatte Clemens sie auch immer genannt. Babs erzählte ihr also nichts Neues. Du bist herzlos. Andere sind dir völlig egal. Interessiert dich denn gar nicht, wie's mir geht? Du bist immer so kühl. Nein, kalt, du bist richtig kalt. Neben dir erfriert man.

»Habe ich dir eigentlich schon mal gesagt, dass ein Goldhamster überhaupt nicht zu dir passt?«

Das hatte Babs in der Tat schon häufig angemerkt, im Grunde sagte sie es alle paar Tage, doch in diesem Punkt musste Isabel ihr recht geben. Goldhamster waren Tiere für Kinder. Für freundliche Kinder. So wie Meerschweinchen oder Kaninchen.

Sie hatte den Hamster kurz nach ihrem Einzug in die Katzbachstraße von einem Nachbarn übernommen, samt Käfig, Laufrad, Streu und einem Rest Futter. Oder besser, der Hamster war ihr aufgedrängt worden. Zuerst hatte Isabel die Gunst der Stunde genutzt und in der nicht abgeschlossenen Werkstatt des verstorbenen alten Mannes alles in die Tasche gestopft, was hineinpasste. Kurz darauf war der Nachbar an sie herangetreten. Ihr war schon vorher aufgefallen, dass er sie beobachtete, nur auf einen Anlass zu warten schien, sie anzusprechen, dass er sie besonders freundlich grüßte, mehrfach fragte, ob sie sich schon eingelebt habe. Es war noch vor der Zeit gewesen, als sie begann, die Nachbarn so unfreundlich zu behandeln, dass die meisten ihr aus dem Weg gingen. Sie nahm auch nie Pakete für sie an. Aber an der Kellertür, vom Rest abgesondert und direkt an der Straße gelegen, klingelten die Paketboten ohnehin nur selten. Isabel Keppler war kein guter Mensch. Sie legte auch keinen Wert darauf. Eines Tages hatte der Mann ihr von seiner Tochter erzählt. Sie interessiere sich nicht mehr für Nagetiere und wolle jetzt lieber einen Hund, Goldhamster finde sie langweilig und uncool. So wurde man das Vieh natürlich auch los. Isabel konnte Haustiere grundsätzlich nicht sonderlich leiden. Sie machten Mühe, waren immer da und tyrannisierten mit ihrer Anwesenheit und ihren Bedürfnissen. Ihre Arbeitskollegin Sonja hatte vier oder fünf Katzen und roch immer so, als hätte sie sich in deren Klo gewälzt. Vor ein paar Jahren hatte Isabel sie besucht – nur dieses einzige Mal – und dabei die Biester kennengelernt. Überall in der engen Wohnung Spielzeug, das die Katzen nicht anrührten. Kratzbäume in Pastelltönen. Katzenhaare, wohin man blickte. Der penetrante Geruch. Wenn Isabel im Hochsommer S-Bahn fuhr, musste sie immer an Sonjas Katzenhöhle denken. Entweder lag es an der Polsterung oder an anderen Kunststoffbestandteilen in den Waggons, in der Berliner S-Bahn roch es an besonders heißen Tagen genauso wie die Kombination aus Katzenstreu und Katzenpisse.

Natürlich hätte Isabel den Hamster einfach im Viktoriapark aussetzen können, aber das brachte nicht einmal sie übers Herz. Vorerst nicht. Sie hatte den Nachbarn gefragt, wie er denn heiße. Als interessierte sich ein Hamster für seinen Namen. Putzi. Putzi! Diesen Namen wollte Isabel ganz sicher nicht übernehmen und nannte den Goldhamster fortan Godzilla.

In den ersten Tagen fragte sie sich oft, ob er noch lebte, bis ihr schließlich auffiel, dass er nachts wach war und den ganzen Tag in seinem Häuschen verpennte. Das machte ihn ein bisschen sympathischer. Je nach Auslastung durch Job eins und zwei hielt auch Isabel sich nachts oft in ihrer Abstellkammer auf, in der sie mit Tageslichtlampen die Stromrechnung in die Höhe trieb. In der Kammer stand ihr auch nicht mehr Platz zur Verfügung als Godzilla in seinem Käfig, eher weniger, und im Unterschied zu ihm hatte sie nicht einmal ein Laufrad. Sie informierte sich über Goldhamster, erstens, was fraßen sie, zweitens, wie hoch war ihre Lebenserwartung, und stellte erleichtert fest, dass ihnen nur ein kurzes Dasein auf Erden beschieden war. Es konnte nicht mehr lange dauern. Bevor er zu Isabel gekommen war, hatte er ja bereits eine Weile bei der Nachbarstochter verbracht. Tickende Goldhamsterzeit. Doch seltsamerweise lebte Godzilla immer noch.

Babs war nach ihrer Schicht in der Markthalle unangemeldet zu Besuch gekommen, und binnen weniger Minuten roch es nach altem Bratfett. Sie lernte es einfach nicht. Isabel wollte sie keineswegs so oft sehen und erst recht nicht ohne Ankündigung. Babs war einsam. Das Gleiche unterstellte sie auch Isabel und war der Auffassung, es würde sie verbinden. Isabel war zwar nicht einsam, aber sie machte sich schon lange nicht mehr die Mühe, Babs auf diesen Unterschied zwischen ihnen hinzuweisen. Sollte sie doch ruhig an einen Schicksalsbund glauben, der nicht existierte, nie existiert hatte, wenn es ihr dann besser ging. Babs war lästig. Doch es ließ sich nicht leugnen, dass sie hin und wieder auch ungemein praktisch war. Manchmal hatte Isabel Lust, stundenlang mit ihr in einer Bar herumzusitzen, erst Bier und dann Cocktails zu trinken, Leute zu beobachten und abfällige Bemerkungen über sie zu machen. Dafür stand Babs jederzeit zur Verfügung. Ganz zufällig hatte Isabel an solchen Abenden oft ihr Geld zu Hause vergessen.

Im Moment jedoch war Babs ihr zu viel. Allein ihr Blick, in dem so viel Anhänglichkeit lag. Job eins und zwei, Frau Baumann und neuerdings auch noch der Workshop. Isabel wollte ihre Ruhe haben. Job eins bestand aus der Eingabe von Daten. Eintönig, stumpfsinnig, aber meistens erträglich. Das Büro teilte sie sich mit Sonja, die unentwegt über ihre süßen Katzen sprach. Job zwei hieß: Schreibtischarbeit und lästige Telefonate in einer Event-Agentur. Dieses elende Gequatsche. Und Isabel musste immer nett am Telefon sein, denn sie sprach ja mit Kunden. Der Chef, ein Hipster, der dauernd Smoothies trank, sagte: »Eine Branche mit Zukunft. Wenn sonst gar nichts mehr läuft, Veranstaltungen gehen immer. Und es wird immer mehr geben. Ein riesiger Markt. In Berlin sowieso. Dass du zu uns gekommen bist, war das Beste, was dir passieren kann.« Isabel pflegte keine echten, tiefgehenden Feindschaften, hatte sich aber im Laufe der Jahre ein paar kleinere zugelegt. Ein Feind hieß Patrick und war ihr Kollege in der Event-Agentur. Patrick wollte ihr schaden, das war kein Geheimnis. Er war von Anfang an nicht mit Isabel klargekommen und machte sie beim Chef und den Kollegen schlecht. Er fraß den ganzen Tag im Büro, was man ihm auch ansah. Er war leicht schwabbelig, fand sich selbst aber sexy, begehrenswert und klug. Und er hasste Isabel zutiefst. Sie hasste ihn zurück. »Du bist hier schneller wieder draußen, als du gucken kannst«, sagte er manchmal zu ihr, nachdem er sich vergewissert hatte, dass niemand anders zuhörte. »Dafür sorge ich schon. Dafür sorge ich, wart's ab.«

Babs verfütterte ein Stück Clementine an Godzilla und machte ihren üblichen Scherz über Isabels Ex, Clemens, den sie gern Clementine nannte, weil er ihrer Meinung nach so schwach und verweichlicht war.

»Mal wieder was von Clementine gehört?«, fragte sie.

»Nein.«

»Ist wohl auch besser so. Der hat dir ja echt nicht gutgetan. Gut, dass du den los bist. Meine Fresse, war das ein Theater.«

Babs lief, soweit Isabel wusste, zurzeit einer Frau hinterher, bei der es schon vor Jahren aussichtslos gewesen war. Isabel hatte ihren Namen vergessen, weil sie Babs' nicht existierendes Liebesleben nicht im Mindesten interessierte. Warum sollte es mit dieser Frau jetzt klappen? Aber davon war Babs fest überzeugt. Gleich würde sie wieder ihr endloses Klagelied anstimmen, in das sich auch Hoffnung mischte. Sie würde Isabel alle möglichen banalen, belanglosen Äußerungen dieser Frau aufzählen und hoffnungsfrohe

Mutmaßungen darüber anstellen, ob nicht, zwischen den Zeilen, doch etwas Positives darin steckte. Findest du nicht auch, das hat sie ganz anders gemeint? Meinst du nicht, damit wollte sie mir eigentlich sagen … Denkst du nicht … Sie ist wohl zu schüchtern … Das klingt doch ganz gut, oder? – Nein, es klang nie gut. Es klang meistens vernichtend, und zwischen den Zeilen stand nichts. Höchstens: Lass mich in Ruhe. Babs bekam es einfach nicht auf die Reihe, schon seit Jahrzehnten nicht, und Isabel hatte sie ein paar Mal gefragt, ob Frauen denn überhaupt das Richtige für sie seien, bei so einer jämmerlichen Erfolgsquote. Solche Bemerkungen erbosten Babs jedes Mal. Allerdings nie lange. Meistens scheiterten ihre Bemühungen daran, dass sie nach ungefähr einer Woche anfing, Kleidung und anderen Kram von sich bei den jeweiligen Frauen zu deponieren, und nach zwei Wochen vorschlug, sie könnten doch zusammenziehen. Warum die meisten sich dann von ihr zurückzogen, blieb ihr unbegreiflich. Das alles hatte Isabel sich in den vergangenen Jahren schon oft von ihr anhören müssen. Wenn das heulende Elend vor ihrer Tür stand. Wenn es sehr viel Bier brauchte, um das heulende Elend wieder in einen halbwegs erträglichen Zustand zu versetzen. »Sie ist doch sowieso eine blöde Kuh« war Isabels Standardspruch in solchen Situationen, was bei Babs gut ankam. Für sie ein Zeichen, dass Isabel auf ihrer Seite stand. Babs war allein und blieb allein, und Isabel war es seit fast zwei Jahren auch, allerdings aus ganz anderen Gründen. Babs war schon fünfzig, igitt. Ihren fünfzigsten Geburtstag hatte sie zusammen mit Isabel, mit wem sonst, und einer Menge Gras und Sekt verbracht. »Ach, wir einsamen alten Schachteln«, hatte Babs irgendwann betrunken gesagt. Dagegen verwehrte sich Isabel ganz entschieden. Sie war weder einsam noch alt. Jedenfalls noch nicht so alt. Die einsame, alte, liebeshungrige Babs tat ihr auch leid, ein bisschen zumindest, obwohl Isabel ja nur selten Mitleid hatte. Babs bewunderte sie. Ein wenig Bewunderung fühlte sich gar nicht schlecht an, selbst wenn sie nur von Babs kam.

Isabel überlegte, ob sie den leidigen Workshop vielleicht an Babs abtreten konnte. Ferdi hatte ihn an sie weitergereicht, und das Gleiche könnte sie nun mit Babs tun. Sie beschwerte sich doch immer, dass Isabel sie nie mitnahm, erst neulich bei der Vernissage. Herauszufinden gab es bei dem Workshop ohnehin nicht viel. Ihr war auch immer noch nicht klar, was sie herausfinden sollte, was dieser Auftrag von Ferdi zu bedeuten hatte und warum er so viel Geld dafür ausgab. Vielleicht konnte sie Babs diesen öden Kurs als etwas Besonderes, Elitäres anpreisen, etwas, woran nicht jeder teilnehmen durfte, sondern nur auserwählte Menschen. Ferdi würde sie natürlich nichts davon erzählen. Allerdings wäre es sinnvoll gewesen, Babs von Anfang an dorthin zu schicken und nicht erst zum dritten Treffen. Wie sollte sie es jetzt erklären? Damit, dass sie krank geworden war und deswegen eine Freundin schickte, die sich ebenfalls ach so sehr fürs Schreiben begeisterte?

Babs und Schreiben, das war noch absurder als Isabel und Schreiben. Babs schrieb Einkaufszettel und ansonsten kurze Textnachrichten mit mehr Emojis als Buchstaben.

Ferdi hatte immer noch nicht angerufen. War er abgetaucht? Hatte längst das Interesse verloren? Wenn er sich weiterhin nicht bei ihr meldete, konnte Isabel diesen Treffen genauso gut fernbleiben.

Anders als Babs schrieb Clemens gern und viel und beglückte Isabel damit auch zwei Jahre nach ihrer Trennung. Er war auch so ein Kandidat für Hasskommentare im Internet. Dabei konnte Isabel ihn sich gut vorstellen. Wie er den halben Tag vor dem Bildschirm hockte, zu allem Erdenklichen seinen Senf abgab, sich dabei immer weiter steigerte und mächtig stolz auf sich war, weil er den Durchblick hatte. Dass sie nichts von ihm gehört hatte, traf nicht zu, erst vorgestern war eine Mail in Isabels Posteingang gelandet. Er kontaktierte sie unter diversen, wenig originellen Identitäten. Clemens bevorzugte E-Mails, kein Wunder, denn er kannte Isabels neue Mobilnummer gar nicht. Er verhielt sich wie ein Quartalssäufer. Manchmal herrschte wochenlang Ruhe, dann wieder trafen gleich zwanzig Mails pro Tag ein, deren Ton von Selbstmitleid bis wüster Anklage reichte. Natürlich antwortete sie ihm nie, aber das hielt ihn nicht ab. Clemens brauchte keine Antwort. In dieser letzten Nachricht von vorgestern stand: Ich hasse dich. Nicht etwa ein- oder zweimal, sondern seitenlang.

ICH HASSE DICH ICH HASSE DICH ICH HASSE DICH ICH HASSE DICH ICH HASSE DICH ICH HASSE DICH ICH HASSE DICH ICH HASSE DICH ICH HASSE DICH ICH HASSE DICH ICH HASSE DICH ICH HAS-SE DICH ICH HASSE DICH ICH HASSE DICH ICH HASSE DICH ICH HASSE DICH ICH HAS-SE DICH ICH HASSE DICH ICH HASSE DICH ICH HASSE DICH ICH HASSE DICH ICH HAS-SE DICH – und so weiter und so fort. Endlos. In Großbuchstaben. Ohne Punkt und Komma. Hatte er das kopiert oder es unzählige Male getippt? Er war einfallslos geworden. Früher hatte er ihr fantasievoll gedroht, wie er ihr erst auflauern und dann zuschlagen würde, »dann wird es dir leidtun«, er hatte sie beschimpft und auf vielfältige Weise umbringen wollen, manchmal brutal, wobei er eine besondere Vorliebe fürs Erwürgen mit bloßen Händen an den Tag legte. Messer mochte er auch ganz gern. »Und dann steche ich dich ab.« An anderen Tagen war er der Ansicht, dass Isabel das in absehbarer Zeit auch selbst erledigte: »Du wirst noch an deiner eigenen Kälte sterben. Du wirst schon sehen. Du bist wie so ein verdammtes Reptil. Du Reptil. Du kalte Fischfotze.«

Nachdem Babs endlich gegangen war, machte Isabel sich etwas zu essen und setzte sich damit vor den Fernseher. Es gab frischen Lachs, der nicht auf ihrem Einkaufszettel gestanden hatte. Im Supermarkt wurde Isabel oft aggressiv, wenn die Leute so lange brauchten und den ganzen Betrieb aufhielten. Erst brauchten sie ewig fürs Zahlen, dann lagen ihre Waren im Weg herum, weil sie mit dem Einpacken nicht nachkamen, und Isabels Einkäufe rutschten darauf. Die Kunden in Bio-Supermärkten waren besonders langsam. Irgendwann hatte Isabel sich angewöhnt, ihren Ärger, der zu nichts nutze war, in etwas Konstruktives umzuwandeln. Es erforderte Geschick, Konzentration und den richtigen Moment und brachte nur Vorteile. Es war wie ein Sport. Es war lustig, obwohl sie sich das Lachen natürlich verkneifen musste. Sie vergaß ihren Ärger und rächte sich an denen, die im Weg standen und alles blockierten. Meistens trat sie ziemlich nah an die Leute heran, täuschte vor, ihre Waren vor den fremden retten zu wollen, nahm ihren Rucksack hoch, stellte ihn direkt daneben ab, sodass die anderen Kunden sich von ihr bedrängt fühlten und in ihrer plötzlich aufkommenden Hektik den Überblick verloren. Auf diese Weise hatte Isabel schon alles Mögliche erbeutet, sogar ganze Hühner. Heute hatte sie unbemerkt Käse eingesteckt, obwohl es nicht ihre Sorte war, ein Glas mit Spargel, obwohl sie gar nicht wusste, was sie damit sollte, ihn in Kochschinken einwickeln?, und extra verpackten Fisch von der Fischtheke. Eine Überraschungstüte. Zu Hause stellte er sich als Lachs heraus. Das war zwar ein bisschen langweilig, aber umsonst, weshalb er besonders gut schmeckte.

Godzilla gab sie neues Futter und warf die braunen Apfelschnitze weg. Morgen stand Job zwei an, und sie wollte früh schlafen gehen, doch später zog es sie doch noch in die Abstellkammer. Bevor sie Kopfhörer aufsetzte, hörte sie den Hamster in seinem Laufrad. Gemütlich. Ein Zusammenleben dieser Art ließ sich aushalten. Er war beschäftigt und Isabel auch. Er wollte nicht mit ihr reden, forderte nicht ständig ihre Aufmerksamkeit ein. Sie störten sich nicht gegenseitig, sondern ließen sich in Ruhe.

12
Mitte November

Stefanie hatte Isabel wie jedes Jahr zu ihrem Geburtstag eingeladen. Ein weiter Weg bis Pankow, sie musste erst mit U- und S-Bahn fahren und dann noch eine lange Strecke mit der Tram. Stefanie und ihr Mann wohnten weit draußen, gefühlt gar nicht mehr in Berlin. Und je näher man ihrem Haus kam, desto weniger sah es auch so aus wie in Berlin. Stefanie hatte schon immer einen Hang zu entlegenen Wohngegenden gehabt. Vor Pankow hatte sie in Heiligensee gelebt, nicht weit entfernt von Bonnies Ranch, und auch damals hatte die Anfahrt ewig gedauert. Isabel hatte auch schon einige Male, wenn es spät geworden war, auf dem Gästebett übernachtet, doch sie zog ihr eigenes Bett vor und fuhr deswegen schon am Nachmittag nach Pankow.

Die richtige Party, die echte Geburtstagsparty, hatte bereits ohne Isabel stattgefunden. Stefanie lud Isabel nie am selben Tag ein wie die anderen Gäste. Sie hatte ihr dafür nie einen Grund genannt, außer vielleicht: »Das ist dir doch sicher recht so, oder?« Klar war es Isabel recht. Sie legte keinen Wert darauf, die Bekanntschaft mit Stefanies Freunden und Bürokolleginnen zu machen.

Sie schenkte ihr ein kleinformatiges Bild, etwa fünfzehn mal zehn Zentimeter groß. Es zeigte – aber das war erst auf den zweiten oder dritten Blick zu erkennen – Wollmäuse, eine trockene gelbe Nudel, Sorte Farfalle, mit Staub in den Ritzen, ein totes Insekt mit vom Körper gestreckten Beinen, einer Küchenschabe ähnlich, ein undefinierbares Stück Stoff und den unteren grün leuchtenden Teil einer Flasche.

»Aha«, sagte Stefanie. »Interessant. Danke. Haben wir den Künstler mal gesehen? Ich kann mich gar nicht erinnern.«

»Interessant« bedeutete wohl: grässlich. »Nein, den haben wir nie gesehen«, sagte Isabel. »Ist eine ganz neue Entdeckung.« Stefanie begleitete sie manchmal zu Ausstellungseröffnungen. Stefanie mochte Galerien, das Ambiente, den gereichten Sekt und fragte alle paar Wochen, wann Isabel sie wieder mitnehme.

Sie standen am Fenster zum Garten und stießen mit einem teuren Crémant an. Es war ein milder Novembertag. Unten rannten die rosafarbenen Mädchen herum, Matthias Baumanns Augensterne.

»Pass auf, gleich kommt er«, sagte Stefanie. »Er kann sie nämlich keine fünf Minuten allein lassen. Eins, zwei, drei …«

Sie behielt recht. Matthias Baumann kam tatsächlich kurz darauf nach draußen. Er schien zu spüren, dass er aus dem ersten Stock beobachtet wurde, vielleicht legte er es auch darauf an und brauchte Publikum. Er drehte auf, sprang neben seinen Töchtern herum und präsentierte sich als guter, moderner Vater. Die Sorte: Ich bin selbst noch ein kleiner Junge geblieben. Happy Family. Ich kann so gut mit meinen Töchtern.

»Das ist nicht auszuhalten«, sagte Stefanie. »Sei froh, dass du nicht solche Nachbarn hast. Und wart's ab, später geht das unten dann mit dem Klavier wieder los. Die Ältere muss Klavier spielen. Und sie ist absolut unmusikalisch. Dieses misstönende Tastenhacken, schrecklich.«

Isabel berichtete von den Bemühungen bei Elfriede Baumann und dass von ihr jedoch kein Wort über die Schwiegertochter herauszubekommen war, so als gäbe es sie gar nicht.

»Die gibt's ja auch nicht«, sagte Stefanie. »Neulich musste der Installateur in den Keller. Diese Frau weiß nicht mal, wo unten die Heizung ist. Ich weiß das nicht, ich kenne mich damit nicht aus, das ist so ungefähr alles, was sie von sich gibt. Und der Garten wird immer mehr zu einer Müllhalde. Eine Müllhalde aus Plastikgerätschaften und Spielzeug. Du müsstest das im Sommer mal sehen. Und die Gören spielen mit dem ganzen Zeug nicht mal. Ich glaube, die wissen gar nicht, was sie damit anfangen sollen. Und nach ein paar Minuten verlieren sie die Lust. Hast du das schon mal gesehen? Kinder, die nicht wissen, wie sie spielen sollen? Bei den Baumanns kommen fast jeden Tag Pakete an. DHL, DPD, Hermes, immer, wenn so ein Wagen hält, ist es garantiert ein Paket für die Baumanns. Was meinst du, wie oft wir schon was für die annehmen mussten. Sei froh, dass du nicht solche Nachbarn hast.«

Aus dem ersten Glas Crémant wurden noch etliche mehr, bevor sie zu Rotwein übergingen. Und im Laufe der nächsten Stunden tischte Stefanie wie immer Unmengen an Essen auf. Die Gewohnheiten der Familie Baumann kannte sie offenbar gut, denn auch mit dem misstönenden Tastengehämmer behielt sie recht.

An diesem Nachmittag bekam Isabel auch Elfriede Baumanns Schwiegertochter zu Gesicht. Stefanie wollte ihr den neu eingerichteten Fitnessraum ihres Mannes im Keller zeigen, als sie sie im Hausflur trafen. Matthias Baumanns Frau trug einen Korb Wäsche – »Die waschen ungefähr dreimal am Tag«, hatte Stefanie gesagt – und war auf dem Weg zur Waschküche, begleitet von ihren Töchtern. Sie hauchte flüchtig »Hallo« und sah dabei weder Stefanie noch Isabel in die Augen. Verprügelt wirkte sie dem ersten Anschein nach nicht, aber Spuren davon konnten sich ja auch unter der Kleidung verbergen. Die beiden Mädchen blickten erst scheu und stumm zu Stefanie, dann zu Isabel. »Sie reden nicht mit Fremden«, hatte Stefanie gesagt.

Ihre Mutter war schon in der Waschküche verschwunden. Isabel beugte sich zu den Mädchen und sagte ganz leise: »Ich finde euch nicht niedlich.«

Die Mädchen starrten sie sprachlos an und folgten dann eilig ihrer Mutter. Etwas so Ungeheuerliches hatte ihnen vermutlich noch nie jemand gesagt.

Möglicherweise hatten sie es auch gar nicht begriffen. Gleich würden sie es ihrer Mutter verpetzen und danach ihrem Vater, und spätestens beim nächsten Telefonat mit ihm, wenn es um die Termine ging, an denen sie bei Elfriede zu erscheinen hatte, würde Isabel es bereuen. Falls er nicht empört schon vorher anrief, weil sie seine Augensterne beleidigt hatte.

Als sie von Pankow nach Hause kam, war es früh, nicht einmal elf. Isabel spielte kurz mit dem Gedanken, noch eine Bar aufzusuchen, aber sie hatte heute genug getankt und würde brav sein. Schlafen. Morgen Job zwei. Und gerade, als sie es beschloss, klingelte es an der Tür. Vermutlich betrunkene Jugendliche. Eine Wohnungstür direkt an der Straße animierte manche Leute dazu, zu den unmöglichsten Uhrzeiten die Klingel zu betätigen. Total witzig. Eine Wohnung im Souterrain war wie ungeschützt in freier Wildbahn zu leben. Sie wartete auf das Geräusch zu Bruch gehender Bierflaschen, die gegen das Fenstergitter geworfen wurden. Isabel hatte schon oft die Scherben aufkehren müssen. Darum würde sie sich erst morgen kümmern. Sie wartete auf Lachen und betrunkenes Gegröle, doch es klingelte erneut. Ein Nachbar, der sich beschweren wollte, konnte es nicht sein. Isabel hörte keine Musik, und in ihrer Wohnung war es ganz still.

Sie stieg die sieben Stufen nach oben und öffnete die Tür. Ferdi stand mit zwei Bierflaschen in der Hand davor.

»Hallo, Keppler«, sagte er. »Je später der Abend ...
komm, trink was mit mir. Ist aus dem Späti um die
Ecke. Ist noch ganz kalt.«

Gewöhnte sich Ferdi solche Besuche jetzt an?
Morgens Croissants, abends Bier? Wenigstens hatte er seinen Schlüssel nicht benutzt. Wäre sie nicht
zu Hause gewesen, hätte er es wahrscheinlich aber
ganz unverfroren getan. Ihre großartige Falle, in die
sie selbst geraten war, hatte Isabel seit dem Vorfall im
Oktober nicht mehr installiert.

Sie ließ ihn in die Wohnung und setzte sich mit
ihm an den Küchentisch.

»Gar nicht unterwegs heute?«, fragte Ferdi. »Die
Nacht ist doch noch jung.«

»Ich bin nicht jeden Tag unterwegs. Außerdem ist
heute Sonntag. Ich muss morgen arbeiten.«

»Na ja, wir kennen uns ja nicht so gut, und ich
weiß nicht, was du so machst.«

»Warum bist du eigentlich gekommen, wenn du
dachtest, dass ich gar nicht zu Hause bin?«

»He, he, ganz ruhig, nicht gleich wieder so feind-
selig, ich bemühe mich nur um Konversation. Das machen normale Leute, weißt du. Höflich miteinander
umgehen. Interesse am anderen zeigen und so. Na ja,
wir wissen ja, dass das nicht gerade deine Stärke ist.«

Seit sie an dem Workshop teilnahm, hatte Ferdi
sie in Ruhe gelassen. Sie hatte sich schon gefragt, ob er
das Ganze vergessen hatte oder es nicht mehr wichtig
für ihn war, sodass sie es endlich abbrechen konnte.
Genau darauf hoffte sie auch jetzt. Dass er sagte, ach,

weißt du, du musst da nicht mehr hingehen, hat sich erledigt, war wohl eine blöde Idee. Aber würde er sich die Mühe machen, am späten Sonntagabend von Lichtenberg hierher zu kommen und zwei Flaschen Bier zu kaufen, um ihr das mitzuteilen? Wohl kaum. Sie waren nicht miteinander befreundet. Sie waren nicht einmal gute Bekannte. Sie hatten keine Croissant- und Bierbeziehung miteinander. Er wollte Ergebnisse hören. Das musste es sein. Sie hatte aber keine Ergebnisse zu bieten. Im Grunde wusste sie immer noch nicht genau, worauf sie in diesem verfluchten Workshop eigentlich achten sollte, und hatte auch keine Lust, Ferdi zu fragen. Auf das, was Daniel von sich gab, hatte sie meist nicht geachtet, weil es einschläfernd war.

Sie stand auf und öffnete die Bierflaschen.

»Kein Glas?«, fragte Ferdi.

»Ein Glas? Für Bier?«

»Man kann auch Bier stilvoll trinken. Das sollte man sogar. Du bist wirklich ein bisschen verroht, Keppler. Muss ich mir Sorgen machen?«

»Ich will nicht später die Gläser spülen.«

»Ach, Keppler. Charmant wie immer.«

Wie sich herausstellte, hatte Ferdi den Workshop leider nicht vergessen. Er deutete wieder einen Konflikt an, ohne ihn näher zu beschreiben. Dabei wäre das sehr hilfreich für Isabel gewesen. Doch offenbar spielte er lieber den Geheimnisvollen.

»Du sollst auf Daniel achten, aber auch auf die anderen Kursteilnehmer. Ich erwarte dann ein Dossier von dir. Wir haben uns verstanden, oder?«

Ein Dossier? Über einen lächerlichen Schreibworkshop mit lauter Möchtegern-Autoren?

»Du darfst meinen Namen nicht erwähnen, Keppler, das ist ganz wichtig. Hast du das verstanden? Du darfst auf gar keinen Fall meinen Namen erwähnen. Du besuchst diesen Kurs aus Interesse, so wie wir es besprochen haben.«

Auf keinen Fall seinen Namen erwähnen. Ferdi tat so, als würde er beim Geheimdienst arbeiten. Isabel wollte ihn loswerden und schielte zu seiner Bierflasche. Noch zur Hälfte gefüllt. Los, trink schneller, und dann geh endlich.

»Was den Workshop betrifft, haben wir uns jetzt verstanden. Du erstattest mir dann Bericht. Macht es dir denn auch ein bisschen Spaß? Na, deinem Gesicht nach zu urteilen, wohl eher nicht. Mensch, Keppler, jetzt guck doch nicht so. Ich dachte ja, das wäre was für dich. Weißt du, man sollte aus allem etwas Positives ziehen, finde ich. Macht das Leben viel angenehmer. Aber ich muss auch noch über was anderes mit dir reden.« Ferdi machte eine Pause, blickte auf seine Bierflasche, drehte sie in den Händen und trank dann einen großen Schluck. »Das ist überhaupt noch nicht sicher. Aber es könnte sein, dass sich in meinem Leben in absehbarer Zeit was ändert und dass ich dann die Wohnung hier selbst brauche. Aber wie gesagt, das ist noch gar nicht sicher. Also keine Panik. Und ich würde dir natürlich rechtzeitig Bescheid geben. Wenn es überhaupt dazu kommt. Ich bin ja an einem guten Verhältnis zwischen uns interessiert.«

13

Der nächste Morgen begann um fünfzehn Uhr, als es draußen schon wieder dunkel wurde.

Ganz früh, gegen acht, nach vielleicht einer Stunde Schlaf, hatte Isabel sich telefonisch bei Job zwei krankgemeldet. Patrick konnte sie heute ganz sicher nicht ertragen. Sie hatte etwas von einer »schlimmen Erkältung« erzählt und sich nicht extra um eine kratzige, belegte Stimme bemühen müssen. Schlimme Erkältung ging immer. Vor allem um diese Jahreszeit. Danach war sie wieder ins Bett gefallen.

Um drei Uhr nachmittags kochte sie den ersten Kaffee des Tages und setzte sich damit an den Küchentisch. Ferdis Besuch, seine Scheißfreundlichkeit, die Hiobsbotschaft – alles war sofort wieder da. Dass er die Wohnung angeblich doch selbst brauche, ohne einen Zeitpunkt zu nennen. Wer hätte das gedacht, plötzlich liebte Isabel die Souterrainwohnung, sieben Stufen unter Normalnull in der lauten Katzbachstraße, liebte sie innig, plötzlich war sie der Ansicht, dass keine andere Wohnung auch nur entfernt an sie heranreichte.

Nachdem er gegangen war, hatte sie eine Weile vor dem Hamsterkäfig gesessen, Godzilla beim Rennen im Laufrad zugesehen und Wein getrunken. So interessant oder ablenkend war Godzilla jedoch nicht, und irgendwann hatte sie es in der Wohnung nicht mehr ausgehalten. Auf dem Weg Richtung Mehringdamm rempelte sie alle Leute wüst an, die ihr in die Quere kamen und so unverschämt waren, keinen Platz zu machen. In einer Bar flirtete sie eine Weile mit dem Typen, der neben ihr an der Theke saß. Offensichtlich suchte er Anschluss und war nicht abgeneigt, doch er begann Isabel schnell zu langweilen. In der nächsten Bar im Chamissoviertel überlegte sie, ob sie Babs eine Nachricht schicken sollte, verwarf diesen Gedanken jedoch wieder. Inzwischen war es viel zu spät, und außerdem wollte sie gar nicht reden. Was gab es da auch zu reden? Isabel hätte sich nie auf diese Untervermietungsgeschichte einlassen dürfen. Eigentlich gab es nun keinen Grund mehr, weiter an den Workshop-Treffen teilzunehmen. Andererseits, wenn es dem Scheißkerl so wichtig war, dass sie seinen Namen dort nicht erwähnte, wenn ihm so wichtig war, dass niemand erfuhr, dass sie in seinem Auftrag teilnahm, dann konnte sie es ihm heimzahlen, indem sie beim nächsten Mal seinen Namen besonders oft nannte. Sie verstand immer noch nicht, was sie dort eigentlich in Erfahrung bringen sollte. Wie man einen Roman schrieb? Wohl kaum. Eine langweilige Veranstaltung mit ungeheuer langweiligen Teilnehmern. Sollte sie Spionage betreiben? Lächerlich. Wollte Ferdi wissen, wie Kursleiter Daniel, mit dem er irgendwelche nebulösen Konflikte hatte, einen Workshop leitete, weil er selbst ähnliche Ambitionen hatte? Das konnte Isabel sich nicht vorstellen. Ferdi war der Freund eines Freundes eines Bekannten, und besonders gut kannte sie ihn nicht, aber von einem Interesse an einer im weitesten Sinne pädagogischen Tätigkeit hatte er noch nie etwas angedeutet. Sie wusste nicht einmal, was genau er eigentlich arbeitete. Und in welchem Bereich auch? Wie nehme ich meine Untermieterin am besten aus?

Die Bar im Chamissoviertel schloss, und Isabel musste weiterziehen. Unterwegs stopfte sie in einem noch geöffneten Imbiss fettiges Essen in sich hinein. Sie landete in einem queeren Schuppen auf dem Mehringdamm. Dunkel und eng. Herrlich laute Musik. Wummernde Bässe. Männer, die mit sich selbst beschäftigt waren und Isabel nicht beachteten. Bloß die steile Treppe nach unten zu den Toiletten war in ihrem Zustand etwas beschwerlich. Hier hätte sie gern noch viele weitere Stunden verbracht, trinken, sie trank schon seit dem ersten Crémant am Nachmittag mit Stefanie, Musik, nichts denken, aber irgendwann waren alle Gäste gegangen. Bis auf sie.

»Morgen sieht alles bestimmt schon ganz anders aus, Schätzchen«, sagte der Barkeeper. Das bezweifelte Isabel. Am liebsten hätte sie ihm ihr Bierglas vor die Füße geworfen. Zechprellen probierte sie erst gar nicht, fürs Wegrennen war sie viel zu betrunken.

Bis auf ein paar Spätis hatte alles geschlossen. Mit einer Bierflasche neben lauter abgerissenen Gestalten vor einem Späti wollte Isabel nicht enden, obwohl sie sich genauso fühlte. Wenn Ferdi seine Androhung wahr machte und sie aus der Wohnung warf, was dann?

Ihr blieb nichts anderes übrig, als nach Hause zu gehen. Sie nahm den Weg quer durch den Park, musste sich zwischendurch an Bäumen und Bänken festhalten und geriet an jeder Wurzel und jeder anderen Unebenheit ins Stolpern.

Zu Hause strebte sie als Erstes zu ihrer Abstellkammer und wütete dort herum. Am nächsten Tag würde es ihr wahrscheinlich leidtun. Vielleicht aber auch nicht. Bei dem Krach, den sie in der Kammer veranstaltete, sprang der Hamster vor Schreck aus dem Laufrad und verzog sich in sein Häuschen. Isabel setzte sich vor seinen Käfig und entschuldigte sich bei ihm. War sie jetzt so weit wie Sonja mit ihren Katzen? Weil sie mit einem verdammten Goldhamster redete? Ferdis Drohung stand im Raum und verschwand auch nicht mehr. Im Gefrierfach entdeckte Isabel eine vergessene Wodkaflasche und schenkte sich großzügig ein. Nirgendwo Gras im Haus, nicht das winzigste Bröckchen.

Nach dieser Nacht saß Isabel um halb vier am Nachmittag immer noch beim ersten Kaffee. Sie musste sich anziehen. In die Welt kommen. Sie durchforstete die Schränke nach etwas zu essen. Ein alter Kanten Brot. Abgelaufener Frischkäse und ein muffiger Bioaufstrich. Eine halbe Tüte Kartoffelchips, Schokolade, zwei weiche Kartoffeln mit langen Trieben, eine Zitrone, eine verschrumpelte Möhre, eine Packung Nudeln. Ein bisschen Obst. Das Obst gab sie dem Hamster. Auf ihrem Handy waren in den letzten Stunden elf Anrufe und fünf Nachrichten eingegangen, die sie ignorierte. Isabel wollte nicht in der Welt ankommen. Sie wollte nicht ihren Schlafanzug gegen normale Kleidung tauschen. Wann hatte sie überhaupt ihren Schlafanzug angezogen?

14

Vormittags Job eins. Sonja erzählte endlos vom gestrigen Tierarztbesuch mit einer ihrer Katzen. Dass Isabel, wie auch an allen anderen Tagen, kein höfliches Interesse heuchelte, schreckte sie nicht ab. Sonja nannte die Katzen ihre »besten Freunde«, ihre »engsten Vertrauten« und ihre »Seelenbegleiter«. Isabel merkte den Aufwand und die Kosten an, »ist doch nur eine Katze, wenn sie tot ist, besorgst du dir halt eine neue«, woraufhin Sonja sie erst sprachlos anstarrte und dann zu heulen anfing.

»Wie kannst du so was nur sagen? Du meinst das gar nicht so, oder?«

»Doch, ich meine das so. Du hast doch so viele Katzen, da kommt es auf eine mehr oder weniger nicht an.«

An ihrer Stelle hätte Isabel ihr für die nächsten Stunden die kalte Schulter gezeigt, nicht jedoch Sonja. Sonja ertrug das Schweigen nicht einmal fünfzehn Minuten. Sie waren nicht miteinander befreundet. Sie waren Arbeitskolleginnen bei einem miesen, kleinen, unbedeutenden Job, nichts weiter. Ohne diesen Job hätten sie sich nie kennengelernt. Es hätte Sonja herzlich egal sein können, was Isabel über Tierarztkosten und ihre Affenliebe zu den Katzen dachte, doch sie wollte unter allen Umständen gemocht werden. Nicht nur von ihren Katzen und den Arbeitskollegen, sogar von Isabel. Warum war das den Leuten so wichtig? Warum waren sie geradezu süchtig danach? Isabel konnte gut ohne leben. Sie mochte Sonja nicht besonders und legte keinen Wert darauf, dass es sich umgekehrt anders verhielt.

Nach weiteren quälenden Stunden war Isabel fast erleichtert, als sie nachmittags nach Friedenau fuhr. Elfriede Baumann machte nicht den Eindruck, als wäre es ihr wichtig, gemocht zu werden. Ein Punkt für sie.

Manchmal klingelte Isabel und wartete, bis Elfriede zur Tür kam, manchmal verschaffte sie sich mit ihrem Schlüssel Einlass, weil sie zum Warten zu ungeduldig war. Im Sommer, Isabel hatte Stefanie für einen Grillabend in Pankow besucht, hatte Baumann junior sie abgefangen und ihr einen Schlüssel zur Wohnung seiner Mutter überreicht. »Wo Sie gerade hier sind«, hatte er gesagt, »ich glaube, es ist an der Zeit, dass Sie einen Schlüssel haben. Für meine Mutter ist es ja manchmal beschwerlich aufzustehen, die Hüfte, und wir wollen ja, dass es ihr gut geht.« Dabei hatte er Isabel gönnerhaft die Hand auf die Schulter gelegt.

Isabel betrachtete diesen Schlüssel eher als Bürde. Soweit sie wusste, versteckte Elfi keine Ersparnisse im Küchenschrank, es bestand also überhaupt kein Interesse, sie auszurauben, weil es nichts auszurauben gab. Der Schlüssel fühlte sich unangenehm an. Als übernähme sie mit ihm eine weitreichende Verantwortung für Elfi.

Einkaufen, ein paar Euro vom Einkaufsgeld abzweigen, nur so viel, dass es nicht auffiel, anschließend das übliche Teetrinken. Dass sie den Kräutertee eigentlich nicht gern trank, hatte Elfriede heute offenbar vergessen, denn sie äußerte sich nicht dazu. Sie plapperte vor sich hin, erzählte von früher, oder vielleicht auch von heute, und Isabel hörte wie meistens nicht richtig zu. Sie hatte schnell begriffen, dass Elfi selten auf eine Antwort wartete und es insofern am einfachsten war, sie reden zu lassen.

Plötzlich betrachtete Elfi sie nachdenklich und sagte: »Sie sind doch … Ihr Name ist … wie heißen Sie noch gleich? Irene?«

»Irene, ja genau.«

»Wissen Sie, nichts für ungut, aber ich kann mir Ihren Namen einfach nicht merken. Mein Sohn hat Sie geschickt, oder?«

Isabel schwieg.

»Sie sollten nicht denken, dass ich das nicht durchschaue, Irene oder wie immer Sie heißen. Mein Sohn meint es nur gut, das weiß ich. Der Junge macht sich immer so viele Sorgen. Ich könnte mir keinen besseren Sohn wünschen. Und was er sich alles aufgebaut hat, ich bin so stolz auf ihn. Und meine beiden entzückenden Enkeltöchter. Aber er hätte etwas genauer hinschauen können, wen er sich da aussucht.

Sie und ich, ich bitte Sie, das passt doch nicht wirklich zusammen. Nichts für ungut. Ich brauche Sie auch gar nicht. Wofür denn auch, etwa fürs Teetrinken? Da kann ich mir angenehmere Gesellschaft vorstellen. Ich komme gut allein zurecht. Außerdem lassen Sie den Tee immer zu lange ziehen. Das hat mich von Anfang an gestört. Und Ihre Kleidung lässt auch manchmal zu wünschen übrig. Ein bisschen zu jugendlich, wenn ich das mal sagen darf, dabei sind Sie doch auch schon ein älteres Semester. Man sollte stets auf sich achten, das ist meine Meinung. Verlotterte Kleidung, sage ich immer, lässt auf einen verlotterten Lebenswandel schließen.«

Elfriede Baumann überraschte sie. Ganz unerwartet ein weiterer Punkt für sie. Isabel trug an diesem Tag einen verwaschenen Kapuzenpullover mit Aufdruck und eine sehr alte Jeans mit Löchern. Sie verzichtete darauf, Elfi zu erklären, dass sie sich garantiert keine Mühe mit ihrem Äußeren gab, wenn sie zu ihr musste. Elfi hingegen, wie sie jetzt feststellte, war heute gut gekleidet, fast elegant, es hätte auch für einen Opernbesuch gereicht. Hatte sie vor, in die Oper oder ins Theater zu gehen? Hatte ihr Sohn etwas davon erzählt? Nein, seine Mutter hatte weder Termine noch Verabredungen, behauptete er immer. Sie komme gut mit ihrem Alltag klar, sehe aber kaum andere Menschen. Ihr fehle die Ansprache, und er könne sich ja leider nicht so oft um sie kümmern, wie er gern würde, die Arbeit, die Kinder, seine Augensterne, aber zumindest telefonierten sie viel. Isabel hatte nicht den Eindruck, dass Matthias Baumann oft mit seiner Mutter telefonierte.

»Ein schlichter Schweinebraten«, sagte Elfriede, »ist doch auch etwas Gutes. Nein, natürlich kannte ich Manuelas Mutter nicht. Mit solchen Leuten hatten wir nichts zu tun, wo denken Sie hin. Ich finde es richtig, sie zu unterstützen, das haben wir mit Lothar ja auch getan. Ein gelernter Gärtner war der nämlich nicht. Meine Güte, ich könnte Ihnen Sachen erzählen. Ich dachte immer, er muss es doch lernen, das wird ihm später im Leben nützlich sein, so bin ich. Der Junge, ach, der hatte ja auch seine Nöte. Das muss man natürlich ernst nehmen, das ist mir heute auch klar. Ich habe es vielleicht nicht ernst genug genommen. Aber nun hat sich ja alles zum Guten gewendet.«

Elfriede sah auf die Uhr. Erst jetzt bemerkte Isabel die Veränderung: Auf dem Sideboard neben dem Esstisch stand ein Wecker mit großem Ziffernblatt, der tatsächlich funktionierte und die richtige Uhrzeit anzeigte.

»Genug geredet. Ich kann jetzt wirklich nicht mehr länger mit Ihnen Tee trinken«, sagte Elfriede und wurde sichtlich unruhig. »Sie müssen jetzt gehen.«

War die mit Baumann junior vereinbarte Zeit denn schon verstrichen? Egal. Wenn Elfriede sie loswerden wollte, umso besser. Isabel wollte die Teetassen in die Küche bringen, wie sie es immer tat, doch Elfi stand auf und sagte, das sei nicht nötig. Mit einer scheuchenden Handbewegung, husch husch, drängte sie Isabel zur Eile.

»Ich wünsche, dass sie noch vor sechs die Wohnung verlassen haben. So lange brauchen Sie ja sicher nicht, um Ihre Sachen zusammenzusuchen.«

In den vergangenen knapp zwei Jahren war es Elfriede Baumann entweder gleichgültig gewesen, ob und wann Isabel ging, oder, auch das war vorgekommen, sie hatte sie angefleht, noch zu bleiben. Jetzt wirkte sie wach, frisch und entschlossen. Die Teetassen brachte sie selbst in die Küche. Aus der Küche rief sie: »Dürfte ich Sie bitten, nicht so herumzutrödeln? Ich habe noch einen Termin und kann nun wirklich keine Rücksicht auf Sie nehmen.«

Isabel registrierte von Weitem, wie Elfi mit den Teetassen hantierte und danach eine Flasche – sah nach Rotwein aus – aus dem Schrank holte und auf die Arbeitsfläche stellte. »Bis zum nächsten Mal«, rief sie, zog sich in der Diele ihre Jacke an und schulterte ihren Rucksack. Elfi reagierte gar nicht auf sie. »Ach herrje«, hörte Isabel sie sagen, »wo ist denn bloß der Korkenzieher? Der kann doch nicht verschwunden sein!«

Elfriede Baumann empfing niemals Besuch und ging höchstens zum Arzt, zum Friseur oder zur Fußpflege. Soweit Isabel wusste, traf sie sich nicht einmal zum Romméspielen mit Nachbarinnen oder Freundinnen. Sie hatte keine Freundinnen. Dass Baumann junior seine Mutter besuchte, noch dazu am selben Tag, an dem sie ihren Elfi-Dienst ableistete, konnte Isabel sich nicht vorstellen. Normalerweise wäre sie sofort zur S-Bahn geeilt, froh, Friedenau hinter sich zu lassen, aber angesichts dieses ungewöhnlichen Verhaltens war ihre Neugier geweckt. Langsam ging sie die Straße auf und ab, obwohl sie nicht wusste, worauf sie eigentlich wartete. Auf ein Taxi, das Elfi abholte? Siebzehn Uhr fünfundfünfzig. Elfi hatte darauf bestanden, dass Isabel die Wohnung vor sechs verließ. Das bedeutete, um achtzehn Uhr geschah etwas.

Um siebzehn Uhr sechsundfünfzig kam ein alter Mann zum Haus, den Isabel zunächst nicht beachtete. Er hielt einen Blumenstrauß in der Hand und war für einen Tag mitten in der Woche sehr förmlich gekleidet. Er sah auf seine Armbanduhr und wirkte nervös. Rückte seine Krawatte zurecht, er trug tatsächlich eine Krawatte, und zupfte am Blumenstrauß herum. Sah wieder auf die Uhr, obwohl noch keine weitere Minute vergangen war. Isabel trat etwas näher an ihn heran und tat so, als wäre sie mit ihrem Smartphone beschäftigt. Siebzehn Uhr siebenundfünfzig. Der Mann strich seine spärlichen weißen Haare nach hinten, richtete seinen Kragen und seinen karierten Schal. Sah auf die Uhr. Siebzehn Uhr achtundfünfzig. Er ging zu den Klingelschildern und blieb davor stehen. Isabel näherte sich ihm vorsichtig von hinten, damit ihr nicht entging, auf welchen Namen er drückte, obwohl sie es sich schon denken konnte. Punkt achtzehn Uhr. Der nervöse alte Mann mit dem Blumenstrauß klingelte bei »Baumann«.

Elfi musste schon am Türöffner gestanden haben, denn augenblicklich ertönte ihre Stimme, leicht verzerrt, aus der Gegensprechanlage.

»Ich bin's«, sagte der Mann.

»Pünktlich wie immer«, lobte Elfi, lachte auf eine Weise, wie Isabel sie noch nie hatte lachen hören, und betätigte den summenden Öffner.

15

Das dritte Mal begegnete sie ihm auf der Bergmannstraße. Auf der Bergmannstraße bekannte Gesichter zu sehen, war nicht ungewöhnlich, sondern an der Tagesordnung, und normalerweise hätte sie sich nichts dabei gedacht. Bei ihm jedoch schon. Hatte er nicht gesagt, er wohne in Charlottenburg? Was hatte er in ihrem Revier zu suchen? Er trug denselben grauen Wollmantel wie beim letzten Mal im LPG-Bio-Supermarkt, hatte leicht zerzauste Haare und erkannte sie nicht sofort.

Isabel blieb stehen. »Was für ein Zufall«, sagte sie, um ihm zuvorzukommen.

»Oh, hallo! Ja, genau. Sie nehmen mir das Wort aus dem Mund.«

»Wieder hier zu tun?«

»Ja, genau.«

Er lachte und sprach wieder von den Zufällen des Lebens. Diesmal trug er keine Einkäufe bei sich, und er war unrasiert. Bei ihm sah das allerdings nicht wie eine Nachlässigkeit aus, sondern mehr wie die bewusste Veränderung seines Looks. Männlicher vielleicht.

Frecher. Jugendlicher? Er fragte, ob sie es jetzt endlich wahrmachen und einen Kaffee zusammen trinken sollten. »Wein hatten wir ja schon, aber noch keinen Kaffee.« Irgendwie klang das anzüglich, obwohl er es vermutlich gar nicht so meinte. »Ich lade Sie natürlich ein. Sie wohnen doch hier in der Gegend, war es nicht so? Yorckstraße? Schlagen Sie etwas vor. Oder haben Sie keine Zeit? Entschuldigung, danach habe ich gar nicht gefragt. Bestimmt haben Sie was zu erledigen. Das wäre jammerschade.«

Ich lade Sie ein gab den Ausschlag für Isabels schnellen Sinneswandel. Sie beschloss, den Mann zu mögen. Zumindest für die nächsten rund sechzig Minuten. Warum nicht? Wenn er einen Kaffee spendierte, schloss das bei einem Gentleman alter Schule sicher auch eine Kleinigkeit zu essen nicht aus. Dann musste sie später zu Hause nicht kochen.

Einen Moment standen sie unschlüssig herum.

»Heißt kein Nein ein Ja?«, fragte der Mann. »Ich kenne mich hier nicht so gut aus und richte mich ganz nach Ihnen.«

Isabel überquerte mit ihm den Mehringdamm und steuerte das Lokal weiter oben direkt neben dem Viktoriapark an. Eine gute Stunde. So lange würde sie es mit ihm aushalten. Vielleicht war es ja sogar ganz vergnüglich. Abwechslung vom Alltag. Sie musste nur all die heiklen Themen weiträumig umschiffen. In welchem Stockwerk sie tatsächlich lebte. Also statt oben, nahe dem Himmel, ganz weit unten. Anzahl der Kunstwerke, die sie besaß. Also null. Da fast alle Leute am liebsten in langen Monologen über sich selbst sprachen, sollte das für einen begrenzten Zeitraum nicht allzu schwierig sein. Die entsprechende Laune vorausgesetzt, war Isabel durchaus zu Smalltalk in der Lage. Katzen-Sonja und all die anderen hätten sie nicht wiedererkannt.

Statt Kaffee bestellte sie einen teuren Primitivo. Der Mann schloss sich ihr an. Er wiederholte, dass sie natürlich eingeladen sei. Isabel lenkte das Gespräch zu ihm und seiner Kunstleidenschaft. Wobei sie nicht heraushören konnte, ob er wirklich eine echte Leidenschaft hegte oder Kunstwerke eher als Geldanlage und Angeberobjekte betrachtete. Er sprach ausschweifend über Galerien, Trends und Preisentwicklungen. Über die Leute, die Ausstellungseröffnungen besuchten, von denen er sich natürlich abhob. Vielleicht doch Geld und keine Leidenschaft. Das Bild mit den Blättern im Licht erwähnte er nicht. Wahrscheinlich hatte er es längst vergessen.

Nach dem Essen, als der Kellner die Teller abräumte, bestellte Isabel neuen Wein. »Nur zu«, sagte der Mann, »Sie müssen sich nicht zurückhalten.« Das hatte sie auch nicht vor.

Plötzlich beugte er sich näher über den Tisch, unangenehm nah, und Isabel nahm einen Geruch wahr, den sie schon von der Vernissage kannte. Irgendein teures Pflegeprodukt, vermutete sie.

»Ist es nicht so, als würden wir uns schon ganz lange kennen?«, sagte er.

Nein, dachte Isabel. Überhaupt nicht.

»Darüber muss ich die ganze Zeit nachdenken.«

Etwas an ihm hatte sich verändert. In seinen Augen lag ein seltsamer fiebriger Glanz, der garantiert nicht dem Rotwein geschuldet war. So viel hatte er gar nicht getrunken. Einerseits huschten seine Augen unstet umher, andererseits suchten sie ihren Blick. Leichtes Unbehagen machte sich in Isabel breit, obwohl sie nicht der ängstliche Typ war. Jetzt reichte es. Auch ihre Smalltalk-Laune hatte sich erschöpft. Rechnung – zahlen – verabschieden – gehen. Und zwar in unterschiedliche Richtungen.

»Nur eine Frage, die Sie mir natürlich nicht beantworten müssen, vielleicht erscheint sie Ihnen aufdringlich, aber ich stelle sie einfach. Kann es sein, dass Sie nicht zufrieden mit Ihrem Leben sind?«

»Wer ist schon zufrieden?«, sagte Isabel.

»Ja, ja, aber von dieser Tatsache, denn es ist wohl eine Tatsache, mal abgesehen habe ich den Eindruck, dass Sie nach etwas suchen. Vielleicht wissen Sie das bloß noch nicht. Verzeihen Sie, dass ich so offen bin. Ich selbst war ja lange auf der Suche, manchmal braucht das seine Zeit. Aber ich glaube, ich habe es jetzt gefunden.«

Damit meinte er sicher nicht seine Kunstsammlung. Falls er überhaupt eine besaß und es nicht nur vorgab. Vielleicht war alles an ihm eine Mogelpackung, die teure Kleidung, die Schuhe, das Gerede über Kunst, die Manschettenknöpfe. Isabel hatte beschlossen, ihn für ungefähr eine Stunde zu mögen, und diese Stunde war jetzt verstrichen. Natürlich sollte sie ihn fragen, was er denn gefunden habe, darauf wartete er, er lechzte danach, aber diesen Gefallen tat sie ihm nicht. Sie habe noch eine Verabredung, erklärte sie stattdessen, und sie sei spät dran.

Danke für das Essen und den Wein. Rechnung bestellen. Rechnung geht auf den Herrn, ja. Zahlen. Aufstehen. Jacke anziehen. – All das ging schneller und unproblematischer vonstatten als befürchtet. Er war knauserig beim Trinkgeld. Das konnte beides bedeuten, entweder vermögend und geizig oder doch viel weniger Geld, als es den Anschein hatte.

Er erhoffte sich sicher, einen bleibenden Eindruck zu hinterlassen, aber Isabel dachte nicht mehr an ihn, sobald sich draußen ihre Wege getrennt hatten, und zu Hause hatte sie ihn bereits vergessen. Sie machte sich daran, die Verwüstung in der Abstellkammer zu beseitigen. Bei ihrem Wutanfall hatte sie ganze Arbeit geleistet, und vieles war nicht mehr zu retten, worum es ihr, wie sie feststellte, aber nicht leidtat. Sie betrachtete es eher als eine Art natürliche Auslese.

Als sie gerade einen großen Müllsack bis zum Rand stopfte, rief Baumann junior an. Isabel wollte das Gespräch so kurz wie möglich halten, aber leider war er in Erzähllaune. Das kam öfter vor, und sie kannte es schon. An geeigneten Stellen aha, ach wirklich?, ja, ja sagen. Auf keinen Fall nachfragen oder richtig zuhören, das vergällte einem den Tag. Dreißig vergeudete Minuten, mindestens, die sie ihm leider nicht in Rechnung stellen konnte. Und genauso wenig konnte sie ihm sagen, dass sein Gerede nicht auszuhalten war, schließlich war er in gewisser Weise ihr Arbeitgeber, was ein Mindestmaß an Höflichkeit erforderte.

Stefanie konnte seine selbstherrliche Art überhaupt nicht ertragen und sprach manchmal davon, obwohl ansonsten zurückhaltend und absolut friedfertig, dass sie ihm am liebsten »die Fresse polieren« würde. Das brachte Isabel immer zum Lachen. Stefanie und Fresse polieren? Ein Wunder, dass sie es überhaupt aussprechen konnte. Isabel war weniger schmerzempfindlich, was Baumann junior betraf. Allerdings lebte sie auch nicht mit ihm im selben Haus. Der nächste Termin bei seiner Mutter war ausgemacht, und sie hatten nichts mehr miteinander zu klären. Doch er hörte trotzdem nicht auf zu reden. Offenbar war es einer dieser Tage, an denen er nicht genug Anerkennung bekam. Dann musste sogar Isabel herhalten. Baumann junior lobpreiste sich in einem fort selbst, obwohl er doch angeblich so wenig Zeit hatte. Er war rund um die Uhr beschäftigt, wie er nicht müde wurde zu erwähnen. Die Arbeit. Die Familie. Freunde einladen, nicht zu vergessen, um ihnen seine Vorzeige-Familie zu präsentieren und mit dem Job anzugeben. Golfspielen mit den rosafarbenen Töchtern und ihren eigenen Kinder-Golfschlägern, damit sie möglichst früh lernten, welcher Schicht sie angehörten. Auch Isabel stammte aus der Mittelschicht, allerdings aus einem deutlich tiefer gelegenen Segment als die Baumanns. Sie hatten nicht an Geldnot gelitten, aber Isabels Eltern hatten Sparsamkeit zur Religion erklärt. Daran hatte sich wahrscheinlich bis heute nichts geändert. Isabel konnte es sich gut vorstellen. Wie sie nirgendwo Licht brennen ließen und unter funzeligen Lampen herumtasteten, aber nicht etwa der Umwelt wegen, die war ihnen egal, sie interessierte nur ihre höchstpersönliche kleine Umwelt, die nicht viel weiter als bis zum Gartenzaun reichte, sondern weil sie dann ein paar Cent sparten. Wie sie alles am liebsten bei Aldi kauften, ihrer Kirche, weil es dort ganz viel für ganz wenig gab. Wie sie das Abo der Provinzzeitung kündigten, weil es ja bloß Geld kostete und sowieso nichts drinstand. Isabel hatte keinen Klavier- oder Geigenunterricht erhalten – was sie in Ordnung fand –, weil Instrumente und Unterrichtsstunden so teuer waren und sich eine solche Ausgabe bei ihr nicht lohne. »Wir bezahlen das, und nächste Woche hast du dann keine Lust mehr. Du hältst ja nie lange etwas durch.« Auch Sportarten, bei denen die Ausrüstung teuer war und deren Anschaffung sich »nicht lohnen« würde, kamen nicht in Frage. »Du verlierst ja so schnell das Interesse.« Isabel war ihren Eltern deswegen nicht böse. Sie hatte niemals Geige- oder Klavierspielen erlernen wollen, und im Sportverein war ihr schon früh die dort herrschende Kameradschaft auf die Nerven gegangen. Allerdings hätte sie damals gern das Geld für den nicht erteilten Klavier- oder Geigenunterricht bekommen, um es anderweitig auszugeben.

Sie wollte das Telefonat beenden und ihre Abstellkammer weiter aufräumen, doch Baumann junior war noch nicht fertig.

»Sie halten sich ja an die Zeiten, Frau Keppler? Ich verlasse mich darauf. Meine Mutter hat ansonsten ja nur ihre Arzttermine. Ihr fehlt die Ansprache, das tut mir immer in der Seele weh, im Herzen, ganz tief. Aber ich bin ja so eingespannt. In meiner Firma läuft ohne mich gar nichts.«

»Ja, sicher halte ich mich an die Zeiten.«

Nur ihre Arzttermine? Isabel dachte an den alten Mann namens »Ich bin's« mit dem Blumenstrauß in der Hand vor Elfriede Baumanns Tür. Eine Bekanntschaft, die sie ihrem Sohn offenbar verschwieg.

»Wissen Sie«, sagte er, »mit den Leuten, die man beschäftigt, hat man ja so oft Probleme. Da kann man ganz schön reinfallen. Meine Eltern hatten mal einen Gärtner, junger Bursche, total ungehobelt. Eigentlich war der gar kein richtiger Gärtner. Mit dem hatten wir viel Ärger. Wir wohnten damals ja in Zehlendorf. Später sind meine Eltern dann in die Wohnung in Friedenau gezogen, als mein Vater in Pension ging. Das Haus wurde ihnen zu groß. Die Wohnung gehörte uns schon vorher, sie war immer vermietet. Die Mieter mussten dann natürlich ausziehen, das versteht sich ja von selbst. Sie haben die Wohnung total verkommen lassen. Die konnten froh sein, dass wir sie nicht regresspflichtig gemacht haben. Meine Eltern mussten viel renovieren. Ich wollte das Haus in Zehlendorf nicht übernehmen, obwohl es wirklich schön ist, aber ich wollte lieber was Eigenes und mich nicht ins gemachte Nest setzen. Davon abgesehen ist Pankow ja das neue Zehlendorf.«

Als er eine kurze Pause machte, sprach Isabel ihn wieder auf Manuela an.

»Manuela? Wer soll das sein? Warum fragen Sie?«

»Ihre Mutter erwähnt sie neuerdings manchmal. Irgendein Mädchen mit Herzproblemen.«

»Meine Mutter hat darüber geredet? Ich weiß nicht, was Sie meinen. Sie müssen sich wohl verhört haben. Eine Manuela, äh, nein. Nein, sagt mir nichts. Kennen wir nicht.«

Nach fast fünfundvierzig Minuten war das Telefonat endlich beendet, und Isabel ging zurück in ihre Abstellkammer.

Noch zwei Tage bis Heiligabend

Sie musste einen kühlen Kopf bewahren, das hatte oberste Priorität. Das viele Bier am Abend zuvor rächte sich jetzt, es trocknete Isabel aus und machte sie noch müder, als sie ohne Schlaf ohnehin schon gewesen wäre. Schlafen, sie wollte unbedingt schlafen. Doch daran war nicht zu denken. Ihre Mutter hatte ihr immer vorgehalten, dass sie sich auf nichts fokussieren könne, nichts zu Ende brachte, und prophezeit, eines Tages werde Isabel sich in Schwierigkeiten bringen. Über die Art der Schwierigkeiten hatte sie sich nie näher ausgelassen. Offenbar war es jetzt so weit. Isabel hatte sich eindeutig in Schwierigkeiten gebracht.

Und wenn sie einfach eine Decke über ihn warf und so tat, als wäre er gar nicht da? Keine dauerhafte Lösung. Isabel ging zum Wasserhahn, füllte ein Glas und trank es gierig aus. Sie kaufte schon lange keine Wasserflaschen mehr, sondern begnügte sich mit der Leitung. Eine unnötige Ausgabe eingespart. Sie wusste nicht, das wievielte Glas Wasser es im Verlauf der letzten Stunden war, ihr Mund aber war immer noch völlig ausgedörrt, und es fühlte sich so an, als klebte ihre trockene Zunge am ebenso trockenen Gaumen fest. Das hier war eine ganz andere Nummer, als ein paar Euro zu klauen. Etwas Schlimmeres, als ein paar Euro-Scheine oder unbedeutende Kleinigkeiten zu stehlen, hatte Isabel noch nie angestellt. Bis gestern zumindest. Sie war ja keine Kriminelle. Bei ihren beiden Jobs ließ sie grundsätzlich nichts mitgehen. Zu heikel. Sie klaute auch nicht notorisch. Nur manchmal. Wenn es sich anbot.

Das hier erforderte Abgebrühtheit. Echte Kaltblütigkeit. Clemens hatte immer behauptet, darüber verfüge sie in ausreichendem Maß. Wie oft hatte er darüber geklagt, damals, als sie noch ein Paar gewesen waren, und später nach der Trennung auch. Nach der Trennung vor allem. Als ihm dämmerte, dass weder Wut noch hündisches Betteln fruchteten, hatte er ihr eine Weile gedroht. »Morgen bin ich ja vielleicht nicht mehr da. Dann siehst du, wozu du mich gebracht hast.« Anfangs hatte Isabel das nicht kommentiert, bis ihr irgendwann schließlich der Kragen platzte. »Mach doch«, hatte sie gesagt. »Nur zu.«

Brauchte man besondere Intelligenz oder ein abgeschlossenes Studium, um das Problem zu lösen? Wahrscheinlich nicht. Wahrscheinlich brauchte man vor allem Muskelkraft, ein Auto, Dunkelheit, ein wenig Glück und einen guten Ort. Das Auto fiel weg, das Fahrrad musste reichen. Muskelkraft war vorhanden, allerdings nicht genug. Glück hatte Isabel meistens, aber mit der Dunkelheit war es erst einmal vorbei.

Draußen wurde es hell. Ihr war gar nicht bewusst gewesen, wie spät es schon war. Kurz nach acht. Damit war die Gelegenheit für heute endgültig verstrichen. Isabel hörte die ersten Leute auf der Straße, Autos, den Bus. Sie war immer über die Runden gekommen. Hatte ihr Leben bewältigt. Und im Moment lief alles ganz gut. Die Jobs hätten besser sein können, aber Isabel war nicht an sie gebunden und konnte etwas anderes finden, wenn sie sich aufraffte und ein bisschen umhörte. Hätte sie einen ihrer diversen Studiengänge abgeschlossen, stünde ihr jetzt eine Bewerbung als Quereinsteiger-Lehrerin offen, nach denen in Berlin händeringend gesucht wurde. Isabel und Lehrerin? Was für ein abwegiger Gedanke. Es musste an den Einsfünfundachtzig liegen, an ihm, an seiner Anwesenheit, daran, wie er sich auf dem Dielenboden breitmachte, selbst wenn er sich nicht mehr rührte, dass ihr lauter abwegige Gedanken kamen. Mehr Geld wäre natürlich gut gewesen. Mehr Geld war immer gut. Sollte hier jetzt etwa Schluss mit allem sein? Mit dem sparsamen, aber freien Leben, wie sie es kannte? Bloß seinetwegen?

16
Ende November

Elfi war unleidlich und quengelig. Irgendwann riss Isabel ihr den verdammten Plüschhasen aus den Händen, weil sein Anblick sie aggressiv machte, so sehr, dass sie nicht mehr garantieren konnte, die Kontrolle zu behalten. Schließlich wollte sie keine alte Frau schlagen. Nicht dass sie keine Lust dazu verspürt hätte, aber ihr war klar, dass es sich dabei um kein gesellschaftlich anerkanntes Verhalten handelte. Außerdem würde es unweigerlich Matthias Baumann zu Ohren kommen.

Geschrei folgte. »Nein, nein, was tust du? Gib ihn mir zurück! Ich bestehe darauf. Gib ihn mir sofort zurück!«

Sie konnte lange darauf bestehen. Isabel überlegte, ob sie den Hasen in den Müll werfen sollte oder vielleicht vom Balkon, damit er ein für alle Mal aus ihrem Blickfeld verschwand. Vom Balkon werfen, gute Idee. Sie ging zur Balkontür, öffnete sie und trat nach draußen. Auch jetzt im November standen die Balkonmöbel noch dort, bedeckt von einer braun-grünen Schicht aus Schmutz, Algen und Grünspan. Hatte

sich darum nicht eigentlich Baumann junior kümmern wollen? »Mein Sohn macht ja alles für mich. Ich
könnte mir keinen besseren Sohn wünschen.« Feucht
schimmernde Augen. Vor Rührung? Oder vor Kummer, weil es nicht der Wahrheit entsprach und Elfi das
ganz genau wusste? Matthias Baumann kümmerte sich
nicht um seine Mutter. Vielleicht hatte er das früher
getan, aber nicht, seit Isabel ihre Bekanntschaft gemacht hatte. »Mein Sohn weiß, was zu tun ist. Er trägt
den Tisch und die Stühle jeden Herbst in den Keller.
Und im Frühjahr holt er sie wieder nach oben. Ich sage
immer, das kann ich doch nicht von dir verlangen, du
musst doch so viel arbeiten, aber mein Sohn sagt, ach,
das erledige ich ruck, zuck, mach dir keine Gedanken.«

Isabel legte den hellbraunen Plüschhasen auf einem
der beiden feuchtkalten Stühle ab, er würde jetzt ganz
schön frieren, ging wieder hinein und schloss die Tür.

Eine halbe Stunde später, sie hatte bereits ihre Jacke angezogen und war auf dem Sprung, holte sie ihn
wieder in die Wohnung, ging zum Fernsehsessel und
ließ ihn auf Elfis Schoß fallen. Ihr Wehklagen war einfach nicht auszuhalten. Elfi hatte sich die ganze Zeit
nicht vom Sessel wegbewegt. Nicht weil sie dazu nicht
in der Lage gewesen wäre, sondern weil sie störrisch
war und erwartete, dass Isabel nach ihrer Pfeife tanzte.
Es lag in der Familie, alle Baumanns erwarteten, dass
man nach ihrer Pfeife tanzte. Ob der Hase auch auf
ihrem Schoß lag, wenn der alte Mann namens »Ich
bin's« in seinem Sonntagsstaat zu Besuch kam? Wohl
kaum. Die infantile Elfi war Isabel vorbehalten.

In der S-Bahn dachte Isabel wie so oft darüber nach, Job zweieinhalb aufzugeben. Baumann junior, der vorbildliche Sohn, hatte alles schön ausgelagert, sodass er selbst am allerwenigsten damit zu tun hatte. Putzen für die Putzhilfe, die Isabel übrigens noch nie zu Gesicht bekommen hatte, die es, dem Zustand der Wohnung nach zu urteilen, aber tatsächlich gab. Und für Isabel das regelmäßige kleine Unterhaltungsprogramm oder wie immer es zu nennen war. Ich tue so, als würde ich dich mögen, und dafür bekomme ich einen durchaus akzeptablen Stundenlohn. Hatte er sonst noch jemanden engagiert? Doch sie kam immer wieder zu demselben Schluss. Er zahlte gut, und deswegen konnte sie auf die Elfriede-Dienste nicht verzichten.

Sie stieg in die U-Bahn um, fuhr bis Gneisenaustraße und trank in der Nähe der Bergmannstraße ein Glas Rotwein. Dann noch ein zweites. Isabel ließ sich gern treiben und beobachtete in Bars und Cafés die Leute, auch ohne Babs oder sonstige Begleitung. Es war sogar eine ihrer Lieblingsbeschäftigungen. Nach dem zweiten Glas schlenderte sie langsam nach Hause. Immer wenn Elfriede ihr besonders auf die Nerven ging oder wenn sie sich Baumann juniors herablassende Art am Telefon gefallen lassen musste, wollte sie diese nicht näher definierte Tätigkeit hinschmeißen. Doch mit ein bisschen Abstand beruhigte sie sich wieder und sah vor allem das Geld, das sie ihr einbrachte. Friedenau stand erst nächste Woche wieder an, falls Baumann junior sie nicht außer der Reihe abberief.

Und nach zwei Gläsern Merlot sah alles gleich freundlicher aus. Vielleicht sollte sie dazu übergehen, künftig bei Elfi Wein zu trinken, um es erträglicher zu machen, und Elfi am besten auch welchen verabreichen.

Sie überquerte den Mehringdamm, jetzt in viel besserer, beinahe gelöster Stimmung. Trotz Ferdi. Scheißkerl. Dass er die Wohnung möglicherweise selbst brauchte, schwebte die ganze Zeit drohend über ihr. Aber sie hatte seither nichts mehr von ihm gehört. Sie wusste nicht, ob das ein gutes oder ein schlechtes Zeichen war. Vor etlichen Jahren hatte sie schon einmal ihre Wohnung verlassen müssen. Neue Eigentümer, Sanierung, angeständerte Balkone, Außenaufzug, Mieterhöhung, die sie sich nicht leisten konnte. Jene Wohnung war schon vor der Sanierung zu teuer für sie gewesen. Sie war bei ihrem damaligen Freund untergekrochen. Der Freund vor Clemens. Er hatte sich gefreut und Isabel bereitwillig Platz in seiner Achtunddreißig-Quadratmeter-Butze mit dem riesigen Fernseher und den schrankähnlichen Lautsprecherboxen gemacht. Sie musste ihm natürlich dankbar sein, und genau das besiegelte das Ende. Nach einigen Monaten hatte sie schließlich etwas Neues gefunden. Bisher hatte Isabel sich immer retten können. Irgendwie. Doch jetzt wurde ihr bang. Sie konnte nicht einschätzen, wie ernst es Ferdi mit seiner Androhung war, und gleichzeitig war sie voller Wut auf ihn.

Es war längst dunkel, aber das hielt Isabel nicht davon ab, den Weg mitten durch den Park zu nehmen, statt ihn von außen zu umrunden. Sie mochte es, wenn die Augen sich langsam an die Dunkelheit gewöhnten, und sie mochte, wie die Bäume den Autolärm dämpften. Im Übrigen war der Viktoriapark völlig ungefährlich. Hier wurden keine Drogen verkauft und keine Clan-Kriege ausgetragen. Davon abgesehen ging Isabel sowieso nicht davon aus, dass ihr etwas passieren könnte. Das war einfach nicht vorgesehen.

Im Dunkeln war sie darauf konzentriert, auf den Weg vor sich zu achten und wohin sie ihre Füße setzte, sodass sie die Gestalt, die sie verfolgte, erst bemerkte, als sie von hinten am Arm festgehalten wurde. Ihr eigener Fehler. Sie war mit den Gedanken bei Elfriede Baumann und bei Ferdi gewesen, war mit dem Herbstlaub beschäftigt und der gelassenen Heiterkeit, die sich eingestellt hatte. Isabel war normalerweise in jeder Lebenslage auf Zack und keine dieser verträumten Personen, die nichts von ihrer Umgebung mitbekamen. Im Viktoriapark war sie allerdings noch nie auf eine Bedrohung gestoßen. Seit sie in der Katzbachstraße wohnte, war sie schon oft im Dunkeln durch den Park gegangen und dabei höchstens betrunkenen Frühzwanzigern begegnet oder harmlosen Alleinsäufern oder Hundegassi.

Schwarz gekleidet. Kapuze. Groß. Massig. Handschuhe. Das Gesicht konnte Isabel nicht erkennen. Zu diesem Zeitpunkt war sie nicht ängstlich, sondern wütend. Sie versuchte, sich loszumachen, woraufhin der Griff um ihren Arm fester wurde. Sie hörte den Mann neben sich schnaufen. Und sie nahm einen Geruch wahr, der ihr vage bekannt vorkam.

Isabel wollte sich umdrehen und das Gesicht unter der Kapuze sehen. Sie wollte den Mann anbrüllen. Doch dazu kam sie nicht. Ein so heftiger Hieb traf ihre Nase, dass sie glaubte, vor Schmerz ohnmächtig zu werden. Hässliches, lautes Knacken, das in ihrem Schädel widerhallte. Isabel taumelte nach hinten, konnte sich gerade noch auf den Beinen halten. Etwas Klebriges, Warmes lief ihr über den Mund und tropfte vom Kinn. Bevor sich auch nur das Wort *wegrennen* in ihrem Kopf hätte formen können, landete eine riesige Faust in ihrem Magen. Isabel blieb die Luft weg. Sie japste und sank auf die Knie. Keine gute Idee. Sie musste aufstehen. Sich wehren. Brüllen. Wegrennen. Vor sich sah sie dunkle Hosenbeine. Zwei schwarze Stiefel. Irgendetwas an den Schnürsenkeln fiel ihr auf, aber sie kam nicht dahinter, was. Als sie nach vorn sackte, roch sie modriges Laub unter sich. Erde. Fäulnis. Etwas krabbelte über ihre Hand, in den Ärmel hinein. Isabel musste wach bleiben. Unbedingt. Wach.

17

Es hatte Zeiten gegeben, in ihren frühen Dreißigern, da war Isabel Keppler ohne Grund nachts in Parks herumspaziert. Treptower Park. Hasenheide. Da besonders gern. Sie war nicht versessen auf Gefahr gewesen und wollte sie auch nicht mutwillig heraufbeschwören, sie war weder lebensmüde gewesen noch hatte sie eine Adrenalin-Dröhnung gebraucht. Sie fühlte sich vielmehr jung und unbesiegbar. Sie war davon überzeugt, sich so lange in dunklen Grünanlagen herumtreiben zu können, wie sie wollte, ohne dass ihr jemand ein Messer an den Hals hielt und sie ausraubte, ohne dass sie begrapscht und ins Gebüsch gezerrt wurde, ohne dass irgendetwas auch nur annähernd Bedrohliches geschah. Und sie hatte recht behalten. Vielleicht war es im Nachhinein einfach nur Glück, und während ihrer zahlreichen nächtlichen Streifzüge hatten alle Diebe, Junkies, Vergewaltiger und sonstigen Kriminellen zufällig geschlafen oder sich andernorts betätigt.

Doch nun schien ihr Glück aufgebraucht. Das war ihr erster Gedanke – oder zumindest der zweite oder der vierte oder der fünfte –, als sie zu sich kam. Mit der Unverwundbarkeit war es vorbei. Wie lange hielt dieses Gefühl? Bis dreißig? Mitte dreißig? Denken tat weh. Die Augen zu bewegen, tat weh. Dass es so schmerzhaft sein konnte, die Augen zu bewegen! Als würde mit einem scharfkantigen Löffel hinten in ihrem Kopf herumgekratzt. Und da war noch mehr. Gesicht. Nase. Isabel wollte die Hand zum Gesicht führen, um dem Schmerz auf die Spur zu kommen, aber ihre Hand hing an etwas fest. Isabel war an ein Bett gefesselt. Ein sehr schmales, unbequemes Bett. Auch ihre Hand tat weh, wie sie jetzt bemerkte. Sie zerrte und riss an einer Schnur, einem Kabel, das sie nicht richtig erkennen konnte, und dann, endlich, war ihre Hand frei. Der Park. Irgendetwas war mit dem Park. Dunkel. Gedämpfter Autolärm von Kreuzbergstraße, Mehringdamm und Katzbachstraße. Der Eichhörnchenfütterer. Hatte sie ihn nicht im Park gesehen? Wieso ging er im Dunkeln Eichhörnchen füttern? Oder hatte sie gar nicht ihn gesehen, sondern Clemens?

»Ach, Frau Keppler, was haben Sie denn da schon wieder gemacht? Ich kann doch nicht alle fünf Minuten nach Ihnen schauen. Sie machen uns das wirklich unnötig schwer.«

Die zur Stimme gehörende Person nahm ihre Hand, die Isabel zum Gesicht geführt hatte, und zog sie fort.

»Ja, die Nase tut weh, das kann ich mir vorstellen. Wollen wir mal hoffen, dass sie nicht schief bleibt.

Sah schon schlimm aus. Aber es wird schon alles gut werden. Schmerzmittel müssten Sie eigentlich genug bekommen haben.«

Jetzt bemerkte Isabel, dass auch ihr Bauch wehtat, ein großflächiges Areal unterhalb des Rippenbogens. Und dass sie ein OP-Hemd trug.

»Wo sind meine Sachen?«

Hieß das, sie war operiert worden? Die Krankenschwester befestigte die Braunüle wieder an Isabels Handrücken und klebte sie fest, schnell und effizient, überprüfte den Tropf neben dem Bett und sagte, dass ihre Kleidung sich im Schrank befinde und der Rest in der Schublade des Nachttisches und dass später die Polizei wegen des Überfalls zu ihr komme. Bevor Isabel eine weitere Frage stellen konnte, hatte sie das Zimmer bereits verlassen.

Was für ein Überfall?

Hotel. Nein, Krankenhaus. Isabel tastete mit der freien Hand nach der Schublade und fand darin Handy, Hausschlüssel und Portemonnaie. Langsam, ganz langsam kam sie wieder in der Welt an. Sie durchsuchte hektisch ihr Portemonnaie. Bankkarte, Ausweis und der ganze andere Kram waren noch da. Aber die fünfundzwanzig Euro in bar fehlten. Isabel konnte sich genau an den Zwanziger und den Fünfer erinnern. Sie erinnerte sich nicht daran, wie sie hierhergekommen und was zuvor geschehen war, aber ganz deutlich an die beiden Geldscheine.

Sie war beklaut worden. Sie, Isabel, war tatsächlich beklaut worden. Das war fast zum Lachen. Es wunderte sie zwar nicht, für die magere Ausbeute von fünfundzwanzig Euro eins über den Schädel bekommen zu haben, Notleidende und Verzweifelte, die es dringend brauchten, gab es dort draußen genug, aber sie glaubte nicht an einen Raubüberfall, nicht an *zur falschen Zeit am falschen Ort*.

Erst jetzt fiel ihr auf, dass sie nicht allein im Zimmer war. Im Bett am Fenster lag eine sehr dicke Frau, ebenfalls am Tropf.

»Bin ich operiert worden?«, fragte Isabel.

»Operiert? Ich glaube nicht. Nur durchleuchtet oder so. Tja, die Ärzte sagen einem nichts, oder? Ich bin schon seit gestern hier. Zucker. Ich muss alle paar Monate ins Urban. Aber ich fühle mich hier wohl. Ist blöd, so am Tropf, oder? Ich muss das noch einen ganzen Tag aushalten. Ich habe Zucker, wissen Sie. Nachher kommt meine Tochter. Haben Sie was dagegen, wenn ich den Fernseher einschalte?«

Nein, Isabel hatte nichts dagegen. Sie versicherte der Frau, dass sie allein über das Programm entscheiden könne. Die Frau war so dick, dass Isabel sich fragte, wie sie eigentlich auf das schmale Bett passte. Bevor sie ihre Kopfhörer aufsetzte, sprach sie über das Mittagessen und dass sie sich beim Essen einschränken müsse. »Zucker, wissen Sie.« *Sugar sugar, honey honey, you are my candy girl.* Sie erwähnte Weißmehlbrötchen zum Frühstück, die sie gar nicht essen könne, Kohlenhydrate seien pures Gift für sie.

Das Fernsehprogramm sah nicht nach abends, sondern nach tagsüber aus. Unterschichten-TV.

Draußen war es hell. Hinter dem Fenster musste der Landwehrkanal liegen. Isabel brauchte etwas zum Anziehen. Weil sie am Tropf hing, was immer der in ihre Blutbahn träufelte, sollte sie wohl besser nicht aufstehen, das OP-Hemd gegen ihre Klamotten tauschen, die angeblich im Schrank hingen, die Klinik verlassen und geradewegs nach Hause gehen. Zumindest nicht, bevor sie jemand darüber in Kenntnis gesetzt hatte, was ihr fehlte und was mit ihrer Nase los war. Sie brauchte Krankenhaus-Outfit. Isabel war bisher immer gut allein zurechtgekommen, aber ein eingeschränktes soziales Leben erwies sich in manchen Situationen als nicht hilfreich.

Nachdem sie ihre Habseligkeiten in der Nachttischschublade gründlich untersucht hatte, fasste sie sich ins Gesicht. Sugar Sugar, ihre Zimmernachbarin, schien vom Anblick nicht schockiert zu sein, aber wenn sie alle paar Monate im Urban lag, wie sie sagte, war sie vermutlich einiges gewöhnt. Auf Isabels Nase saß ein Verband. Rau und sehr straff, an den Seiten festgeklebt. Hatte die Krankenschwester nicht Schmerzmittel erwähnt? Sicher viel zu wenig. Der Schmerz pochte im Bauch, an der Nase und im Kopf. Vielleicht sollte Isabel den Knopf neben dem Bett betätigen und mehr verlangen. Sie sollte sich überhaupt erkundigen, was hier eigentlich los war.

Am Ende rief sie natürlich Babs an, damit sie ihr Krankenhauskleidung brachte. In einer sentimentalen Anwandlung hatte sie Babs kurz nach ihrem Einzug in die Katzbachstraße einen Ersatzschlüssel gegeben, was sich jetzt als sehr nützlich herausstellte, und sie musste ihr zugutehalten, dass sie diesen Schlüssel noch niemals missbraucht hatte. Im Unterschied zu Ferdi. Babs freute sich, wenn sie Isabel behilflich sein konnte. Isabel rettete damit genau genommen Babs' Leben, nicht umgekehrt, weil sie ihr das Gefühl schenkte, wichtig zu sein und gebraucht zu werden. Danach gierte Babs.

Babs war zuverlässig. Nach dem Mittagessen kam sie mit einer Reisetasche über der Schulter.

»Hi, du Gestörte«, sagte sie zur Begrüßung und sah sich in dem kleinen Zimmer um. »Du wolltest ja sicher nicht, dass ich Clementine Bescheid sage, oder? Sonst hast du ja niemanden.«

Bemerkungen dieser Art ließ sie oft fallen. Du hast ja niemanden. Du bist so allein. Natürlich hatte sie viel zu viel mitgebracht. Hätte Isabel sich denken können. Einen Schlafanzug, einen dezenten, nicht den mit den Koalabären, zwei Jogginghosen, diverse T-Shirts, Unterwäsche, Socken und lauter Kram aus dem Badezimmer. Das hätte für Wochen gereicht. Isabel hatte ganz sicher nicht die Absicht, Wochen in der Klinik zu verbringen. Eine andere Krankenschwester hatte ihr erzählt, was passiert war. Isabel war im Viktoriapark in der Nähe des künstlichen Wasserfalls, der in dieser Jahreszeit stillgelegt war, aufgefunden worden. Mit gebrochener Nase, vielen Hämatomen und Prellungen und dem Verdacht auf Hirnblutung oder sonstige Schädelverletzungen. Der Verdacht hatte sich nicht bestätigt, aber sie solle noch mindestens bis zum übernächsten Tag zur Beobachtung in der Klinik bleiben. Ob sie Gedächtnislücken habe? Das sei nicht ungewöhnlich. Machen Sie sich nichts draus. Und die Nase, tja, die bleibe vielleicht etwas schief, aber das verleihe Charakter.

Babs räumte die mitgebrachte Kleidung in den Schrank. Sie hatte sogar einen Blumenstrauß besorgt, wie Isabel erst jetzt sah. O nein, dachte sie, bitte keine Blumen. Musste das sein? Aber sie quetschte artig ein »Danke« heraus. Hin und wieder – selten – bedankte sich Isabel durchaus, vor allem, wenn es Vorteile versprach. Sie hatte Babs auch gebeten, ihr ein Buch mitzubringen, um den Abend nicht mit Sugar Sugar vor dem Unterschichtenfernsehen verbringen zu müssen. Natürlich hatte sie erwartet, dass Babs einfach nach dem griff, was in Isabels Schlafzimmer neben dem Bett lag. Das wäre das Naheliegendste gewesen und den meisten Leuten in den Sinn gekommen. Nicht jedoch Babs. Babs und Bücher, das passte nicht zusammen. Voller Stolz präsentierte sie Isabel eine alte Taschenbuchausgabe von Hermann Hesse. Isabel wusste gar nicht, dass sie Bücher von ihm besaß. »Klingt doch ganz interessant«, sagte Babs. »Lenkt dich bestimmt ab.« Isabel hütete sich, über Hermann Hesse zu meckern, denn sie brauchte ein bisschen Geld von Babs, da ihr ja die fünfundzwanzig Euro fehlten. Babs, die Gute, kramte ohne zu zögern ein paar kleine Scheine hervor.

»Reicht das?«

»Ich denke schon. So lange bleibe ich nicht hier. Gebe ich dir dann zurück.«

»Klar.«

Babs nahm auf Isabels Bett Platz, denn das Zimmer war so klein, dass am Tisch in der Ecke vor dem Fenster nur eine Person sitzen konnte.

»Was ist denn eigentlich passiert?«

»Weiß ich nicht. Kann mich nicht erinnern.«

»Du kannst dich nicht erinnern? Krass.«

»Gedächtnislücke. Ist wohl normal.«

»Gedächtnislücke? So was gibt's echt? Krass. Hätte ich ja nicht gedacht. Ich dachte, das gibt's nur, wenn man gaga ist. Plemplem, du verstehst schon. So wie deine Alte. Okay, oder wenn man zu viel gesoffen hat, klar. Ich habe auch schon mal was vergessen, klar. Aber gaga bist du ja eigentlich nicht. Halt bloß ein bisschen gestört. Wer war das denn? Hat da einer was gegen dich? Wäre ja nicht so verwunderlich. Aber gleich so was ... Das kann man doch auch anders klären. Clementine war's aber nicht, oder? Nein, so was würde der bestimmt nicht machen. Der liebt dich ja. Na ja, ich schätze, da hat einer was gegen dich. Brauchst du jetzt Polizeischutz oder so was?«

Diese Vorstellung fand Babs ungeheuer komisch.

Wäre sie nicht am Tropf festgebunden, hätte Isabel mit ihr das Zimmer und die Station verlassen können, nach draußen, auf den Kanal blicken, eine Runde spazieren, aber in dem engen Raum wurde ihr Babs' Anwesenheit bald zu viel.

»Ich bin müde. Ich muss dringend schlafen.«

»Ja, klar, du musst dich ausruhen, du bist ja auch nicht ganz in Ordnung. Wann kommst du denn raus? Haben sie dir das schon gesagt?«

»Hoffentlich morgen.«

»Morgen, warte mal, da muss ich erst nachmittags in die Markthalle. Ich könnte dich abholen. Wäre doch nett, oder?«

»Ja. Wäre echt nett.«

»Sag Bescheid.«

Im kleinen Zimmer roch es nach der knappen halben Stunde, die Babs darin verbracht hatte, durchdringend nach altem Bratfett. Ein Pfleger kam und befreite Isabel von Braunüle und Tropf. Dabei schoss eine kleine Blutfontäne aufs Bettlaken. »Oh, wie ungeschickt«, sagte der Pfleger. Als er wieder gegangen war, befreite sich Isabel vom OP-Hemd. Ihr Bauch sah grauenhaft aus. Dunkelblau verfärbt, wie ein großflächiges, unförmiges Tattoo. Sie zog Jogginghose und T-Shirt an. Babs, die Gute, hatte Hausschuhe vergessen. Nun hatte Isabel die Wahl, auf Socken zu gehen oder in ihren Straßenschuhen. Sie musste dringend das enge Zimmer verlassen und mit ihm Sugar Sugar, die ihren Fernsehkonsum immer wieder unterbrach, um Isabel in ein Gespräch zu verwickeln.

Babs hatte versprochen, später Godzilla zu füttern, obwohl Isabel sie darum gar nicht gebeten hatte. An den Hamster hatte sie bisher keinen Gedanken verschwendet. Ein, zwei Tage hätte er es wahrscheinlich auch ohne frisches Futter ausgehalten. Lag doch genug herum. Zumindest, soweit Isabel sich erinnern konnte. Erinnerte sie sich? Ja, an den Hamsterkäfig schon.

Sie fuhr mit dem Aufzug ins Erdgeschoss und verließ die Klinik durch den Haupteingang. Draußen standen die Raucher herum. Das Urban war roh und rau und schmutzig. Niemand nahm Anstoß an ihrem Nasenverband oder ihrer Jogginghose. Wie auch, hier waren alle so gekleidet wie sie. Erwachsene in Schlafanzügen. Isabel hatte die Jahreszeit nicht bedacht und fröstelte, nur mit dem T-Shirt unter der Jacke. Die Dämmerung setzte langsam ein. Irgendetwas, die frische Luft oder der Anblick des Landwehrkanals, löste eine Gedächtnisblockade. Plötzlich sah Isabel eine Kapuze vor sich. Kapuzenmann im Dunkeln. Die Krankenschwester hatte gesagt, man habe sie unten am künstlichen Wasserfall gefunden, nahe der Kreuzbergstraße. Doch jetzt erinnerte sich Isabel auch bruchstückhaft an ihr erstes Wachwerden im Park, und das war auf einem schmalen, dunklen Weg mittendrin gewesen. Sie musste aufgestanden sein und sich bis zur Straße geschleppt haben.

»Schöne Blumen«, sagte Sugar Sugar, als Isabel ins Zimmer zurückkehrte. Das stimmte nicht, es waren keine schönen Blumen. Den mickrigen Strauß musste Babs im Supermarkt gekauft haben. Sie waren schon ein bisschen welk, bevor sie überhaupt ihre volle Blüte erreicht hatten. Isabel überlegte, sie wegzuwerfen, aber das hätte sicher lästige Diskussionen mit Sugar Sugar nach sich gezogen und morgen einen Kommentar von Babs, und deshalb ließ sie sie auf dem Nachttisch stehen. Über aufgebrauchtes Glück nachzudenken, war sinnlos. Hier ging es nicht um Glück oder Pech, das war Isabel klar. Die Botschaft, die sie in ihrer Jackentasche gefunden hatte, war nicht misszuverstehen.

18

Es geschah dem kleinen Luder ganz recht, wenn du mich fragst. Wie wäre es mit einem Schweinebraten? Ein schlichter Schweinebraten ist doch auch etwas Gutes. Es kommt auf das richtige Stück an, nicht zu mager, und natürlich auf die Zubereitung und die Soße. Der Junge mag die Bratensoße so gern. Ach, da könnte ich mich reinlegen, sagt er immer. Es gibt ja Leute, die ein herrliches Stück Fleisch völlig verhunzen. Georg sagt immer: Mach dir doch nicht so viel Mühe, du musst doch hier nicht in der Küche stehen, komm, ich lade dich ein.

Das bösartige kleine Luder, diese durch und durch verdorbene Person, hat die Rosen in der Vase umgeknickt. Eine nach der anderen. Nur weil es ihr Freude machte. Ihr Gesicht war zum Fürchten. So ein teuflisches Lächeln, ich kann das gar nicht in Worte fassen. Ich habe es noch ganz deutlich vor Augen, als wäre es erst gestern passiert. Es waren die alten Rosen aus dem Garten, die ich so liebe. Dieser Duft. Diese herrlichen Farben. So zart. So pudrig. Welcher normale Mensch bringt denn Blumen um, etwas so Schönes, Vollkommenes? Kein normaler Mensch tut das. Sie hat sich an den Dornen gestochen, aber das schien ihr gar nichts auszumachen. Als wäre ihr der Schmerz egal oder als würde sie es gar nicht spüren. Kann ja sein. Vielleicht spüren solche Leute weniger. Sie hat den Finger in den Mund genommen und daran gelutscht. Ich musste mich abwenden. Später habe ich einen Blutstropfen auf dem Parkett gesehen und ihn weggewischt. Den Lappen habe ich anschließend in den Müll geworfen. Normalerweise bin ich nicht so verschwenderisch, ich werfe nicht alles sofort weg. Die Dinge haben ihren Wert, so bin ich groß geworden. Uns ging es ja auch nicht immer üppig.

Sie kommt aus dem Wedding. Da muss man sich nicht wundern, nicht wahr? Ja, wir wissen, wovon wir reden. Sie erträgt es nicht, dass wir mehr haben als sie, dass wir uns viel mehr leisten können. Aber so ist das doch im Leben, oder? Die einen haben mehr, weil sie sich etwas aufgebaut haben, sie haben etwas geleistet und dafür geschuftet, bis zum Umfallen geschuftet haben sie, und die anderen haben weniger. Damit sollten sie sich bescheiden. Das ist meine Meinung. Es muss doch Unterschiede geben. Soll ich nicht mal wieder Lammkeule machen? Meine berühmte Lammkeule, von der alle schwärmen. Dazu gehört unbedingt Thymian. Ohne Thymian und Knoblauch ist es nur der halbe Spaß. Und natürlich Senf. Oder lieber Königsberger Klopse, mit Kapern? Aber das magst du ja nicht so. Wir brauchen ein schönes Essen, mit der ganzen Familie, so wie früher, ein Festessen, wir können doch einfach so tun, als wäre Weihnachten, sonst ist alles so traurig.

Das Gift kam mit Manuela ins Haus. Natürlich wollte sie ausprobieren, wie weit sie gehen kann. Meinst du, das hätte ich nicht gemerkt? Ich habe es von Anfang an durchschaut, aber auf mich wollte ja keiner hören. Sie hat es ausgereizt, bis auf die Spitze getrieben hat sie es. Sie war so unverschämt. Sie war wie ein Schädling, den man nicht mehr loswird. Wir hatten doch mal diese Mäuseplage. Himmel! Ein Mäuseweib bekommt bis zu dreizehn Junge, wussten Sie das? Wir mussten dann den Kammerjäger holen, der hat überall diese kleinen schwarzen Kästen aufgestellt. Wenn sie das fressen, verbluten sie innerlich. Aber erst nach ein paar Tagen. Oder vertrocknen sie innerlich? Eins von beidem. Bei Ratten nimmt man das Gleiche. Klingt unmenschlich, aber was soll man machen?

Gegen Ludger kann ich nichts sagen. Er war ein netter junger Mann, fast noch ein Junge. Nicht viel älter als Matthias. Einfach gestrickt war er, aber was soll man auch erwarten. Ich habe jedenfalls nichts anderes erwartet. Und auch gar nichts anderes gewollt. Mit dem Gartenpersonal will man schließlich nicht befreundet sein, das wäre ja noch schöner. Das soll alles schön getrennt bleiben. Mir ist das unangenehm, wenn diese Leute mir zu nahekommen. Höflich muss man natürlich zu ihnen sein. Aber Lothar war ein anständiger, aufrichtiger Kerl. Ein bisschen unbeholfen. Und nicht gerade ein Fachmann. Wie man Rosen schneidet, musste ich ihm erst beibringen. Unbedingt schräg und über einem Auge. Nicht im Herbst, das schwächt die Rose, sondern im Frühjahr. Am Anfang hat er nicht mal das mit dem Unkraut hinbekommen. Ein gelernter Gärtner war der nun wirklich nicht, aber was die kosten, das ist ja unverschämt. Wir können auch nicht mit dem Geld um uns werfen. Zu seinen Aufgaben gehörte es auch, den Swimmingpool zu reinigen. Er ging dann immer mit so einem Kescher herum, um das Laub herauszuholen. Ich wollte den Swimmingpool zuerst gar nicht, aber mein Mann bestand darauf und hat sich durchgesetzt. Ja, ja, die Männer setzen sich dann doch durch. Ist doch so, oder? Damals war ein Swimmingpool noch was Besonderes, das hatte nicht jeder. Das Haus mussten wir ja aufgeben. Es war das Beste so, natürlich, aber es hat mir trotzdem wehgetan. Mir kommen auch jetzt noch die Tränen, das ist albern. Aber es schmerzt, wenn man eine so lange Zeit seines Lebens dort verbracht hat. Der schöne Garten. Herrlich. Lothar hat das ganze Unkraut einfach nur abgeschnitten. Aber dann wächst es doch nach, habe ich ihm gesagt, umso kräftiger wächst es dann nach, wissen Sie das etwa nicht, das müssen Sie wirklich gründlicher machen, mit der Wurzel herausreißen müssen Sie das und sich auch mal richtig bücken, auf die Knie gehen müssen Sie, anders geht das nicht, wofür bezahlen wir sie denn. Er war mir dankbar dafür. Frau Baumann, hat er immer gesagt, ich lerne so viel von Ihnen, das ist noch ein Geschenk zusätzlich zu meinem Lohn. Lothar war jedenfalls ein lieber Kerl. Wer hätte das von ihm gedacht? Aber der Junge hatte ja auch seine Nöte.

Manuela hat gestohlen. Ein offenes Geheimnis war das. Meine schönen Ohrringe und die Brosche, so viel ist sicher. Und wer weiß, was noch alles. In der Zeit ist ja so viel im Haus verschwunden. Haben Sie meine Brosche gesehen? Ich habe alles auf den Kopf gestellt. Ich kann sie nicht finden. Das Buch. Ich muss es vernichten. Aber ich kann es nicht finden. Wo ist mein Buch? Es fehlte auch mal Geld, obwohl ich natürlich kein Geld so offen herumliegen lasse, wo denken Sie hin, das ist ja direkt eine Einladung, vor allem, wenn Gesindel im Haus ist. Sie hat dreist herumgeschnüffelt und sich überall bedient. Auch an meinem Parfüm im Bad. Das habe ich gerochen. Sie hat mir einfach frech ins Gesicht gegrinst, da ist mir fast die Hand ausgerutscht. Und gelogen hat sie, gelogen, dass sich die Balken biegen. Gelegenheiten hatte sie genug. Ich bin ja nicht von Natur aus misstrauisch. Leider, kann ich nur sagen. Wer weiß, wenn ich das früher unterbunden hätte, wäre alles nicht passiert. Der Junge hat ja auch seine Nöte. Ich kann ja nicht rund um die Uhr alles kontrollieren, ich habe auch noch etwas anderes zu tun.

Das Gift kam erst mit ihr ins Haus. Sie war durch und durch verdorben. Da war auch nichts mehr zu retten. Das ist meine Meinung. Und von meiner Meinung lasse ich mich nicht abbringen. Das wäre ja noch schöner. Ich bin hier die Leidtragende. Und natürlich waren auch Drogen im Spiel. Ich lebe ja nicht hinterm Mond. Das hat sie sich alles selbst zuzuschreiben. Wir hatten schon lange keinen Fisch mehr. Fisch gehört regelmäßig auf den Tisch, schon wegen der Omega. Dingsda. Du weißt schon. Diese Drei. Die sind doch so wichtig. Georg sagt immer, wie wichtig die sind. Aber meistens will er zum Chinesen. Wegen der Ente. Ob es die Omega beim Chinesen gibt, da bin ich mir ja nicht so sicher. Mir fällt das Wort gerade nicht ein. Das passiert doch jedem mal. Ist Ihnen das etwa noch nie passiert? Zanderfilet. Aber Zander kriegt man so schlecht. Ich kann nicht den ganzen Tag einem Zander hinterherrennen und deswegen extra zum KaDeWe fahren. Ich habe so viele Termine, und der Haushalt regelt sich ja auch nicht von allein. Eine Mutter will immer helfen, das verstehen Sie doch. Ich habe die Nöte nicht bemerkt. Wie schlimm die waren. Haben Sie Kinder? Oder einfach meine Forelle blau, wie wäre das? Forelle bekommt man ja fast überall. Die Augen müssen klar sein. Der Löwenzahn muss ausgemerzt werden, der wuchert sonst überall. Eine Pest ist das.

19

Es war kein Pech gewesen, kein aufgebrauchtes Glück, sondern geplant und zielgerichtet, das war Isabel bewusst.

Sugar Sugar bekam nachmittags wie angekündigt Besuch von ihrer Tochter, die ihr einen Berg Zeitschriften mitbrachte. Isabel meldete sich für den Rest der Woche bei Job eins und zwei krank, was diesmal kein Problem darstellte. In dramatischen Farben schilderte sie einen brutalen Raubüberfall auf dem Heimweg im Park und erntete damit wie beabsichtigt sofortiges Mitleid. »Das wird ja immer schlimmer.« – »Man kann gar nicht mehr vor die Tür gehen.« Obwohl Isabel sich nicht durch übermäßiges Pflichtbewusstsein auszeichnete, wusste sie, was wann zu tun war, was notwendig war, damit das Gerüst nicht zusammenbrach. Sie hatte alles im Griff.

Auch sie bekam Besuch. Zwei Männer in Lederjacken standen plötzlich im viel zu kleinen Raum und stellten sich als Polizisten vor. Sugar Sugar und ihre Tochter unterbrachen ihr Gespräch und wandten sich ihnen neugierig zu.

Isabel war zwar keine Kriminelle, war es nie gewesen, abgesehen von den paar lächerlichen Kleinigkeiten, die nicht der Rede wert waren und die sie bestenfalls als Mundraub bezeichnet hätte, aber dennoch wurde ihr beim Anblick der Polizisten augenblicklich unwohl, ohne dass sie es hätte erklären können. Wahrscheinlich eine natürliche Abneigung. Beide waren um die vierzig und trugen dunkle Jeans und Lederjacken, wie Zwillinge. Das Zimmer war schon für drei Personen zu klein, mit fünf wirkte es heillos überfüllt. Außerdem gefiel es Isabel nicht, wie die Polizisten neben ihrem Bett standen und auf sie herabsahen. Sie schlug vor, in den Aufenthaltsraum am Ende des Flurs mit der großen Glasfront und Blick auf den Kanal zu wechseln, den sie mittlerweile entdeckt hatte. Sie kam wohl nicht umhin, mit ihnen zu reden.

Im Aufenthaltsraum baten die Polizisten Isabel, den Hergang zu schildern. Sie behauptete, keine Erinnerung daran zu haben, obwohl mittlerweile durchaus vereinzelte Fetzen an die Oberfläche gestiegen waren. Die Botschaft in ihrer Tasche, die sie ohne zu überlegen in den Kanal geworfen hatte, verschwieg sie. Auch Babs gegenüber hatte sie sie nicht erwähnt. Sie trieb jetzt irgendwo zwischen Ausflugsbooten und Plastikflaschen herum. Es handele sich um ein Offizialdelikt, erklärten die Polizisten, und werde von Amts wegen verfolgt, auch ohne dass sie es selbst zur Anzeige brachte. Allerdings wollten sie ihr nichts vormachen. Bei der Sachlage – im Dunkeln im Park, nirgendwo Kameras wie in U-Bahnhöfen, keine Zeugen, nur die unbeteiligte Person, die den Notruf alarmiert hatte, höchstwahrscheinlich eine ganze Weile nach der Tat – stünden die Chancen, den Täter zu fassen, sehr schlecht.

»Und Sie können sich wirklich an gar nichts erinnern?«

»Nein. Aber mir wurden fünfundzwanzig Euro gestohlen.«

»Fünfundzwanzig Euro? Das wissen Sie so genau?«

»Ja, das weiß ich so genau.«

»Das ist ja nicht gerade viel. Und alles andere, Kreditkarten, Smartphone, war noch da?«

»Nur das Bargeld fehlte.«

Wie viel verdienten Bullen denn, dass sie fünfundzwanzig Euro nicht erwähnenswert fanden? Wer den Pfennig nicht ehrt und so weiter. Gute Schule ihrer Mutter. Einer der beiden machte sich Notizen, während der andere Isabels Personalausweis studierte. Übertrieben gründlich, wie sie fand. Schließlich erhoben sie sich, wünschten ihr gute Besserung und sagten, dass sie nach ihrem Klinikaufenthalt bei ihnen in der Polizeidirektion erscheinen müsse. Sie würde von ihnen hören.

Wieso musste sie die Polizeidirektion aufsuchen? Vermutlich, um irgendetwas zu unterschreiben. Das passte Isabel überhaupt nicht. Sie wollte nicht mehr als unbedingt nötig mit ihnen reden. Sie wollte nicht im System sein. Zwar verfügten sie jetzt ohnehin über ihre Adresse, aber je weniger Isabels Wohnsituation – Wohnen zur Untermiete, wenn Untervermietung gar nicht gestattet war – zur Sprache kam, je weniger Isabel Keppler in den Fokus geriet, desto besser.

Draußen war es längst dunkel geworden. Isabel blieb noch eine Weile im Aufenthaltsraum sitzen und blickte auf den Kanal. Danach schlenderte sie im Gang ihrer Station herum. Auf einem Tisch standen Wasserkocher, Packungen mit Teebeuteln und Tassen bereit, damit die Patienten oder ihre Besucher sich selbst bedienen konnten. Isabel trank einen Pfefferminztee. Beim Abendessen empörte sich Sugar Sugar über ihre Weißbrotscheibe – eine Scheibe Weißbrot, eine Scheibe Graubrot – und warf sie angeekelt auf ihr Tablett. Wie man ihr so etwas geben könne, Kohlenhydrate seien das absolute Gift für sie. »Sie wissen ja, Zucker.«

Nach dem Abendessen verließ Isabel wieder das Zimmer, fuhr mit dem Aufzug nach unten und trat vor die Tür. Unterwegs begegneten ihr überall Erwachsene in Schlafanzügen, viele mit Tropf, den sie hinter sich herzogen. Isabel verbrachte ein paar Minuten auf der Wiese am Kanalufer, bis ihr zu kalt wurde. Oben trank sie eine Tasse Kamillentee. Die Einladung ihrer Zimmergenossin, gemeinsam fernzusehen – »Wir können auch in ein anderes Programm schalten, wenn Sie wollen« –, schlug sie aus und las stattdessen Hermann Hesse. Darüber wurde sie müde. Sie löschte das Licht neben ihrem Bett und schlief augenblicklich ein. Wahrscheinlich das erste Mal seit ungefähr zwanzig Jahren vor dreiundzwanzig Uhr.

Doch Isabel schlief nicht lange. Sie wurde nach

wenigen Stunden von der unerträglichen Hitze im Zimmer wach und schlug die Decke zurück.

»Können Sie auch nicht schlafen?«, fragte Sugar Sugar.

»Es ist so heiß.«

»Irgendwas stimmt mit der Heizung nicht«, sagte Sugar Sugar.

Isabel stand auf, ging zum Heizkörper und versuchte, das Ventil zu drehen, was jedoch nicht möglich war. Es bewegte sich keinen Millimeter, und die Heizung ließ sich nicht drosseln. Sie einigten sich darauf, das Fenster zu kippen und zusätzlich die Zimmertür in der Hoffnung auf Durchzug zu öffnen. Bei dem Versuch, wieder einzuschlafen, hörte Isabel die nächtlichen Krankenhausgeräusche auf dem Flur. Klingeln der Patienten, die offenbar ständig etwas brauchten. Quietschende Schuhsohlen, die einmal in die, dann in die andere Richtung gingen. Sugar Sugar klagte über ihr Kopfkissen. Sie klingelte nach der Schwester und sagte, sie benötige ein zweites Kissen, so könne sie kein Auge zutun. Die Nachtschwester erklärte ihr, dass sie allein auf der Station sei und diese nicht verlassen dürfe. Die zusätzlichen Kissen aber befänden sich außerhalb der Station, weshalb sie ihr nicht helfen könne. »Fragen Sie morgen die Frühschicht.« Sugar Sugar stieß einen tiefen, resignierten Seufzer aus. Isabel nutzte die Gelegenheit und bat um mehr Schmerzmittel. Die Nachtschwester brachte ihr anstandslos zwei Tabletten.

Im halb dunklen, immer noch viel zu warmen

Krankenhauszimmer hatte Isabel viel Zeit zum Nachdenken. Sie dachte an ihre Wohnung im Keller, daran, wie sie eingerichtet war. Nicht nur in der Katzbachstraße, sondern auch in allen anderen Wohnungen zuvor. Mit Ausnahme natürlich von Clemens' Wohnung. In der standen seine erwachsenen Möbel. Bei Isabel hingegen sah es so aus wie in einer Studentenwohnung. Sie war nicht richtig eingerichtet, unfertig, und das mit Ende dreißig. Sollte man mit Ende dreißig nicht weiter sein? Sie hatte keine Garderobe. Keinen Halter für die Klopapierrolle. Keine Dunstabzugshaube. Keinen Geschirrspüler und keinen richtigen Kleiderschrank. Kein Ärmelbügelbrett. Kein Seitenschläferkissen, keine Winter- und Sommerbettdecken, die sie saisongerecht wechselte, und kein Sonntagsgeschirr. Hatten die Leute heutzutage überhaupt noch Sonntagsgeschirr, abgesehen von Elfriede Baumann? Isabel besaß mit neununddreißig immer noch kein Sofa. Das war vielleicht auch nicht so wichtig, weil sie mit niemandem darauf sitzen wollte, und für sie allein reichte der Sessel. Sugar Sugar hatte das alles ganz sicher, Garderobe, Klopapierrollenhalter, Sofa. Einen anständigen Staubsauger. Sie hatte bestimmt sogar eine Halterung für Küchenrollen. Godzilla besaß ein Haus im Haus. Vielleicht war Isabel gar nicht erwachsen und hatte es bloß nicht mitbekommen. Hatte sie überhaupt noch eine Wohnung? Sie war so wütend auf Ferdi. Wenn sich die Gelegenheit geboten hätte, hätte sie ohne zu zögern mit ihm genau das veranstaltet, was ihr selbst im Park widerfahren war. Die

Gedanken an ihre Wohnungseinrichtung vermischten sich unmerklich mit Bildern aus dem dunklen Viktoriapark. Kapuzenmann. Ein Geruch, der sie an etwas erinnerte. Erde, vermodertes Laub. Die Bilder aus dem Park, bruchstückhaft und ohne Zusammenhang, keine chronologische Geschichte mit Anfang, Mitte, Ende, überlagerten diejenigen von ihrer Wohnung, und bald wusste Isabel nicht mehr, ob sie wach war oder träumte. Theo Nadine Annette Ekaterina Peter Jens Samira Max Miriam. Theo. Das Zimmer war unerträglich heiß und stickig. Sugar Sugar neben ihr atmete schwer. Die Erinnerung an Schmerz stieg nach oben. Höllischer Schmerz. Hinten am Kopf, an der Nase, im Magen. Etwas war kaputtgegangen, das hatte sie deutlich gehört. Sie lag neben den Steinen des künstlichen Wasserfalls. Fühlte sich Sterben so an? Wenn sie starb, würde irgendwer, wahrscheinlich Ferdi, ihre Abstellkammer durchstöbern. Das Innere ihrer Abstellkammer war nicht für fremde Augen bestimmt. Wenn sie tot war, konnte ihr das natürlich egal sein, zumal Isabel ja auch lebendig egal war, was andere von ihr dachten.

Irgendwann wurde es auf dem Flur belebt. Der Frühbetrieb ging los. Gespräche und Gelächter beim Schichtwechsel. Blutdruck- und Temperaturmessen. Blutdruck hundertzwanzig zu achtzig. Eine Putzfrau kam und wischte kurz durch. Frühstück. Isabel aß die von Sugar Sugar verschmähte Weißbrotscheibe. Ein Arzt erschien und erklärte ihr, dass er »zufrieden mit ihr« sei und nichts dagegensprach, sie nach dem Verbandswechsel zu entlassen. Das erledigte er gleich selbst.

»Wollen Sie mal sehen?«, fragte er.

Isabel wusste nicht, ob sie es wirklich sehen wollte, aber der Arzt schien darauf zu warten. Kleiner Sadist. Oder es war gar nicht so schlimm. Also stand sie auf, quetschte sich an ihm vorbei in die angrenzende Nasszelle und stellte sich vor den Spiegel. Es war noch viel schlimmer. Die Farbe der Nase und eines beträchtlichen Areals drum herum changierte zwischen rot, dunkelrot und blau. Die Form der Nase war aufgrund der Schwellung nicht zu erkennen.

Der Arzt wechselte erstaunlich sanft und rücksichtsvoll den Verband und erklärte, der Nasenbruch sei nicht so schwerwiegend, dass er eine Operation erforderlich mache. Voraussichtlich werde alles wieder von selbst zusammenwachsen und heilen. Im Unterschied zu künstlichen Hüften und Kniegelenken war eine Nasen-OP vermutlich nicht allzu lukrativ. Den Verband müsse sie noch eine Weile tragen. Sollte sich ihr Zustand verschlechtern, er zählte Schwindel, Übelkeit, Desorientierung, motorische Aussetzer auf, müsse sie dringend zurück in die Klinik, aber er rechne nicht mit einer Verschlechterung. Er beklagte die zunehmende Gewalt auf den Straßen, »wegen ein paar Euro oder weil jemandem nicht passt, wie man aussieht«, sprach von Messerstichen und Schädelfrakturen und sagte, es hätte aber auch noch viel schlimmer kommen können, womit er vermutlich eine Vergewaltigung meinte.

Isabel meldete sich bei der diensthabenden Kran-

kenschwester ab, die ihr eine Packung Schmerzta-
bletten und Verbandsmaterial in die Hand drückte.
Die Kleidung, die sie im Viktoriapark getragen hatte,
war völlig verdreckt, weshalb Isabel Jogginghose und
T-Shirt anbehielt. Wenn es einen Ort gab, an dem
eine ausgeleierte Jogginghose nicht auffiel, dann war
es die Gegend um das Kreuzberger Urban-Krankenhaus herum. Sie packte ihre Tasche und verabschiedete sich von Sugar Sugar. Sie rief nicht Babs an, um von
ihr abgeholt zu werden, sondern nahm sich ein Taxi.

»Oh, was auf die Nase gekriegt?«, sagte der Taxi-
fahrer.

Sehr witzig, dachte Isabel. Kein Trinkgeld.

20
Anfang Dezember

Die Schwellung an der Nase klang allmählich ab, und die Farben veränderten sich – von anfangs Blau und Rot zu Schwarz und später zu Grün und Gelb. Isabel teilte Baumann junior mit, dass sie mindestens eine Woche nicht zu seiner Mutter fahren könne, weil sie krank sei. Sie rechnete mit einem kleinen Wutanfall, was sie sich einbilde, so gehe das nicht, mit der Androhung, er fände jederzeit einen Ersatz für sie. Baumann junior war es nicht gewohnt, wenn die Dinge anders liefen, als er wollte. Aber seltsamerweise geschah das nicht. Er nahm es hin.

Als Isabel dann das erste Mal seit dem Überfall Elfriede Baumann sah, war sie im Grün- und Gelbstadium und trug keinen Verband mehr.

»Was ist denn mit Ihnen passiert?«, sagte Elfi und musterte sie. »Haben Sie sich geprügelt? Das würde zu Ihnen passen, so, wie Sie immer gekleidet sind. Das Äußere verrät eine Menge über den Menschen, sage ich immer.«

Zur Strafe setzte Isabel ihr den Kräutertee »Abwehr-Fit« vor, den Elfi, wie sie wusste, noch weniger mochte als »Ruhe und Gelassenheit«.

Isabel hatte ein Schreiben erhalten, dass sie in der Polizeidirektion in der Friesenstraße zu erscheinen habe. Für das LKA in der Keithstraße, zuständig für »Delikte am Menschen«, war eine gebrochene Nase wohl nicht schwerwiegend genug. Anwesend war in diesem Fall nur einer der beiden Beamten, die sie im Urban aufgesucht hatten. Ihre Aussage unterschied sich nicht wesentlich von dem, was sie dort bereits angegeben hatte. Sie konnte sich an nichts erinnern. Dunkel gekleidet. Kapuzenpullover. Kam von hinten. Kein Gesicht erkannt, dazu ging alles zu schnell. Schlag ins Gesicht, dann weiß ich nichts mehr. Der Polizist hatte sie zweifelnd angesehen, als glaubte er ihr nicht. Oder als würde Isabel sich nicht genug anstrengen, sich keine Mühe geben, und zwar nur, um ihn zu ärgern. Das hatte sie an ihre Mutter erinnert und wütend gemacht.

Wie zu erwarten beschwerte Elfi sich über den Tee.

»Sie müssen ihn austrinken«, sagte Isabel. »Sonst werden Sie krank.«

»Krank, was reden Sie denn da. Ich war immer gesund. Mein Leben lang. Nicht mal eine Grippe. Ich konnte mir das auch gar nicht erlauben, ich musste ja für meine Familie da sein. Ich mag den Tee nicht. Und Sie lassen ihn immer so lange ziehen.«

»Damit sich die guten Inhaltsstoffe entfalten können.«

»Ich hätte viel lieber eine Tasse Kaffee. Mit einem Schuss Milch. Warme Milch bitte, wären Sie so nett? Das muss doch möglich sein, Frau … wie war noch gleich Ihr Name? Nichts für ungut, aber ich kann ihn mir einfach nicht merken.«

»Aber ich bin's doch«, sagte Isabel. »Manuela.«

Elfi starrte sie an. »Manuela?«, sagte sie und schüttelte heftig den Kopf. »Das ist unmöglich. Völlig ausgeschlossen. Sie können gar nicht Manuela sein. Sie sehen auch gar nicht so aus wie sie. Sie sind viel älter.«

Der Polizist in der Friesenstraße war sichtlich unzufrieden mit ihr, gab aber bald auf. »Na, wenn Sie sich an nichts erinnern können«, sagte er. »Schon seltsam, finde ich. Ich weiß ja nicht, wie so ein Gehirn funktioniert, aber später fällt den meisten Leuten dann doch noch etwas ein. Hoffen wir mal, dass in Ihrem Kopf noch alles an Ort und Stelle ist.«

Isabel erinnerte sich inzwischen durchaus an mehr, als sie ausgesagt hatte. Der Geruch. Die Schnürsenkel. Wenn es nach ihr ginge, sollte die Polizei die Angelegenheit nicht weiterverfolgen. Aber das sagte sie ihm natürlich nicht. Sie würde sich selbst darum kümmern. Zu gegebener Zeit. Vielleicht zwischen Weihnachten und Neujahr. Viele Leute brachten zwischen Weihnachten und Neujahr ein paar Dinge in Ordnung. Es war gut, hier wie das Opfer zu sitzen, eine hilflose Frau Ende dreißig, die brutal überfallen worden war.

Bei Job eins machte Sonja ein erschrockenes Gesicht, als Isabel das Büro betrat. Isabel fasste sich in ihren Beschreibungen der Geschehnisse möglichst kurz. Sonja war zwar sensationslüstern, doch meistens erschlaffte ihre Neugier schnell und früher oder später fing sie mit ihrem Lieblingsthema an, den Katzen. Patrick, Job zwei, heuchelte Mitleid. »O mein Gott, was ist denn mit dir passiert? Das sieht ja schrecklich aus! Was, ein Überfall? Ja, man ist nirgendwo mehr sicher. Schlimm.« Migränchen immerhin bedauerte sie aufrichtig, was Isabel jedoch schnell zu viel wurde. »Und die ist wirklich gebrochen?«, wiederholte Migränchen mehrfach und fuchtelte dabei vor ihrer eigenen Nase herum. »Wie bei einem Boxer oder so? Muss das nicht operiert werden?« – »Wächst wieder von selbst zusammen.« – »Ach, echt?«

Kam es ihr nur so vor, oder lag ein Ausdruck der Schadenfreude in Patricks Gesicht?

Baumann junior rief sie nach ungefähr einer Woche an und fragte, für seine Verhältnisse recht höflich, wann sie wieder nach Friedenau fahren könne. Er war sichtlich erleichtert, als Isabel sagte, dass sie genesen sei. Ob er seine Mutter in der Zwischenzeit selbst hatte besuchen müssen? Für sie einkaufen, ihr Tee kochen, bei ihr sitzen und ihr zuhören? Er war diesmal besonders geschwätzig. Er redete, natürlich, über seine Prinzessinnen. Dann über die Weihnachtsvorbereitungen und wie schön sie alles in Pankow gestalteten. Das konnte Isabel sich lebhaft vorstellen, den ganzen Plastikkitsch, den sie im Internet bestellten. Stefanie hatte davon ausführlich erzählt. »Lichtverschmutzung unten im Garten« hatte sie es genannt. Ihr Mann und sie hatten Streit mit Matthias Baumann angefangen. Stefanie mochte es friedlich und harmonisch, wich jedem Streit aus und zettelte erst recht keinen an.

Daraus schloss Isabel, dass Baumann junior wirklich ein sehr unangenehmer Nachbar sein musste und die Lichtverschmutzung erheblich. Am Telefon sprach er von dem »Lichtermeer« im Garten. »Weihnachten ohne schöne Lichter«, sagte er, »ist doch nur der halbe Spaß.« Isabel wollte das Telefonat längst beenden, aber dann kam ihm auch noch das Haus in Zehlendorf in den Sinn, in dem sie früher gewohnt hatten. Es zu verkaufen, sei die richtige Entscheidung gewesen. Das interessierte Isabel nicht, genauso wie alles andere, und er hatte es ihr bereits erzählt. Baumann junior hielt sich für großartig und war so geschwätzig wie ein alter Mann. Isabel hörte ihm nicht mehr zu. Wie er wohl ihre Nase kommentiert hätte? Natürlich wusste sie, dass er auf sie herabsah, sie verachtete, aber eine Dumme gesucht und in ihr eine solche bequem gefunden hatte. Mäuse. Er redete über Mäuse. Was für Mäuse? »Wir hatten in Zehlendorf mal eine Mäuseplage«, sagte er. »Sie lebten unter den Terrassensteinen. Bis wir das gemerkt haben, hat es gedauert. Die kann man ja nur ausrotten. Klingt zwar grausam, das würde ich auch nicht meinen Töchtern erzählen, aber etwas anderes bleibt einem nicht übrig, wenn man sie loswerden will.« Wie lange dauerte das denn noch. Isabel musste doch schon bei Job zwei ständig telefonieren und ah ja, ach so, ich verstehe, sehr interessant, das ist ja toll sagen.

Ihrer Mutter hätte Matthias Baumann mit seinem großspurigen Gehabe wahrscheinlich gefallen. Ihre Mutter hätte Isabel genauso verachtet, wie Baumann junior es insgeheim tat, wenn sie gewusst hätte, wie

Isabel die letzten zehn Jahre verbracht hatte. Kein Studienabschluss. Alle möglichen Tätigkeiten. Regalauffüllerin im Supermarkt. Bedienung im Café. Bürokraft in einem Heizungs- und Sanitärbetrieb. Verkäuferin in einer Weinhandlung. Das war, im Nachhinein betrachtet, einer der besten Jobs gewesen, weil sie nebenbei, wenn der Inhaber nicht hinsah, eine Menge in ihrem großen Rucksack hatte verschwinden lassen. Nicht zu viel auf einmal, sonst klirrten die Flaschen gegeneinander. Kassiererin im Bio-Supermarkt. Aushilfe in diversen Kantinen. Vorleserin für Blinde. Ihre Mutter hätte so etwas gesagt wie: Ich wusste ja, dass es mit dir kein gutes Ende nimmt.

Im Konferenzsaal des abgehalfterten Hotels starrten natürlich alle Kursteilnehmer auf Isabels Nase und die Verfärbungen in ihrem Gesicht. Vermutlich passte es zu ihrem Bild von ihr. Isabel, die keine Hausaufgaben machte, die herumstänkerte, destruktiv war und wahrscheinlich in dunkle Machenschaften verstrickt. Nadine glotzte sie ganz unverfroren an, Theo hingegen mied ihren Blick. Annette neben ihr stellte vorsichtige Fragen. Sie ging wohl von einem gewalttätigen Partner aus, über den Isabel aus Scham nicht sprach, redete drum herum und konnte es nur in Andeutungen sagen. »Du weißt aber schon, dass du dir Hilfe suchen kannst?« Isabel klärte sie darüber auf, dass sie im Park überfallen worden war. »Ach herrje, das ist ja furchtbar!«, sagte Annette. »Darüber musst du unbedingt schreiben. Auch, um es zu verarbeiten, weißt du. Das ist jetzt wichtig für dich.«

Ferdi hatte sich immer noch nicht gemeldet. Das war Isabel einerseits recht, andererseits verstärkte es ihre Unruhe. Es lag rund drei Wochen zurück, dass er die Bemerkung mit der Wohnung hatte fallen lassen, die er nun vielleicht doch selbst brauchte. Ganz nebenbei, als wäre es nichts Besonderes, als würde er darüber reden, wohin er demnächst in Urlaub fuhr oder welchen Film er sich ansehen wolle. Meistens gelang es Isabel, alle aufkommenden Gedanken daran zu verdrängen. Aber nicht immer. Scheißkerl. Wenn sich die Gelegenheit geboten hätte, hätte sie ihn verdroschen. Ihn windelweich geprügelt. Sie hätte ihm ein paar Zähne ausgeschlagen und wäre auf seinem Bauch herumgetrampelt. Dieses miese kleine Arschloch. Zuerst die Mieterhöhung – »Du musst mich doch auch verstehen« –, dann seine Kontrollbesuche in ihrer Wohnung und jetzt die Hiobsbotschaft, dass er sie selbst brauchte. Vielleicht. Isabel hatte die Wohnung zuerst gehasst, aber nun sah das ganz anders aus. Jetzt erschien sie ihr wie das wunderbarste Refugium der Welt. Außerdem bekam man sieben Stufen unter Normalnull von den neuerdings so heißen Sommern nicht so viel mit. Während die Leute in den obersten Stockwerken schwitzten und sich im Laden um den letzten Ventilator prügelten, hatte Isabel es im Sommer immer noch angenehm kühl. *Ich brauche ein Haus, keines für mich allein, nur einen Winkel, zu sitzen, zu denken, zu schlafen, zu träumen.* Scheißkerl. Den Schreibworkshop besuchte sie weiterhin, obwohl sie Ferdi nun gar nichts mehr schuldig war. Sie notierte nichts mehr. Nicht dass sie vor Ferdis Eröffnung, die Wohnung vielleicht selbst zu brauchen – ich sage dir natürlich rechtzeitig Bescheid, wenn du dein Zeug packen und verschwinden musst –, viel aufgeschrieben hätte. Dafür ließ sie jetzt regelmäßig seinen Namen einfließen. Ferdi hat gesagt. Ferdi meint. Ferdi dies, Ferdi das. Ich bin ja nur hier, weil Ferdi mir den Tipp gegeben hat. Ferdi Ferdi Ferdi. Also genau das, was sie unbedingt vermeiden sollte. »Nenne nie meinen Namen! Du darfst auf gar keinen Fall meinen Namen erwähnen! Du besuchst diesen Workshop, weil dich das interessiert. Wir kennen uns gar nicht.« *Ich brauche ein Haus. Keines für mich allein, nur einen Winkel.*

»Das kann gar nicht sein. Du bist nicht Manuela«, wiederholte Elfi.

Isabel hatte bloß sehen wollen, wie Elfi auf den Namen reagierte, aber ihr verging schon bald die Lust auf das Manuela-Spiel. Sie könnte dem Ganzen ja noch ein bisschen Gender-Verwirrung hinzufügen und ihr weiszumachen versuchen, sie wäre Lothar.

»Du musst jetzt deinen Tee trinken. Der ist gesund.« Ob Elfi ihren Kräutertee trank, war Isabel herzlich egal, aber sie war jetzt genauso stur wie sie.

»Der schmeckt mir aber nicht.«

»Jetzt stell dich nicht so an.«

»Ich will lieber eine Tasse Kaffee.«

»Kaffee bekommt dir nicht, das weißt du doch. Dein Herz.«

»Ich habe mein Leben lang Kaffee getrunken. Warum sollte der mir plötzlich nicht mehr bekommen?«

»Weil ich das sage.«

»Das ist ja lächerlich. Du hast mir gar nichts zu sagen.«

»Also gut, weil dein Sohn das sagt.«

»Matthias?«

»Ja, Matthias. Matthias hat mich gebeten, darauf zu achten, dass du keinen Kaffee trinkst.«

»Ach, der Junge ist ja so lieb. Er macht sich so viele Sorgen um mich. Ich könnte mir keinen besseren Sohn wünschen.«

»Dann trink jetzt endlich deinen Tee. Sonst rufe ich deinen Sohn an. Willst du das?«

Noch ein Tag bis Heiligabend

Im Nachhinein hätte sie nicht mehr sagen können, wie sie den Sonntag kurz vor Weihnachten verbracht hatte. Diesen langen Sonntag, der kein Ende nahm. Sie hatte tatsächlich ausprobiert, ob es erträglicher wurde, wenn sie eine Decke über ihn warf, sie jedoch schnell wieder entfernt, als ihr einfiel, dass sie sie anschließend würde wegwerfen müssen, was sie weder wollte noch einsah. Beim Abstreifen brachte die Decke seine Haare durcheinander, woraufhin er für einen Moment wieder unangenehm lebendig wirkte.

Isabel verbot sich zu schlafen. Die ganze Zeit verbot sie es sich, obwohl es gar nicht sinnvoll, sondern im Gegenteil sehr unklug war. Im Verlauf des Vormittags wurde sie so müde, dass es ihre Motorik und das Denken verlangsamte und beeinträchtigte. Und auf beides kam es doch jetzt an, vor allem auf das Denken. Gleichzeitig war sie aufgeputscht, unnatürlich wach. Ein Trip der besonderen Art, ganz ohne die Zufuhr irgendwelcher Substanzen.

Gegen Mittag, vielleicht war es auch schon Nachmittag, das Zeitgefühl war ihr abhandengekommen, hielt Isabel es nicht mehr mit ihm in der Wohnung aus. Auch das war unklug. Klüger wäre gewesen, ein paar Stunden zu schlafen. Stattdessen zog sie sich eine Jacke über – sie trug noch immer die dunkle Hose und den schwarzen Hoodie von letzter Nacht –, nahm das Messer, das sie noch nicht losgeworden war, und lief nach draußen, über die Straße und in den Park hinein. Das gestohlene Lastenfahrrad neben ihrem Souterrain-Eingang nahm sie nur am Rande wahr. Sie rannte fast, als würde sie verfolgt. Und das traf ja auch zu. Isabel verfolgte sich selbst. Sie lief vor sich und ihrer aufsteigenden Panik davon, vor ihrer erwiesenen Unfähigkeit, sich das Problem vom Hals zu schaffen. Und vor ihm. Ja, ja, Isabel Keppler, so abgebrüht und allem gewachsen. Das war wohl eher ein Witz. Sie hielt das Messer in der Hand und machte sich gar nicht die Mühe, es zu verbergen. Im Eilschritt lief sie bis zum Nationaldenkmal oben auf dem Kreuzberg, stieg die Treppe hinauf und blickte in die Großbeerenstraße und auf den trockenen Wasserfall unter sich. Irgendwo dort unten hatte sie vor einem Monat jemand entdeckt und den Notruf verständigt. Ihre Nase sah inzwischen fast wieder wie vorher aus. Aber nur fast. Die Krankenschwester im Urban hatte recht behalten, sie würde ein wenig schief bleiben.

Das war Isabels geringstes Problem. Sie ließ das Denkmal hinter sich und streifte eine Weile ziellos im Park umher. Eine ihr entgegenkommende Hundegassi-Frau sah erst in Isabels Gesicht, dann erschrocken auf das Messer in ihrer Hand und suchte schnell das

Weite. Gut so. Isabel setzte sich auf eine Bank. Eine Bank, die sie eigentlich ihm zugedacht hatte. Er sollte hier sitzen, nicht sie. Das Smartphone in ihrer Jackentasche meldete sich. Dieses Geräusch, jetzt, kam Isabel vor wie aus einer anderen, fernen Welt. Sie ignorierte es. Sie war so erschöpft. Sie war so müde, dass sie an jedem Ort eingeschlafen wäre, sogar im U-Bahnhof Kottbusser Tor, und dämmerte weg.

Als sie wieder aufwachte, war es dunkler geworden. In Berlin wurde es im Dezember gefühlt schon um drei Uhr nachmittags dunkel. Neben ihr auf der Bank lag das Messer. Niemand hatte es eingesteckt, während sie schlief. Eine Blaumeise hüpfte vor ihr auf dem Boden herum, ganz dicht an der Bank, und betrachtete Isabel aufmerksam, bevor sie davonflog. Isabel wollte ihn nicht in ihre fensterlose Kammer schleifen, obwohl er dann erst einmal außerhalb ihres Blickfelds gewesen wäre. Passte er überhaupt hinein? Ja, wenn sie vorher ein bisschen umräumte, Dinge beiseitestellte. Seit ihrem Wutanfall war es in der Kammer leerer geworden. Aber sein Haltbarkeitsdatum war überschritten. Er war ekelhaft und musste weg. Das war eine andere Nummer, als Leute um ein paar Euro zu betrügen. Eine ganz andere Nummer als Arbeit an der Steuer vorbei, wichtige Post wochenlang nicht öffnen und dergleichen. Das war wirklich ernst. In seinem Portemonnaie hatten sich nur knapp hundert Euro befunden. Nicht gerade eine reiche Ausbeute.

Isabel zog die Ärmel des Kapuzenpullovers über ihre Hände, nahm so präpariert das Messer und wischte erst die Klinge, dann den Griff gründlich ab. Irgendwelche Spuren waren darauf vermutlich immer noch nachweisbar, aber zumindest nicht mehr ihre Fingerabdrücke. Sie stand auf und ließ das Messer in einen Abfalleimer fallen.

Zu Hause stürmte sie direkt auf ihn zu und trat ihm vor Wut mehrfach in die Seite, so lange, bis ihr der Fuß wehtat. Sie trat nicht gegen seinen Kopf, hier machte sich doch eine gewisse Hemmschwelle bemerkbar. Hemmschwelle, das konnte sie sich jetzt auch schenken. Sie war eher auf sich selbst wütend als auf ihn, obwohl er sie ja genau genommen erst in diese Lage gebracht hatte. Godzilla raste, unbeeindruckt von den Geschehnissen der letzten zwanzig Stunden, wie wildgeworden in seinem Laufrad herum. Gestern hatte er ihr in die Hand gebissen. Scheißvieh. Nach dem Nickerchen auf der Parkbank war Isabel völlig durchgefroren. Die Heizung hatte sie inzwischen ganz ausgeschaltet, und die Wohnung war ausgekühlt. Sie war unfähig. Ein unfähiger Jammerlappen. So wie Peter aus dem Schreibworkshop, der sich vor allem durch Klagen und Jammern hervortat. Zum ersten Mal seit langer Zeit überkam Isabel Keppler eine so bodenlose und überwältigende Verzweiflung, dass sie keinen Ausweg mehr sah.

21
Anfang Dezember

Sie beschloss, sich von nichts und niemandem davon abhalten zu lassen, die Finissage in der kleinen Galerie in Mitte zu besuchen. Auch nicht von ihm. Blaues Sakko. Schon gar nicht von ihm. Die Galeriebesuche waren ihr Hobby, und sie wollte darauf nicht verzichten. Isabel teilte ihr Hobby ungern mit anderen, obwohl es zu zweit oder zu mehreren ja angeblich mehr Spaß machte.

Es gab wieder Prosecco und Wein. Gleich nachdem sie die Galerie betreten hatte, griff Isabel sich ein Glas Prosecco, stürzte es herunter und nahm sich direkt danach das zweite, das sie genauso schnell trank. Sie erntete einen erstaunten, aber freundlichen Blick der Galeristin. Wahrscheinlich addierte Frau Stubenrauch im Kopf schon die ganzen roten Punkte. Eigenartig, dass sie immer so nett zu Isabel war und sie wie eine fachkundige, gute Bekannte behandelte. Isabel hatte natürlich noch nie ein Bild gekauft, weder in ihrer noch in einer anderen Galerie. Offenbar gelang es ihr erfolgreich, so zu wirken, als würde sie demnächst eins kaufen.

Frau Stubenrauch war vermutlich nicht über Isabels Proseccodurst erstaunt, sondern über ihre Nase. Gelb und grün und immer noch leicht geschwollen. Kein Verband mehr. Es war eine Wohltat gewesen, sich des straff sitzenden Verbandes zu entledigen. Das Angestarrtwerden hatte Isabel allmählich zu stören begonnen. Die meisten Leute starrten sie allerdings auch ohne den Verband an, blieben zumindest einen Moment länger als üblich mit ihrem Blick an der verfärbten Nase hängen.

Blaues Sakko sah sie nirgends zwischen den zahlreichen Besuchern. Das war auch besser so. Anfangs hatte Isabel ihn nur für einen teuer gekleideten Mann mit guten Manieren gehalten, ein bisschen altmodisch, aber die Bemerkungen beim gemeinsamen Essen hatten sie aufhorchen lassen. *Ist es nicht so, als würden wir uns schon ganz lange kennen* und dergleichen. Uuuuaaah. Bei solchen Sätzen war immer Vorsicht geboten. Außerdem war sie, wie so oft, nicht in Plauderstimmung und wollte vor allem nicht von ihm auf das Bild mit den Blättern angesprochen werden, das immer noch zu haben war, wie Isabel schnell feststellte. Sie stand davor, inzwischen mit dem dritten Glas Prosecco in der Hand, und betrachtete es. *Wie groß, wie klein, das Leben als Mensch, wie groß, wie klein, wenn ich aufblicke zur Krone, mich verliere in grüner üppiger Schönheit, wie kurz mein Leben, vergleiche ich es mit dem Leben der Bäume. Ich brauche einen Baum. Ich brauche ein Haus. Keins für mich allein. Nur einen Winkel.*

»Ah, das Lieblingsbild«, sagte eine Stimme hinter ihr, die sie sofort erkannte. Entweder hatte Isabel ihn übersehen oder er war gerade erst eingetroffen. »Es hat nur auf Sie gewartet. Das habe ich ja von Anfang an gesagt. Greifen Sie zu!« Er war seinem neuen Look treu geblieben und unrasiert wie beim letzten Mal. Er trug wieder das blaue Sakko. Ein bisschen enttäuschte sie das. Besaß er nur dieses eine? Wohl kaum.

Isabel holte sich eine Preisliste. Preislisten hatte sie bei Ausstellungen noch nie beachtet. Erwerben war bis jetzt kein Bestandteil ihres Hobbys. Das Bild kostete achttausend.

»Das ist günstig«, behauptete blaues Sakko. »Und womöglich eine sehr gute Investition. Nächstes Jahr wird der Künstler wohl teurer. Was Fünfstelliges. Man sollte jetzt zugreifen.«

Gebildete Arme – oder solche wie Isabel, die eine Uni zumindest mal von innen gesehen hatten – sagten gern: Ich brauche nicht viel. Ich lebe ganz bescheiden. Und bei dem ganzen Konsumterror will ich sowieso nicht mitmachen. Weniger gebildete Arme lechzten nach neuen Smartphones, riesigen Fernsehern und hässlichen Möbeln und gaben ihr bisschen Geld dafür aus. Achttausend. Wie lange musste Isabel dafür bei Job eins und Job zwei sitzen? Ziemlich. Lange. Auf ihrem Konto befanden sich derzeit rund vierhundert Euro, vielleicht etwas mehr. Nach Möglichkeit vermied sie Blicke auf ihre Kontoauszüge. Zumindest war sie nicht im Minus. Sie hatte eine eiserne kleine

Reserve, weil sie inzwischen doch mehr auf Sicherheit bedacht war als noch vor ein paar Jahren. Es fiel ungefähr mit dem regelmäßigen Tragen von Unterhemden zusammen. Zweitausend Euro, die sie tatsächlich nie anrührte. Bisschen wenig für das Bild. Sogar viel zu wenig für eine Anzahlung. Der bescheidene Lohn für Job eins und zwei käme erst wieder im Januar. Aber der ginge für die Miete – Miete, Wohnung, Scheiß-Ferdi kam ihr in den Sinn – und andere lästige Zahlungen drauf. Davon blieb nichts übrig. Sie musste gar nicht anfangen zu rechnen. Es gab nichts zu rechnen.

Frau Stubenrauch witterte Erfolg und war zu ihnen getreten. Sie und blaues Sakko blickten Isabel erwartungsvoll an.

»Es ist auch mein Lieblingsbild«, sagte Frau Stubenrauch. »Es ist noch nicht verkauft, nur, dass Sie es wissen! Aber sehen Sie es sich in Ruhe an und lassen Sie sich nicht stören.« Sie wandte sich anderen Besuchern zu.

Blaues Sakko fing wieder mit Isabels ausgebautem Dachgeschoss an und wie gut das Blätterbild in jenes Dachgeschoss passen würde.

»Wo war das noch gleich? Eylauer Straße, oder?«

Isabel korrigierte ihn nicht. Auch nicht dahingehend, dass ihre Wohnung nicht ganz oben lag, direkt unter dem Himmel, sondern ganz unten, weit vom Himmel entfernt und näher bei der Kanalisation. Hatte sie überhaupt noch eine Wohnung? Ferdi. Blaues Sakko sagte etwas von »sicher dekorativ im Dachgeschoss« und erwähnte nochmals die »gute Investition«, für junge Künstler, aus denen etwas werde, habe er nämlich einen untrüglichen Riecher. »Sie können mir vertrauen.«

Isabel hatte Stefanie nichts von dieser Ausstellung erzählt, weil sie sie sicher hätte begleiten wollen. Und nun hatte sie diesen Mann am Hals. Isabel besuchte seit Jahren Galerien und liebte es. Ihrem Hobby ging sie aber am liebsten allein nach. In der Zeit mit Clemens hatte sie ihn ein paar Mal mitgenommen und es danach meistens bereut. Auch wenn er mehrfach angeboten hatte, ihr ein Bild, das ihr gefiel, zu schenken. Bedauerlicherweise hatte sie ein solches Geschenk immer abgelehnt. Gemeinsame Galeriebesuche hatte Clemens als neues Beziehungsprojekt betrachtet. Wir besuchen natürlich zusammen Ausstellungen. Wir lieben uns. Wir machen alles zusammen. Clemens' Kunstverständnis war begrenzt, aber er hatte sich immer bemüßigt gefühlt, etwas beizutragen, wozu alle freundlich gelächelt hatten.

Frau Stubenrauch kehrte mit zwei gefüllten Proseccogläsern zurück, reichte eins davon Isabel und stieß mit ihr an.

»Ich will Sie nicht in Ihrer Entscheidung beeinflussen«, beteuerte sie. »Tut es eigentlich sehr weh?« Sie deutete auf Isabels Nase.

»Jetzt nicht mehr.«

Die Galeristin ging, wie sich herausstellte, von einem Unfall aus. Einem Fahrradunfall. »Sie kommen ja meistens mit dem Fahrrad«, sagte sie. »Sie sollten sich jetzt etwas Gutes tun. Ein schönes Bild wäre genau das

Richtige. Aber ich will Sie natürlich nicht beeinflussen.«

Auf den vermeintlichen Fahrradunfall, der von allen denkbaren Szenarien – gewalttätiger Partner, in eine Prügelei geraten – wohl am besten in das Weltbild der Galeristin passte, ging blaues Sakko mit keinem Wort ein. Alle Besucher hatten erst einen und dann sofort einen zweiten Blick auf das Zentrum ihres Gesichts geworfen. Er jedoch schien sich über den Zustand ihrer Nase nicht zu wundern. Oder er war zu höflich, zu sehr Gentleman, um sie direkt darauf anzusprechen.

»Ich stelle mir das schön vor«, sagte er, »ganz oben zu wohnen, mit Blick auf den Park, und dann dieses Bild, das genau das wiederholt, den Blick in die Bäume. Haben Sie sich entschieden?«

»Ja, habe ich«, sagte Isabel. »Ich kaufe es.«

Achttausend.

»Gratuliere! Es hat auf Sie gewartet.«

Er ging in den anderen Raum und kam mit der Galeristin zurück.

»Hier ist eine Kaufentscheidung gefallen«, sagte er. »Endlich, möchte ich dazu sagen.«

»Oh, das freut mich«, sagte Frau Stubenrauch. »Das freut mich wirklich sehr. Das Bild hatte Ihnen ja gleich gefallen. Ich sehe, Sie sitzen auf dem Trockenen, ich hole Ihnen einen Wein, der Prosecco ist leider aus, und danach erledigen wir die Formalitäten. Wollen Sie es heute schon mitnehmen? Sind Sie mit dem Wagen hier? Nein, vermutlich nicht, Sie sind ja immer mit dem Fahrrad unterwegs. Aber in

Zukunft schön aufpassen«, sie deutete auf ihre eigene Nase, »das Radfahrerleben ist ja ziemlich gefährlich. Ich kann Ihnen das Bild auch liefern lassen, wenn Sie wollen, gleich nächste Woche, das ist überhaupt kein Problem.«

Achttausend.

22

Achttausend.

Was hatte sie sich dabei bloß gedacht? Und konnte man von so etwas auch wieder zurücktreten?

Sie hatten vereinbart, dass Frau Stubenrauch ihr das Bild erst in zwei Wochen liefern lassen würde. In zwei Wochen hätte Isabel natürlich auch keine achttausend Euro. Aber ihr blieb ein bisschen Aufschub. Am Abend der Finissage hatten sie noch keinen Kaufvertrag aufgesetzt, »das erledigen wir später«, aber in spätestens zwei Wochen würde Frau Stubenrauch sich unweigerlich bei ihr melden, würde ihr den Vertrag samt Galerie-Kontonummer schicken, um zeitnahe Überweisung bitten und fragen, wann ihr die Lieferung recht sei. Die war übrigens im Preis inbegriffen. »Sicher noch vor Weihnachten, oder?«, hatte sie gesagt. »Das kriegen wir schon geregelt. Wie schön, ein Weihnachtsgeschenk für Sie selbst.«

Ausgeschlossen, sich zu verstecken, in der Versenkung der großen Stadt zu verschwinden. Isabel hatte der Galeristin schon vor langer Zeit ihre Kontaktdaten gegeben, Telefonnummer, E-Mail, Adresse, obwohl sie noch nie ein Bild bei ihr gekauft hatte. Sich nie mehr in der Galerie blicken zu lassen, war keine Option. Isabel war nicht bereit, ihr Hobby aufzugeben.

In zwei Wochen war das Geld fällig. Was hatte sie sich bloß dabei gedacht? Sie war nicht so wie diese jämmerlichen Gestalten, die den Hals nicht vollbekamen, zu denen noch nicht durchgedrungen war, dass man besser nichts kaufte, was man sich nicht leisten konnte, auch nicht als Ratenzahlung, und die in der Privatinsolvenz landeten. War bei einem Erwerb in einer Galerie eigentlich Abstottern möglich? Isabel war noch nie insolvent gewesen, nur manchmal knapp bei Kasse. Sie hatte ihr Leben im Griff. Manchmal war es schwierig gewesen, aber immer gut gegangen. Irgendwie. Wo blieb jetzt das Irgendwie? Für achttausend müsste sie ganz schön oft in das Portemonnaie von blaues Sakko greifen. Wenn sie nicht zahlte, wenn sie alles abblies, könnte sie sich nie mehr in der Galerie in der Auguststraße blicken lassen. In allen anderen vermutlich auch nicht. Vielleicht kursierte eine schwarze Liste unter Galeristen – kauft nichts, zahlt nicht, säuft immer nur Sekt –, und mit ihrem Hobby wäre es dahin. Das kam nicht in Frage.

Ihre Mutter und deren düstere Prophezeiungen kamen ihr in den Sinn. Dass Isabel sich eines Tages in Schwierigkeiten brächte. Kurz, ganz kurz, zog sie sogar in Betracht, ihre Eltern anzupumpen. Das hätte bedeutet, sich nach zehn Jahren totaler Funkstille wieder an sie zu wenden. Ihnen einfach einen Brief schicken? Mit ihrer Kontonummer und der knappen Mitteilung: Ich brauche achttausend Euro. Sofort. Verarmen würden sie deswegen nicht. Und ihrer Mutter würde es Genugtuung verschaffen. »Ich habe es ja immer gesagt« und so weiter.

Zwei Wochen Aufschub. Isabel verdrängte alle Gedanken an das Bild und das Geld. Sie verrichtete ihre Arbeit bei Job eins und Job zwei besonders gewissenhaft, eine mustergültige Mitarbeiterin, ärgerte sich über Patrick, Sonja und manchmal auch über Migränchen, die über Urlaube redete, vergangene und bevorstehende. Migränchen fuhr ständig in Urlaub und lebte dafür. »Ich brauche das einfach«, sagte sie.

Abends ging Isabel in Bars und manchmal, wenn ihr nach Tanzen und Vergessen zumute war, in Clubs. Meistens gelang es ihr auch, nicht daran zu denken. Nur abends im Bett ging ihr auf, dass sie unter Umständen bald keine Bleibe mehr hätte, wenn Scheiß-Ferdi Ernst machte. Und darüber hinaus hätte sie ein sehr teures Bild, das sie erstens nicht bezahlen konnte und zweitens, selbst wenn sie es hätte bezahlen können, ohne Wand nirgendwo aufhängen konnte.

Isabel hatte ein Problem. Und noch ein weiteres, das sie bisher ebenfalls vernachlässigt und zu vergessen versucht hatte. Die Botschaft in ihrer Jackentasche. Inzwischen dürfte sie sich längst im Landwehrkanal aufgelöst haben. In ihrem Kopf jedoch nicht. Seit November mied sie Parks im Dunkeln, und auf der Straße blickte sie sich öfter um. Wenn sie Geräusche direkt vor ihrem Kellerfenster hörte, was oft vorkam, fuhr sie vor Schreck zusammen. So war sie doch früher nicht gewesen.

23

Der Löwenzahn ist wirklich mein Feind, das kann ich Ihnen sagen. Wie der wuchert. Mir ist Geld abhandengekommen, ich kann es mir nicht erklären. Georg hat auch gesagt, da stimmt etwas nicht. Er lädt mich manchmal zum Essen ein. Ach, Georg ist so charmant. Ich würde Sie ja bitten, sich meine Kontoauszüge anzusehen, aber ich traue Ihnen nicht über den Weg. Wer sind Sie überhaupt? Man kann nicht vorsichtig genug sein.

Wenn wir ein Problem haben, dann klären wir das unter uns. Meine Familie geht niemanden etwas an. Der Junge muss so gelitten haben. Und ich als Mutter habe es nicht bemerkt. Das tut mir in der Seele weh, im Herzen, ganz tief. Er hat auch nie etwas davon erzählt. Im Swimmingpool ist ja noch gar nicht passiert. Ich mochte diesen Swimmingpool nie, die Kosten, und er musste ständig gepflegt und gereinigt werden, Lothar ging ja immer mit dem Kescher herum. Ich mag Wasser auch gar nicht so gern, es ängstigt mich ein wenig, aber mein Mann bestand darauf. Nach der Sache mit dem Swimmingpool wurde sie noch unverschämter. Ich bitte Sie, das war doch gar nichts. Eine kleine Balgerei. Und sie hat so ein Drama daraus gemacht, hat mit Anzeige gedroht und so. Ich bitte sie. Wer würde ihr schon glauben. Nach der Sache mit dem Swimmingpool hat sie geglaubt, sich alles leisten zu können. Sie wurde so derart unverschämt, das kannst du dir nicht vorstellen. Ein Blumenstrauß kann ein ganzes Zimmer verändern, sage ich immer. Wie kann man Blumen ermorden, solche Schönheit? Mir kommen gleich die Tränen, ich kann gar nichts dagegen tun. Wer macht denn so etwas? Was muss in einer solchen Seele vor sich gehen? Das Buch. Ich muss es vernichten. Aber ich kann es nicht finden. Haben Sie mein Buch gesehen? Es war das Herz. Wegen der Drogen. Sie wissen ja, was die anrichten können, selbst bei ganz jungen Menschen. Da ist dann innerlich schon ganz früh alles verrottet. Tragisch. Wirklich tragisch. So jung. Der Junge konnte ja gar nichts dafür. Er war ja fast noch ein Kind. Und sie hat ihn mit hineingerissen. Ich habe mir solche Sorgen um ihn gemacht. Ich konnte nächtelang nicht mehr schlafen. Nach außen hin habe ich natürlich so funktioniert wie immer, es ging ja auch nicht anders, das hat man von mir erwartet. Wo ist nur mein Buch? Ich habe immer funktioniert, mein ganzes Leben lang. Und wenn die Welt untergeht, sage ich immer, ich bringe uns am Sonntag etwas Gutes auf den Tisch. Das ist wichtig. Das hält alles zusammen.

24
Mitte Dezember

Ein gewöhnlicher Tag unter der Woche. Morgens ein Beinahe-Unfall mit dem Fahrrad und einem Rechtsabbieger, dem Isabel nur haarscharf auswich. So konnte man auch, im wörtlichen Sinn, unter die Räder kommen. Den Autofahrer beschimpfte sie danach leidenschaftlich und wüst. Vormittags Sonjas endlose Katzengeschichten bei Job eins. Nachmittags, fast auf die Minute pünktlich, ein junger Mann mit einem großen flachen Paket vor Isabels Wohnungstür. Eins siebzig mal eins dreißig. Sie fand, dass er damit ein bisschen vorsichtiger umgehen sollte. Es war schließlich teuer.

Er trug das Bild die sieben Stufen nach unten und wollte schon weitergehen, in die Wohnung hinein, aber Isabel stellte sich ihm in den Weg. »Den Rest schaffe ich allein.« In dem engen Vorraum zwischen Haustür und Wohnung stellte er es ab, ließ sich von Isabel die Übergabe quittieren und überreichte ihr einen Briefumschlag.

Nachdem er gegangen war, trug Isabel das Bild zum Küchentisch und wickelte vorsichtig die Folie ab. Das Bild roch noch nach Farbe. Sie lehnte es an den Tisch, setzte sich davor auf den Boden und betrachtete es eine Weile voller Ehrfurcht. *Wie groß, wie klein, das Leben als Mensch, wie groß, wie klein, wenn ich aufblicke zur Krone, mich verliere in grüner üppiger Schönheit, wie kurz mein Leben, vergleiche ich es mit dem Leben der Bäume. Ich brauche einen Baum. Ich brauche ein Haus. Keins für mich allein. Nur einen Winkel.* Sie kam zu dem Schluss, dass sie es verdient hatte. Ja, sie hatte das Bild ganz sicher verdient.

Anschließend, immer noch auf dem Boden vor dem Bild, blickte sie sich in ihrer Wohnung um. Kein einziges Möbelstück passte zum anderen. Das Besteck war nicht einheitlich. Oder die Teller und Tassen. Alles um sie herum wirkte ein bisschen wie ein Sperrmüll-Haushalt. Sie konnte ihre Mutter regelrecht hören, obwohl sie seit zehn Jahren keinen Kontakt mehr zu ihr hatte und völlig ausgeschlossen war, dass ihre Mutter ihre Wohnung jemals zu Gesicht bekäme, aber trotzdem hörte sie ihre Mutter sagen: Wie kannst du nur so leben? Möglicherweise sollte man mit fast vierzig ja auch anders leben. Sogar Babs war geschmackvoller eingerichtet. Ganz zu schweigen von Stefanie mit ihrer Wohnung in Pankow. Eine E-Wohnung statt einer M-Wohnung. Genau genommen hatte Isabel nicht mal eine M-, sondern nur eine U-Wohnung. U wie Untermiete. U wie UG, Untergeschoss. Und mittendrin, zwischen den nicht zueinander passenden Möbeln, das teure Bild.

In dem Briefumschlag steckte eine Karte mit einer kurzen handschriftlichen Notiz der Galeristin. Ein herzlicher Gruß, viel Freude mit dem Bild, schöne Feiertage, bis zur nächsten Ausstellung im Februar. Februar, das musste Isabel sich notieren. Erneut wunderte sie sich über den freundschaftlichen Ton, darüber, wie gut sie die Rolle einer solventen Galeriebesucherin spielte, die schon zig Bilder gekauft hatte. Trotz der brenzligen Situation am Morgen, als der Autofahrer sie fast niedergemäht hatte, war heute eindeutig ein guter Tag. Isabel hatte Oberwasser. Sie war in Hochstimmung. Bisher war sie immer irgendwie über die Runden gekommen, und so würde es auch diesmal sein. Das Irgendwie rettete sie. Jedes Mal.

Ferdi hatte sich zu seiner Androhung, die Souterrainwohnung demnächst möglicherweise selbst zu brauchen, nicht mehr geäußert. Hatte er ihr nur einen Schreck einjagen wollen? Er hatte sich auch noch nicht ausführlich nach dem Schreibworkshop erkundigt, obwohl ihm das vor ein paar Wochen doch so wichtig gewesen war. Wenn er noch länger damit wartete, hätte Isabel alles, was dort stattgefunden hatte, bereits wieder vergessen. Im Grunde hatte dort ja gar nichts stattgefunden außer endlosem egomanischem Gerede und Langeweile. Beim letzten Treffen hatte ihre Nase noch reichlich mitgenommen ausgesehen. Annette hatte ihr die Sache mit dem Überfall nachts im Park nicht wirklich abgenommen und kam immer wieder auf einen prügelnden Mann zurück, ohne es direkt so zu nennen. »Glaub mir, das geht vielen so«, hatte sie gesagt. »Es gibt keinen Grund, sich dafür zu schämen. Es ist nicht deine Schuld.« Theo hatte seine anfängliche Scheu bald überwunden, war nicht mehr von Isabels Seite gewichen, hatte ständig gefragt, ob es sehr wehtue, und war sich nicht einmal zu blöd gewesen, auf Isabels Nase zu pusten.

Zum Abschluss des Workshops waren sie alle zusammen in eine Kneipe gegangen. Diesmal war auch Daniel mitgekommen, der abwesend und nicht bei der Sache wirkte. Isabel, davon überzeugt, keinen von ihnen jemals wiederzusehen, nutzte diese letzte Gelegenheit, um möglichst oft Ferdis Namen zu erwähnen, was sie ja unter allen Umständen vermeiden sollte. Wir bleiben in Kontakt, hatten sich die Teilnehmer versichert, was man halt so sagte, Umarmungen hier, Küsschen dort. Lästig. Am Ende war auch Isabel in ihrer Mitte aufgenommen und wohlgelitten. Einzig Nadine warf ihr hin und wieder noch einen bösen Blick zu. Vermutlich war sie bis zum Schluss der Ansicht, dass Isabel hätte ausgeschlossen werden müssen.

Kurz nach diesem letzten Treffen hatte Ferdi angerufen und eher halbherzig nachgefragt, wie es denn gelaufen sei und ob sie auch brav an allen Sitzungen teilgenommen habe. An Daniel schien er nicht mehr sonderlich interessiert, fragte stattdessen nach den anderen. Er deutete an, er habe mit jemandem aus diesem Kurs »ein Problem«, wurde aber nicht deutlicher und nannte keinen Namen. Was sollte das schon heißen? Isabel hatte mit zig Leuten Probleme. Ferdi hatte also Probleme mit jemandem, und deswegen sollte sie in diesem Workshop für ihn spionieren? Er machte es sehr geheimnisvoll. »Ich komme demnächst mal bei dir vorbei«, sagte er. »Dann erkläre ich dir alles.«

Bei ihr vorbeikommen? Bloß nicht. Inzwischen war Isabel sich sicher, dass er den Workshop nur vorschob. Dass er ein Vorwand war, den er sich allerdings eine ganze Menge hatte kosten lassen. In Wahrheit wollte er ihr mitteilen, wann sie die Wohnung mitsamt ihrem Krempel zu räumen habe. Und wie sie ihn einschätzte, ließ er ihr dafür nicht allzu viel Zeit. Im Grunde wusste sie so gut wie gar nichts über Ferdi. Sie wusste nicht, ob die Lebensgefährtin, die er manchmal erwähnte, wirklich existierte, und auch nicht, was er arbeitete oder womit er sich die Zeit vertrieb.

Isabel bohrte zwei Löcher und hängte das Bild über dem Küchentisch auf. Noch hatte sie eine Wand, um ein teures Bild daran zu befestigen. Alles Weitere würde sich schon klären. Irgendwie.

25

Neulich hatte Elfriede Baumann Isabel darum gebeten, mit ihr zusammen ihre Kontoauszüge durchzugehen. Sie vermisse nämlich Geld, sagte sie, viel Geld, und müsse dem nachgehen.

Isabel, verwundert über das Vertrauen, hatte keine rechte Vorstellung, was Elfriede unter »viel Geld« verstand. Vierstellig? Fünfstellig? Oder gar etwas Sechsstelliges? Sie traute ihr auch zu, von einem ganz kleinen Betrag zu sprechen, eine winzige Summe, die vom Rest des Einkaufsgeldes fehlte. Vielleicht ging es gar nicht um ihre Kontobewegungen, sondern sie wollte Isabel damit etwas ganz anderes mitteilen. Dass sie wusste, dass Isabel sich am Einkaufsgeld bediente. Das war jedoch so knapp bemessen, dass es fast unmöglich war, etwas davon abzuzweigen.

Isabel wäre gern mit ihr ihre Kontoauszüge durchgegangen. Sie überlegte, ob sie ihr dafür anbieten sollte, statt dem üblichen Kräutertee Kaffee zu kochen. Sozusagen als Belohnung für das ihr entgegengebrachte Vertrauen. Oder vielleicht ein Gläschen Wein?

Doch so weit kam es nicht. Elfi machte einen Rückzieher.

»Das geht nicht«, sagte sie. »Ich kann ja nicht mit einer Wildfremden über meine Geldangelegenheiten reden.«

Schade. Sehr schade.

Einen Tag nach Erhalt des Bildes klingelte es. Isabel erwartete niemanden. Abgesehen von Ferdi, mit dessen unangekündigtem Besuch sie stets rechnete.

Fünf Uhr nachmittags, schon längst dunkel. Oben vor der Tür, inmitten der Autoabgase und des Lärms der Katzbachstraße, stand nicht Ferdi, sondern Annette aus dem Schreibworkshop.

»Du? Ich habe keinen Apfelsaft«, sagte Isabel zur Begrüßung.

»Das macht doch nichts. Du hast ja auch gar nicht mit mir gerechnet. Ich war zufällig in der Nähe.«

Mit Annette aus dem Kurs hatte Isabel tatsächlich nicht gerechnet. Sie hatte sie inzwischen fast vergessen. Der Schreibworkshop war abgeschlossen. Woher hatte Annette überhaupt ihre Adresse? Ach ja, richtig, Isabel hatte sie ihr selbst genannt. Nur so, nebenbei, auf die übliche Frage, wo wohnst du denn. Annette hatte sie sich sogleich begierig notiert. Das hätte Isabel eigentlich misstrauisch machen sollen. Aber sie hatte sich nichts dabei gedacht, im festen Glauben, niemanden von ihnen jemals wiederzusehen: Daniel, Theo, Nadine, Ekaterina, Peter, Jens, Samira, Max, Miriam. Und Annette.

Sie einfach vor der Tür stehen zu lassen, brachte nicht einmal Isabel fertig. Also bat sie sie herein.

Annette schritt durch den größten Raum, sah sich um, blieb mit dem Blick an jedem einzelnen Gegenstand haften, sagte andauernd oh und ah und ach, wie schön, du hast es ja gemütlich hier.

Gemütlich? Das hatte tatsächlich noch niemand über die Kellerwohnung gesagt.

»So eine bunte Mischung. Vintage. Total originell. Und eine Wohnung im Souterrain hat ja auch was für sich. Jetzt, wo die Sommer immer so heiß sind.«

Was sollte Isabel mit all diesen Menschen anfangen? Die Teilnahme am Seminar hatte sie von Anfang an für keine gute Idee gehalten. Als Nächstes stünde dann wahrscheinlich Theo vor der Tür, obwohl Isabel sich ziemlich sicher war, ihm nicht ihre Adresse verraten zu haben. War das eine Art Freundschaftsantrag? Wollte Annette das Gespräch über ihren Roman – oder waren es gleich mehrere Romane? Das hatte sie vergessen – nun privat in Isabels Wohnung fortsetzen?

Zu ihrem Erstaunen gab sich Godzilla die Ehre, obwohl es noch nicht Abend war. Annette entdeckte ihn, trat ganz nah an den Käfig heran, steckte einen Finger zwischen die Gitterstäbe und quietschte albern. Oh, wie süß! Im nächsten Moment äußerte sie ihre Verwunderung über ein Haustier bei Isabel im Allgemeinen und über dieses Haustier im Besonderen, was Isabel allerdings nicht zum ersten Mal hörte.

»Der passt gar nicht zu dir«, sagte Annette. »Ich hätte auch nicht gedacht, dass du ein Haustier hast. Oder wenn, warte, lass mich raten, wenn, dann eher eine Katze. Ja, eine Katze. Weil die so unabhängig sind. Genauso wie du. Aber vielleicht passt ein Goldhamster andererseits ja doch. Du bist nämlich gar nicht so, habe ich recht? Du bist viel weicher, als du dich gibst.«

»Du meinst, harte Schale und so weiter?«

»Ja, genau.«

»Wenn du dich da mal nicht täuschst.«

Katze. Der Geruch – die Mischung aus Streu und Katzenpisse –, der ihrer Kollegin Sonja genauso hartnäckig anhaftete wie Babs der nach Bratfett, stieg Isabel automatisch in die Nase. Katze! Wenn überhaupt, dann vielleicht ein Bär. Oder eine Schildkröte.

»Nein, ich täusche mich ganz bestimmt nicht. Weißt du, ich kann Menschen gut lesen. Das konnte ich schon immer. Das braucht man ja auch beim Schreiben. Und außerdem besuchen Schreibworkshops nur durch und durch friedfertige Menschen.«

»Es gibt bestimmt Ausnahmen. Es gibt immer Ausnahmen.«

»Nein, hierbei nicht.«

Annette lehnte Kaffee ab und fragte, ob Isabel Ingwer im Haus habe. »Für einen Ingwertee.« Da das nicht der Fall war, gab sie sich mit Leitungswasser zufrieden.

Sie bewunderte das Blätterbild über dem Küchentisch, das immer noch nach Farbe roch. »Ich hätte nicht gedacht, dass du dich für Malerei interessierst. Um ehrlich zu sein, ich war zwar wirklich in der Gegend, ich hatte was in der Großbeerenstraße zu erledigen, aber ich war vor allem total neugierig, wie du so lebst. Und wir haben uns im Workshop ja so gut verstanden.«

Diese Ansicht teilte Isabel nicht. Annette erwies sich nicht als dezenter, zurückhaltender Besuch. Sie nahm das zehn mal fünfzehn Zentimeter große Bild in die Hand, das zum Austrocknen auf dem Tisch lag.

»Was für ein eigenartiges Bild«, sagte sie.

Löwenzahn neben einem verdorrten Grashalm neben einem Stück Plastik, vielleicht eine weggeworfene Wasserflasche. Staubige, trockene Erde.

»Das ist ja eigenartig«, wiederholte Annette. »So … wie soll ich sagen … von unten. Aber interessant.«

Isabel nahm ihr das Bild aus der Hand und brachte es ins Schlafzimmer. Was sollte sie mit dieser aufdringlichen Frau anfangen? Die sie inzwischen fast vergessen hatte. Mit der sie nichts, rein gar nichts verband, abgesehen davon, dass sie eine Weile zufällig Sitznachbarinnen in einem öden Workshop gewesen waren.

Annette ging nicht mehr auf das kleinformatige Bild ein. Stattdessen erkundigte sie sich nach Isabels Nase. »Das sah richtig schlimm aus.« Sie betrachtete Isabel eingehend, als suchte sie nach weiteren, neuen Hämatomen, und fing wieder mit dem gewalttätigen Lebensgefährten an. Sie war voll des Mitleids. Isabel erklärte ihr, dass es derzeit keinen Partner gab.

»Du hast dich also von ihm getrennt? Das ist gut. Viele schaffen das ja nicht.«

»Nein, du verstehst mich nicht. Ich bin überfallen

worden. Von einem Unbekannten.«

Annette wirkte davon nicht überzeugt, schien aber beschlossen zu haben, das Thema vorerst ruhen zu lassen. Sie berichtete tatsächlich von den Fortschritten ihres Romans. Isabel hatte ihr im Kurs nicht zugehört und konnte sich nicht entsinnen, wovon dieser Roman handelte. Ob es überhaupt eine Handlung gab. Annette brauchte keine Zwischenfragen, kein bestätigendes Brummen, sie redete einfach weiter. Sie lobte erneut Daniels Fähigkeiten, wie er es fertigbrachte, auch noch das Letzte aus den Teilnehmern herauszukitzeln. Davon hatte Isabel nichts bemerkt. Sie kenne Daniel schon lange, sagte Annette. Und Ferdi kenne sie übrigens auch.

Beim Namen Ferdi horchte Isabel auf.

»Das hier ist seine Wohnung, oder?«, fragte Annette.

»Ja. Ich bin Ferdis Untermieterin.« Woher wusste sie das? Isabel konnte sich nicht erinnern, im Kurs oder beim Bier danach von ihrem Mietverhältnis gesprochen zu haben.

»Ich hoffe, er ist ein anständiger Vermieter und behandelt dich gut.«

»Geht so. Und ›Vermieter‹ würde ich ihn nicht nennen, auch wenn er sich so benimmt.«

Annette wurde neugierig, und Isabel dachte: Ach, was soll's. Sie erzählte ihr von der Mieterhöhung, von dubiosen, nicht transparenten Nebenkostenabrechnungen, mit denen er sie auch schon geplagt hatte, und davon, dass Ferdi sich mit seinem Schlüssel manchmal Zutritt zur Wohnung verschaffte. Dass Annette Ferdi offenbar kannte, war ihr ganz neu. Annette war ein so anständiger Mensch, dass das Wort »Mieterhöhung« sicher schon ausreichte, um sie zu empören.

Und so war es auch. »Eine Mieterhöhung«, sagte sie, »das ist ja wohl das Letzte. Du musst dich unbedingt wehren. Du kannst Ferdi nicht alles durchgehen lassen.«

Sich wehren, schön und gut. Aber wie denn?

»Na ja, das beantwortet mir aber die Frage, die ich dir sonst gestellt hätte«, sagte Annette. »Ich hatte mich schon gefragt, ob du und Ferdi … du weißt schon.«

»Ganz sicher nicht.«

»Klar, seiner eigenen Freundin würde er wohl kaum eine Mieterhöhung aufbrummen.«

Dann wechselte sie abrupt das Thema, was Isabel bedauerte. Sie hätte gern weiter über Ferdi geredet. Zumal ihr ein unangenehmer Verdacht kam. Ich brauche die Wohnung vielleicht selbst. Hatte Ferdi die Wohnung jemand anders versprochen? Annette sprach längst über irgendeinen Niklas. Wer war das denn? Ein Kursteilnehmer, den Isabel vergessen hatte? Niklas, Niklas, den Namen hatte sie schon gehört, konnte sich aber partout nicht erinnern. Annettes Schwatzhaftigkeit bei den Treffen war ihr auf die Nerven gegangen. Sie ließ sie reden und reimte sich irgendwann zusammen, dass Niklas Annettes Sohn war.

»Er hat sich Probleme eingehandelt. Ich darf mich

nicht einmischen, er ist ja erwachsen. Aber als Mutter muss ich ihm doch helfen.«

Sie sprach zwar davon, dass ihr dreiundzwanzigjähriger Sohn sich in Schwierigkeiten gebracht hatte, benannte diese aber nicht. Drogen, dachte Isabel zuerst. Waren es nicht immer Drogen? Vielleicht eine Ausbildung, die er hingeschmissen hatte. Kam im Leben nicht voran. Oder Kleinkriminalität? Eine drohende Verurteilung? Hatte sich mit Neonazis eingelassen?

»Bist du über Ferdi in den Workshop gekommen?«, fragte Annette plötzlich.

»Wie kommst du denn darauf?«

»Sei mir nicht böse, aber du hast nicht den Eindruck gemacht, als würde es dich wirklich interessieren. Zumindest am Anfang nicht.«

»Ich habe doch gesagt, dass ich es mal ausprobieren wollte.«

»Stimmt, das hast du gesagt. Und, wirst du das wiederholen? Schreibst du jetzt einen Roman?«

»Mal sehen.«

»Kennst du Ferdi eigentlich gut?«

»Wie gesagt, er ist der Hauptmieter dieser Wohnung. Ansonsten habe ich nichts mit ihm zu tun. Eigentlich kenne ich ihn gar nicht. Du aber wohl schon?«

»Ich kenne ihn schon länger, ja. Wir waren auch mal ganz gut miteinander befreundet. Weißt du, ich hätte eher ihn als dich im Workshop erwartet.«

»Wieso? Schreibt Ferdi Bücher?«

»Nicht dass ich wüsste. Aber er hat mal darüber nachgedacht, so was selbst zu veranstalten. Das machen heutzutage ja viele. Er hat sich für Daniels Konzept interessiert. Ich glaube, Ferdi meint, er hat viele Talente. Er hat sich auch mal in Finanzberatung versucht. War aber nicht so erfolgreich.« Sie stand auf, brachte ihr leeres Glas zur Spüle. »So, ich muss jetzt mal los. Ich hoffe, wir bleiben in Kontakt. Das würde mich freuen. Ferdi war das aber nicht, oder?«

»Was war Ferdi nicht?«

»Na, das mit deinem Gesicht.«

»Annette, ich habe es dir doch gesagt. Ich bin nachts im Park überfallen worden. Von irgendeinem unbekannten Arsch. Ein Junkie oder so. Ferdi müsste nicht zu solchen Mitteln greifen. Die Miete habe ich nämlich immer pünktlich gezahlt. Traust du ihm so was denn zu?«

»Nein, natürlich nicht. Pass auf dich auf, Isabel.«

Noch ein Tag bis Heiligabend

Sie hatte ein Problem, das war nicht zu leugnen. Und es verschwand nicht von selbst. Im Gegenteil, bald würde das Problem anfangen zu stinken. Und sie war so müde, dass sie keinen klaren Gedanken mehr fassen konnte geschweige denn ausgeklügelte Pläne schmieden.

Aber Isabel Keppler gab nicht so schnell auf. Sie hatte sich hinreißen lassen und selbstmitleidig in ihrer Verzweiflung gesuhlt. Damit war jetzt Schluss. Sie verabscheute Selbstmitleid, konnte es bei anderen nicht ausstehen und machte auch bei sich keine Ausnahme.

Am frühen Abend stieg sie die sieben Stufen nach oben, öffnete die Tür, streckte vorsichtig ihren Kopf nach draußen und spähte umher. Wie ein Tier, das aus seinem Bau kroch und prüfte, ob Gefahr drohte. Sie bemerkte nichts Ungewöhnliches. Oder doch, halt – etwas fehlte. Das Lastenfahrrad stand nicht mehr vor ihrem Fenster. Wann hatte sie es überhaupt das letzte Mal bewusst zur Kenntnis genommen? Gestern? Heute? Ohne Schlaf war ein Tag so elendig lang. Entweder hatte der Besitzer es zurückgeholt oder jemand anders sich bedient. Leichtes Spiel, da es nicht abgeschlossen war. Auch Isabel hatte diesen besonderen Blick für nicht abgeschlossene Räder.

Sie musste aus der Wohnung. Sofort. Sie wurde hier verrückt. Sie füllte Godzillas Wasser auf und gab ihm ausreichend Futter. Dass er sie gebissen hatte, verzieh sie ihm. Im Grunde konnte Isabel ihm deswegen auch keinen Vorwurf machen. Wehrhaften Wesen brachte sie durchaus Sympathie entgegen. Da sie noch nicht wusste, wie lange sie fortbleiben würde, holte sie zusätzlich zum üblichen Körnerzeug aus einer verschließbaren Box unter der Spüle getrocknete Mehlwürmer und schaufelte sie großzügig in seinen Napf. Godzilla liebte diese widerlichen Dinger. Von wegen Vegetarier. Vielleicht sollten sich Menschen auch daran gewöhnen, weil sie die Lösung für die Ernährung der Weltbevölkerung waren. Danach nahm Isabel das ganze Werkzeug aus ihrem Rucksack und füllte ihn mit Unterwäsche, Zahnbürste und ein paar Kleidungsstücken Sie schaltete die Heizung aus, die sie vorübergehend wieder auf achtzehn Grad gestellt hatte. Godzilla musste viel rennen, damit ihm warm wurde.

Zuerst hatte sie überlegt, Babs anzurufen, aber das hätte ein längeres Gespräch bedeutet und außerdem lauter Fragen nach sich gezogen, die Isabel nicht am Telefon beantworten wollte. Stattdessen schickte sie ihr eine kurze Nachricht. Sie suchte sogar einen Smiley, natürlich einen unglücklichen, weinenden. Diese Sprache verstand Babs am besten. Sie schrieb, dass sie auf dem Weg zu ihr sei. Dass sie sie dringend sehen müsse. Jetzt gleich. Ganz dringend. Land unter. Notfall. Wie gut, dass Babs es mit den Frauen nicht auf die Reihe bekam. So hatte sie fast immer Zeit. Es war auch nicht davon auszugehen, dass Isabel sie bei einem Tête-à-Tête störte. Und Babs gierte danach, gebraucht zu werden. Davon abgesehen brauchte Isabel sie jetzt wirklich. Sie würde ihr in knappen Worten das Problem schildern. Wie es dazu gekommen war. Babs würde das schon verstehen. Sie hielt seit fünfzehn Jahren zu ihr. »Ist jetzt auch nicht mehr zu ändern« oder etwas in der Art würde sie sagen. Die praktisch veranlagte Babs hätte sicher auch Lösungsvorschläge parat. Dumm nur, dass jemand der Diebin das erbeutete Lastenfahrrad gestohlen hatte. Bei achtzig, eher neunzig Kilo bräuchten sie auch zu zweit ein Beförderungsmittel. Ein Auto von Robben und Wientjes mieten? Viel zu aufwendig. Und Isabel wollte auf gar keinen Fall ihre Daten irgendwo hinterlassen.

Babs wohnte schon seit sie sich kannten in einer Eineinhalb-Zimmer-Wohnung in Neukölln, in einer Gegend, in die sich bislang noch kein Hipster verirrt hatte. Sie putzte regelmäßig, räumte auf und hielt die Wohnung in Schuss, weil sie jederzeit damit rechnete, dass die Frau ihres Lebens zu Besuch kam. Als Isabel eintraf, stellte sie keine Fragen, sondern briet Fischstäbchen. Die Fischstäbchen aßen sie mit Remouladensoße und Ketchup auf dem Sofa vor dem Fernseher. Isabel schilderte die Lage. Falls sie abgestoßen war, angewidert, entsetzt, schockiert oder auch nur überrascht, so zeigte Babs es nicht. »Das ist ein echtes Problem«, stellte sie sachlich fest. »Aber uns fällt schon was ein. Uns fällt doch immer was ein.« Die Fischstäbchen waren herrlich. Köstlich. Das Beste, was Isabel seit Langem gegessen hatte. Beim Fernsehen dämmerte sie zwischendurch immer wieder weg und konnte der Handlung nicht folgen. »Hat den Toten jemand bewegt?«, hörte sie. »Und wo ist die Tatwaffe?« Oder kam das gar nicht aus dem Fernseher? Babs lieh ihr einen Schlafanzug, holte Decke und Kissen, klappte mit ein paar Handgriffen das Sofa um und verzog sich danach in das halbe Zimmer, in dem ihr Bett stand.

Morgen musste Isabel als Erstes für ein paar Stunden zu Job zwei. Bei Job zwei gab es keine Weihnachtspause, weil Veranstaltungen immer gingen, wie ihr Smoothie-Chef nicht müde wurde zu sagen, weil die Branche wuchs und er sich vor Aufträgen nicht retten konnte. Und in der folgenden Nacht, der Nacht vor Heiligabend, würde sie sich mit Babs' Hilfe das Problem vom Hals schaffen. Es gab immer eine Lösung, auch wenn es im Moment schwerfiel, daran zu glauben. Isabel kannte das Sofa von früheren Übernachtungen, es war ein bisschen zu kurz und schrecklich unbequem, aber sie schlief auf der Stelle ein, sobald sie die Augen schloss.

26
Noch fünf Tage bis Heiligabend

Du kommst mich Weihnachten doch besuchen? Ich gehe stark davon aus, dass du mich besuchen kommst. Ich koche uns etwas Schönes. Was hältst du von Rinderbraten? Rinderbraten mit Klößen. In die Soße könnte ich mich reinlegen, sagt der Junge immer.«

Letzte Woche hatten Isabel und Elfi darüber gesprochen, dass bald wieder Weihnachten war. Wie die Zeit vergeht. *Ich gehe stark davon aus, dass du mich besuchen kommst.* So selbstverständlich einfordernd konnte es nur aus Elfriede Baumanns Mund kommen. Jede Widerrede ausgeschlossen. Sie hatte noch nie für Isabel gekocht. Isabel hatte sie ohnehin noch nie kochen sehen und wusste auch gar nicht, ob sie es konnte. Letztes Jahr hatte sie Elfi am zweiten Weihnachtstag tatsächlich einen Besuch abgestattet. Zuerst hatte sie ihr den Kräutertee »Kaminabend« vorgesetzt, weil sie fand, das passte zu Weihnachten, großes Gemaule, »der schmeckt mir nicht«, und dann, weil ja Weihnachten war, etwas zu essen über einen Lieferdienst bestellt. »Ach ja, das kann man essen«, hatte

Elfis Kommentar gelautet. Später hatte Isabel ihr zwei Gläser Weißwein verabreicht. Weil ja Weihnachten war. Baumann junior hatte sie einige Tage vorher angerufen und gebeten, am zweiten Feiertag nach seiner Mutter zu sehen. Das Übliche, ein als Bitte getarnter Befehl. Jede Widerrede ausgeschlossen. »Sie wissen schon, Sie tun dann so, als wären Sie eine befreundete Nachbarin, die Weihnachten vorbeischaut.« Er selbst war mit seiner Familie in die Ferien gefahren. »Nichts Besonderes, nur nach Teneriffa.« Er hatte Isabel ausschweifend erklärt, warum diese Ferien so ungeheuer wichtig seien, er habe zu viel gearbeitet, »ohne mich läuft in der Firma gar nichts«, und seine Familie vernachlässigt.

Natürlich nutzte Baumann junior sie auf unverschämte Weise aus. Vergangenes Jahr hatte Isabel geistesgegenwärtig reagiert und gesagt, das bringe ihre eigene Planung völlig durcheinander und sie müsse den lang ersehnten Besuch bei ihren Eltern verschieben. Ihr wäre nicht im Traum eingefallen, ihre Eltern zu besuchen, weder Weihnachten noch sonst wann, aber als Taktik machten sie sich gut. Sie schlug eine höhere Bezahlung heraus, eine Weihnachts-Sonderzulage, ohne dass sie darüber lange mit Baumann junior hätte verhandeln müssen. In Wahrheit hatte sie gar nichts dagegen gehabt, Elfriede am zweiten Feiertag zu besuchen. Fragte sich, was Elfi eigentlich Heiligabend und am ersten Feiertag gemacht hatte. Wahrscheinlich die ganze Zeit auf ihrem Fernsehsessel gesessen. Isabel wollte Weihnachten weder bei Stefanie und ihrem

Mann noch mit Babs verbringen. Stefanie hätte Mitleid mit ihr gehabt, und Isabel war es leid, ihr zu erklären, dass es für Mitleid keinen Grund gab. Babs war Weihnachten immer besonders trübsinnig und klagte noch mehr als sonst darüber, dass sie keine Partnerin hatte. »Ich verstehe einfach nicht, woran das liegt. Ich gebe mir solche Mühe.« Um dem zu entkommen, hatte Isabel ihr letztes Jahr gesagt, dass sie über die Feiertage verreise.

»Du? Verreisen? Wohin denn?«, hatte Babs gefragt. »Etwa zu deinen Eltern?«

»Quatsch.« Isabel hatte von einem neuen Liebhaber in einer anderen Stadt berichtet. Ein spontaner Einfall.

Babs war so sentimental. Ihre Eltern, einfache Leute, wie sie immer sagte, einfach, aber herzensgut, lebten nicht mehr, und sie verstand nicht, warum Isabel mit ihren lebendigen Eltern nichts zu tun haben wollte. »Du bist immer so hart. Irgendwann wird dir das bestimmt leidtun.« Seit Jahren versuchte sie Isabel zu überreden, wieder Kontakt zu ihnen aufzunehmen.

Als Babs nach den ganzen Feiertagen nicht aufhörte, nach diesem ominösen neuen Liebhaber zu fragen – »von dem hast du mir ja gar nichts erzählt« – und wie es mit ihm denn so laufe, hatte Isabel ihn kurzerhand wieder abgeschafft.

Noch fünf Tage bis Heiligabend. Bislang hatte Baumann junior Isabels Dienste an den Feiertagen nicht eingefordert. Er hatte auch nicht erwähnt, ob er mit seiner Familie in den Urlaub fuhr. Trotzdem ging Isabel davon aus, Elfi auch dieses Jahr Weihnachten zu besuchen. Das passte ihr gut in den Kram. Weihnachts-Sonderzulage. Sie könnte in Sachen Kontoauszüge einen neuen Anlauf starten und Elfi dafür im Gegenzug ein Glas Wein anbieten. Sie war ziemlich neugierig auf Elfis Kontostand und angeblich verschwundenes Geld.

Heute sollte sie nur ein paar Einkäufe für sie erledigen und danach eine Weile bei ihr sitzen bleiben und Freundin spielen. In ihrem Rucksack steckte ein Mitbringsel für sie, Kräutertee mit dem Namen »Kleine Sünde«. Vermutlich würde er Elfi nicht schmecken.

Isabel hatte keine Lust, erst zu klingeln und ewig zu warten, deshalb benutzte sie ihren Schlüssel. Sie war schlecht gelaunt und ungeduldig, wollte Friedenau so schnell wie möglich hinter sich bringen. Wenn Elfi heute Theater machte, würde Isabel sie vielleicht wieder aussperren und eine halbe Stunde auf den von Grünspan überzogenen Balkonstühlen sitzen lassen. Danach wäre sie lammfromm.

Sie rief mehrfach »Hallo, Frau Baumann« in die Wohnung. Frau Baumann! Huhu! Frau Baumann! – Keine Reaktion. Isabel war sich sicher, dass Elfis Gehör noch tadellos funktionierte. Vielleicht war heute einer dieser bockigen Tage. Oder Elfi war sich zu fein zu antworten, je nachdem, für wen sie Isabel gerade hielt. Den neuen Tee namens »Kleine Sünde« hatte sie jedenfalls verdient.

Sie suchte nicht nach Elfi, sondern ging in die Küche. Der Einkaufszettel lag auf dem kleinen Tisch. Isabel überflog ihn, leicht genervt wegen irgendwelcher Sonderwünsche. Es würde wieder Theater geben, weil Elfi der Meinung war, Isabel habe nicht das Richtige gekauft. Sie nahm einen Teebeutel aus der Packung und stellte den Wasserkocher an. Aus dem Schrank holte sie nur eine Tasse. Während Elfi ihren Tee trank, würde Isabel den Einkauf erledigen. Alte Leute tranken zu wenig, das war ja bekannt.

Nachdem sie heißes Wasser in die Tasse gegossen hatte, ging sie ins Wohnzimmer. Nicht dass Isabel großen Wert auf Höflichkeit legte, aber die dünkelhafte alte Kuh hätte ruhig guten Tag sagen können.

Elfi saß auf dem Fernsehsessel. Auf ihrem Schoß lag der hellbraune Plüschhase. Den Hasen hatte Isabel ihr Weihnachten vor einem Jahr als Geschenk mitgebracht. In weihnachtlicher Sanftmut oder wegen eines zarten Hauches von Zuneigung. Sie hatte ihn in einem Billigladen in Neukölln auf der Karl-Marx-Straße gesehen und sofort an Elfriede Baumann gedacht und ob das nicht etwas für sie wäre. Elfi saß völlig reglos da. Sie könnte ja schon zur Kenntnis nehmen, dass ich da bin, dachte Isabel. Guten Tag, Gisela, schön, dass du gekommen bist, guten Tag, Waltraud, guten Tag Wie-war-noch-mal-Ihr-Name-Irene.

»Hallo, Frau Baumann. Ich bringe Ihnen gleich Ihren Tee und gehe dann einkaufen. Den Einkaufszettel habe ich schon gesehen.«

Keine Reaktion.

Das Licht der Lampe neben dem Fernsehsessel leuchtete direkt in ein Hasenauge. Es war braun.

Das Einkaufsgeld lag nicht auf dem Tisch. Isabel hatte keine Lust, es ihr auszulegen.

»Frau Baumann?«

Elfi reagierte nicht. Sie sah eigenartig aus. Wie Elfi, aber gleichzeitig nicht. Ihre Augen waren blau. Isabel konnte das Blau ihrer Augen sehen, weil sie halb geöffnet waren. Konnte man mit offenen Augen schlafen? Eine ungute Ahnung machte sich in Isabel breit. Nein, bloß nicht. Nicht ausgerechnet heute, wenn sie hier war. Das war eine Sache für den Sohn, für einen Angehörigen, nicht für Isabel. Dafür wurde sie nicht bezahlt. Musste das denn sein. Sie ging zu ihr und berührte ganz kurz ihren Unterarm. Elfi trug diese besonders scheußliche Strickjacke in Altrosa. Sie saß da, eine Hand auf dem Hasenkopf, und regte sich nicht.

Auf dem kleinen Tisch neben dem Fernsehsessel lag ein bedruckter Zettel. Ein Wochenplan, wie Isabel sah. Für den heutigen Tag war Pfannenbulette mit Salzkartoffeln und Erbsen- und Möhrengemüse angekreuzt. Ein Essensdienst hatte Elfi also die ganze Zeit ernährt. Was erklärte, warum es in der Küche nie nach Kochen ausgesehen oder gerochen hatte und warum Elfi nicht verhungert war.

Wie es schien, war die Bulette mit Erbsen und Möhren ihre Henkersmahlzeit gewesen. Für Elfis Geschmack sicher ein bisschen zu einfach, zu proletarisch und zu rustikal. Elfriede Baumann war tot. Unnötig, irgendwelche Vitalfunktionen zu prüfen. In diesem Körper gab es nichts Vitales mehr. Sie war tot. Toter ging's nicht. Das passte Isabel gar nicht in den Kram.

Sie setzte sich auf das unbequeme Sofa, das etwas weiter entfernt stand und eigentlich nie benutzt wurde. Ob Elfi hier manchmal gesessen hatte? Mit dem Hasen? Oder Baumann junior? Falls er seine Mutter in den letzten zwei Jahren überhaupt jemals besucht hatte. Genau dafür war Isabel ja gebucht worden.

Ab sofort brachen diese Einnahmen weg. Das passte Isabel gar nicht in den Kram. Sie zog in Erwägung, einfach wieder zu gehen, die Wohnung zu verlassen, als hätte sich ihr nicht dieser Anblick geboten. Sie hielt noch immer den Wochenplan für das gelieferte Mittagessen in der Hand.

Schließlich rief sie die 112 an. Sie nannte Namen und Adresse und schilderte, was vorgefallen war.

»Und wer sind Sie? Eine Angehörige?«

»Nein, ich bin nur eine Bekannte. Hin und wieder sehe ich nach Frau Baumann.«

Sie würde einfach bei der Geschichte bleiben, die Matthias Baumann sich vor zwei Jahren ausgedacht hatte. Sie mochte Frau Baumann so gern. Hatte manchmal für sie eingekauft und sich gekümmert. Weil Frau Baumann eine so reizende alte Dame war. Das wäre ja noch schöner gewesen, wenn Isabel jetzt auch noch Probleme wegen der Schwarzarbeit bekäme.

Frau Baumann sei verstorben, wiederholte sie, tot, mausetot. Dies festzustellen, solle sie doch bitte einem Arzt überlassen, sagte der Mann am anderen Ende. Gleich sei jemand da. Isabel blieb auf dem unbequemen Sofa sitzen. Gegen ihren Willen stellte sie sich Bulette, Kartoffeln, Erbsen und Möhren in einem

Magen vor, der nichts mehr verdaute. Sie versuchte, nicht zu Elfi zu sehen, doch je stärker sie es sich befahl, desto mehr zog es ihren Blick zu den halb geöffneten Augen, dem Kiefer, der schon erschlafft wirkte, der Hand, die auf dem Hasen lag. Wer würde jetzt eigentlich die Geschichte von Manuela und Lothar zu Ende erzählen?

27

»Haben Sie meiner Mutter etwas angetan?«
So klang Baumann juniors Begrüßung am Telefon, aber erst Stunden später.

Seltsam. Genau das Gleiche wollte Isabel ihn auch fragen. Haben Sie Ihrer Mutter etwas angetan?

Sie hatte noch in Friedenau versucht, ihn anzurufen. Vergeblich. Wahrscheinlich war er bei seiner wichtigen Arbeit in seiner wichtigen Firma und durfte nicht gestört werden. Dann sollten das die Sanitäter erledigen oder die Polizei oder wer immer dafür zuständig war, den Angehörigen Bescheid zu sagen. Sie hatte damit nichts mehr zu tun.

Die eingetroffenen Notärzte legten den Plüschhasen auf das unbequeme Sofa und untersuchten Frau Baumann, allerdings nur ganz kurz. »Herzversagen«, sagte einer. Herzversagen. War es das nicht immer? Isabel musste ihre Personalien angeben. Schon das zweite Mal innerhalb so kurzer Zeit. Damit fühlte sie sich unwohl. Sie wollte nicht mehr als nötig im System sein.

Danach wurde Frau Baumann wie ein Möbel aus ihrer Wohnung getragen. Niemand fragte Isabel, was sie hier noch zu schaffen habe, niemand forderte sie auf, die Wohnung zu verlassen. Als alle fort waren, Notarzt, Sanitäter, tote Elfi, als nur noch der hellbraune Hase und sie da waren, fand Isabel nach einigem Suchen eine Flasche Cognac im Wohnzimmerschrank. Sie nahm sie mit in die Küche und schenkte sich großzügig ein. Die Tasse mit dem Tee »Kleine Sünde« stand immer noch auf der Arbeitsplatte. Der Tee hatte jetzt so lange gezogen, dass er schwarz wie Kaffee war. Hätte Elfi garantiert nicht geschmeckt. Nach dem Cognac streifte Isabel durch alle Räume. Große klassische Altbauwohnung, sicher über hundert Quadratmeter. Was sie wohl wert war? Sie gehörte jetzt Baumann junior. Als hätte der nicht schon genug. Isabel kramte halbherzig in allen Schubladen und Schrankfächern herum, fand dort wie erwartet aber keine Ersparnisse. Elfis Ersparnisse waren auf der Bank. Sie war keine paranoide Alte gewesen, die Angst vor Geldinstituten hatte und alles in bar unter der Matratze versteckte. Leider. Manchmal hatte sie Isabel von irgendeinem Sachbearbeiter in ihrer Bank erzählt, der immer so freundlich zu ihr gewesen war, was für ein netter junger Mann, und so gepflegt, ach, ich gehe so gern zu ihm. Falls sie den Bankmitarbeiter nicht mit Lothar oder Ludger verwechselt hatte. Und natürlich ihr Sohn. Mit ihrem Sohn, der aufopferungsvoll alles für sie tat, hatte Elfriede auch über Geldangelegenheiten gesprochen. »Er kennt sich so gut damit aus.«

In Friedenau gab Isabel den Versuch, Baumann junior zu erreichen, bald auf. Natürlich wusste sie nicht, wie schnell das der Polizei oder wer immer dafür zuständig war gelang. Und wann er hier aufkreuzte. Sie musste sich beeilen. Was machen Sie denn noch hier?, würde der Sohn sagen und misstrauisch werden. Isabel war definitiv das letzte Mal in Elfriede Baumanns Wohnung und musste sich beeilen. Ein kleines Abschiedsgeschenk hätte sie sich nach gut zwei Jahren mit Elfi doch verdient, oder? Ein Abschiedsgeschenk, irgendetwas von Wert. Sie fand Elfis Portemonnaie. Das brauchte sie schließlich nicht mehr. Das letzte Hemd und so weiter. Ein paar Münzen und knapp fünfzig Euro in Scheinen. In einer Küchenschublade entdeckte sie noch mehr Scheine und zählte schnell durch, was sie zusammengekratzt hatte. Rund hundertzwanzig Euro. Besser als nichts. Wertvollen Schmuck bewahrte Elfi in einem Bankschließfach auf, das hatte sie ihr erzählt. Ganz hinten im Wohnzimmerschrank fand Isabel ein Notizbuch. Sie erkannte Elfis steile, energische Schrift von den Einkaufslisten wieder. Sie hatte mit dem Stift so fest aufs Papier gedrückt, dass sie es an manchen Stellen fast durchstoßen hatte. Wahrscheinlich Elfriede Baumanns gesammelte Kochrezepte. Oder Anleitungen fürs Rosenschneiden. Isabel achtete nicht auf den Inhalt und steckte das Buch in ihren Rucksack, ohne recht zu wissen, warum. Vielleicht wollte sie nicht ohne ein Andenken gehen. Wurde sie jetzt sentimental?

Sie sah sich noch ein letztes Mal um und verließ die Wohnung. Sie könnte etwas aus dem Baumann'schen Rezeptbuch nachkochen. Im Gedenken an Elfi.

So verrückt war sie eigentlich auch nicht gewesen. Manchmal etwas durcheinander. Aber immerhin war sie nie nachts im Nachthemd und barfuß auf der Straße aufgegriffen worden. Zumindest war Isabel davon nichts zu Ohren gekommen. Hatte sie nicht ständig von Tafelspitz und Zander geschwafelt? Lammkeule, Rinderbraten, Königsberger Klopse. Alte Schule, ganz anders als die heutige Superfood-Quinoa-Generation und Isabels Chef bei Job zwei mit seinen Smoothies. Hundertzwanzig Euro waren nicht großartig, aber besser als nichts. Unten warf Isabel ihre Schlüssel in den Briefkasten, bevor sie Friedenau für immer den Rücken kehrte.

Später am Abend, als sie telefonierten, fragte Matthias Baumann: »Was hat meine Mutter Ihnen erzählt?«

Was seine Mutter ihr erzählt hatte? Sollte Isabel jetzt Frau Baumanns Geschwätz der letzten zwei Jahre wiedergeben? Erwartete er ernsthaft, dass sie sich daran noch erinnerte?

»Heute hat sie gar nichts mehr erzählt.«

»Versuchen Sie jetzt, witzig zu sein? Das ist sehr unpassend. Meine Mutter ist heute gestorben. Das tut mir ganz tief im Herzen weh. Ich glaube, ich habe es noch gar nicht richtig begriffen. Wahrscheinlich der Schock. Sie hatte doch nichts, war doch gesund, bis auf die Hüfte. Ich meine natürlich nicht heute, sondern generell. Vorher. Was hat sie Ihnen alles erzählt?«

Isabel hatte es bereits ad acta gelegt, Elfriede, den Hasen, den erschlafften Kiefer, den Notarzt und den

Abtransport der Leiche. Was wollte Baumann junior von ihr? Dass sie ihm berichtete, worüber Elfi gesprochen hatte? Wozu? Isabel hatte ihr meistens ja nicht einmal richtig zugehört.

Er schilderte den Anruf der Klinik, in die seine Mutter zuerst gebracht worden war, seine Bemühungen, ein niveauvolles Bestattungsinstitut zu finden und ihnen dort Beine zu machen, es hatte alles ganz schnell gehen müssen. Er erwähnte dabei auch immer wieder, wie gut er das alles in der Kürze der Zeit – und unter Schock – geregelt hatte, er konnte so gut organisieren, hatte alles im Griff, er war der Macher.

Nachdem er auch seiner Trauer ausschweifend Raum gegeben hatte, fragte er wieder, was seine Mutter Isabel erzählt hatte.

»Alles Mögliche. Sie redete gern über Sonntagsessen. Lammkeule und so. Über Rosen im Garten und dass man sie richtig schneiden muss. Über einen Swimmingpool.«

»Swimmingpool? Aha. Und weiter?«

»Nichts weiter. Meinen Sie, das weiß ich alles noch? Was wollen Sie eigentlich von mir?«

Isabel konnte Matthias Baumann jetzt endlich so behandeln, wie er es verdiente. Sie war ihm nichts schuldig, und sie musste nicht länger nett zu ihm sein. Musste sich nicht von ihm herumkommandieren und vollquatschen lassen und dabei Freundlichkeit heucheln. Freundlichkeit heucheln gehörte ohnehin nicht zu ihren Stärken. Ihre Geschäftsbeziehung war mit diesem Tag beendet. Für immer. Er würde ihr künftig kein Geld mehr zahlen. Auch keine Weihnachts-Sonderzulage. Das war allerdings bitter. Hätte Elfi nicht etwas später sterben können? Nur ein paar Tage.

»Sie haben ja immerhin eine Menge Zeit mit ihr verbracht. Und jetzt, wo sie … wo sie nicht mehr … bei uns ist … ich frage mich, worüber Sie mit ihr gesprochen haben. Was ihr Herz bewegt hat.«

Was ihr Herz bewegt hat? Das hatte ihn sonst doch auch nicht interessiert.

Er versuchte es noch eine Weile weiter, insistierte, fragte immer wieder danach, worüber Isabel mit seiner Mutter gesprochen hatte, und begründete es damit, dass er oft zu wenig Zeit für sie gehabt habe, ihm aber wichtig sei, in was für einer Welt sie gelebt hatte, ob es ihr gut gegangen sei. Ihr sei es sehr gut gegangen, versicherte Isabel ihm, falls es das war, was er hören wollte, um kein schlechtes Gewissen zu haben. Genau genommen wusste sie gar nicht, wie es um Elfis Gefühlslage bestellt war.

Was sie Baumann junior bot, schien nicht das zu sein, was er hören wollte.

»Das ist alles?«, sagte er. »Über mehr haben Sie nicht gesprochen? In der ganzen langen Zeit? Seit wann beschäftige ich Sie noch mal?«

»Zwei Jahre.«

»Zwei lange Jahre und mehr können Sie mir nicht sagen? Meine Mutter muss Ihnen doch ihr halbes Leben erzählt haben. Sie hat gern geredet. Und viel. Und Sie stecken Ihre Nase doch sonst auch in alles Mögliche rein, was man so hört.«

Von wem wollte er das denn bitte schön gehört haben? Von seiner Nachbarin Stefanie? Wohl kaum. Im Übrigen stimmte es nicht, denn Isabel war ganz sicher nicht der neugierige Typ. Eine eigenartige Bemerkung. Wenn sich ihr etwas über andere Menschen offenbarte, bei Job eins und zwei, im Schreibworkshop, abends in einer Bar, dann von ganz allein, ohne dass sie sich groß interessierte. Fast alle Leute sprachen am liebsten über sich selbst, ohne zu ahnen, wie sehr sie ihr Gegenüber damit langweilten, man musste nicht bohren. Abgesehen davon, dass es unappetitlich klang, ihre Nase reinstecken, wie ein Hund am Hintern eines anderen Hundes oder wie ein Hund mit der Nase in einem Kadaver.

Baumann junior schwieg tatsächlich, was so gut wie nie vorkam, und einen Moment hörte Isabel am anderen Ende nur sein schweres Atmen. Schließlich sagte er: »Ich überweise Ihnen dann noch das Geld für Dezember.«

Das klang gut. Endlich das, was Isabel hören wollte. Sie würde sich noch heute Abend an die Stundenaufstellung machen und großzügig aufrunden. Vermutlich war es das letzte Mal, dass sie sein Geschwätz ertragen musste.

Sie ärgerte sich, dass sie Elfis Cognacflasche nicht eingesteckt hatte. Hochprozentiges mochte Isabel eigentlich nicht, es knockte viel zu schnell aus, aber das war ziemlich teures, gutes Zeug gewesen. Sie überlegte, ob sie Babs anrufen sollte, um ihr die Neuigkeiten mitzuteilen – »Was? Deine Alte ist tot? Echt?

Hast du nachgeholfen?« –, aber nach dem Gespräch mit Baumann junior war ihr die Lust aufs Telefonieren vergangen. Natürlich trauerte sie nicht um Elfi, aber sie musste es auch erst einmal verdauen. Sie hatte doch irgendwo noch ihre Brosche. Das war jetzt die Elfriede-Gedenkbrosche. Wie oft hatte Isabel es verflucht, wenn sie nach Friedenau fahren musste. Aber das Geld hatte sie immer fest eingeplant. Von heute auf morgen fiel es weg. Die hundertzwanzig Euro waren nur ein kleiner Trost.

Ihr war nicht nach Fernsehen, nicht nach Biertrinken, nicht nach Tanzen oder anderen Menschen. Die Auflistung der abgeleisteten Stunden bei Elfi verschob sie auf den nächsten Tag. Sie dachte auch nicht länger über Matthias Baumanns rätselhafte Bemerkung nach. Über diesen Schwätzer nachzudenken, war vergeudete Zeit und machte schlechte Laune. Sie holte Elfis Rezept- oder Gartenpflegebuch aus dem Rucksack und setzte sich damit auf ihren Sessel.

Das Buch war nur etwa zur Hälfte beschrieben, die hinteren Seiten waren leer, und es beinhaltete weder Kochrezepte noch Anweisungen fürs Rosenschneiden. Es schien sich eher um eine Art Tagebuch zu handeln, allerdings ohne ein einziges Datum. Ohne Absätze oder neu angefangene Seiten. Ein Erlebnisbericht vielleicht? Offenbar wäre Daniels Schreibworkshop genau das Richtige für Elfriede Baumann gewesen, wer hätte das gedacht. Vielleicht hatte sie einen Roman schreiben wollen. Ihre Autobiografie. Gegen ein übliches Tagebuch sprach auch, neben den fehlenden Daten, dass sie immer denselben Stift verwendet hatte. Es machte nicht den Eindruck, als hätte Elfi es über Monate oder sogar Jahre hinweg verfasst, sondern wirkte wie aus einem einzigen, atemlosen Guss. Auf den ersten Seiten verstand Isabel gar nichts. Reichlich wirr. Der Swimmingpool wurde erwähnt. Es musste der Swimmingpool in dem Zehlendorfer Haus sein, in dem die Baumanns früher gewohnt hatten. Elfi hätte wirklich Daniels Workshop besuchen sollen, um die Grundlagen von Struktur, chronologischen Abfolgen und Narration zu erlernen. Sie hätte dort eine Menge Feedback bekommen und viel Spirit und Achtsamkeit erfahren. Isabel fand eine vergessene Flasche Bier im Kühlschrank, öffnete sie, prostete Godzilla zu, der mit seinem abendlichen Laufradtraining begonnen hatte, und begann zu lesen.

28

Etwas später rief sie dann doch noch Babs an und verabredete sich mit ihr. Babs war immer verfügbar. Oder fast immer. Und es gab Momente, in denen nicht einmal Isabel allein sein wollte.

Sie trafen sich eine halbe Stunde später am Mehringdamm, Ecke Kreuzbergstraße.

»Bist du wieder durch den Park gegangen?«, fragte Babs.

»Darauf habe ich erst mal keine Lust mehr.« Isabel deutete auf ihre Nase.

»Ach, stimmt ja. Sieht aber schon wieder richtig gut aus. Fast wie vorher.«

Es war elf Uhr abends, und in den meisten Bars auf dem Mehringdamm und in der Umgebung herrschte jetzt Hochbetrieb, auch an einem Tag unter der Woche. Isabel und Babs wurden schnell fündig. Beim ersten Bier berichtete Isabel, was an diesem Tag passiert war.

»Deine Alte ist tot und du hast sie gefunden? Das ist ja der Hammer. Du warst es aber nicht, oder?« Babs kicherte. »Ich meine, wäre ja schön blöd von dir bei dem leicht verdienten Geld.«

Babs wollte alles ganz genau wissen. Wo Isabel Frau Baumann gefunden hatte. Ob sie »so richtig tot« ausgesehen hatte. Ob ihr Sohn jetzt ganz traurig war. Wie lange es gedauert hatte, bis der Notarzt kam. Ob auch die Polizei gekommen sei, um Isabel mitzunehmen.

»Polizei? Mich mitnehmen? Wieso das denn?«

»Na ja, keine Ahnung, weil du tatverdächtig bist oder so.«

»Tatverdächtig? Spinnst du? Du hängst zu viel vor der Glotze rum. Das Leben ist nicht so wie in der Glotze. Frau Baumann ist ganz unspektakulär an Herzversagen gestorben.«

»Ach so. Wie langweilig. Ich dachte, vielleicht war's ja ihr Sohn. Um sie zu beerben. Hört man doch immer wieder, dass alte Leute nicht einfach so von selbst sterben. Obwohl immer Herzversagen oder so was auf dem ... dem Dingsda steht.«

»Totenschein.«

»Ja genau, Totenschein. Aber du hast ja gesagt, der Sohn hat genug Geld.«

»Behauptet er zumindest.«

Hatte Baumann junior genug Geld? Konnte man überhaupt genug haben? Isabel war nicht schlau aus ihrem Fund, Elfis Buch, geworden, und sie hatte sich mit Babs getroffen, um jemandem davon zu erzählen. Doch Babs verlor schnell das Interesse an Frau Baumann und einem unspektakulären Tod und fing nach ein paar Bier mit ihrem Lieblingsthema an. Ihr Dauerthema. Die Frau, für die sie aktuell schwärmte.

Wie hieß sie noch gleich? Isabel hatte es vergessen. Mit einem verklärten, dämlichen Grinsen im Gesicht fragte Babs, wie wohl ihre Chancen standen. Ein Trauerspiel. Es war immer das Gleiche.

»Klingt doch ganz gut«, sagte Isabel und dachte wieder an Elfis Buch.

»Meinst du wirklich? Nächste Woche bin ich mit ihr verabredet. Komm, lass uns darauf anstoßen.«

Es war davon auszugehen, dass Babs auch diesmal wieder alles vermasselte. Sie bekam es einfach nicht auf die Reihe. Isabel hörte ihr schon lange nicht mehr zu, wünschte ihr aber wirklich eine Partnerin. Gab es in dieser großen, unübersichtlichen Welt der Seminare nicht auch den passenden Workshop für Babs?

»Wolltest du mir eigentlich noch irgendwas erzählen? Von deiner Alten?«

»Nein. Das Wichtigste weißt du ja.«

»Das ist schon blöd für dich, dass jetzt die Kohle dafür wegfällt. Soll ich meinen Chef mal fragen, ob er noch jemanden braucht?«

»Nein, nicht nötig. Ich komme schon zurecht. Und wenn nicht, suche ich mir was Neues.« Bio-Currywürste mit Babs in der Markthalle braten. Nein danke.

Sie verabschiedeten sich bald, und Babs zahlte alles zusammen. »Weil du heute ja einen deiner Jobs verloren hast.« Babs ging in Richtung U-Bahn, Isabel nahm wieder den Weg über die Kreuzbergstraße. Der kleine Nervenkitzel, im Dunkeln durch den Park zu streifen, war ihr fürs Erste wirklich vergangen. Wenn sie künftig in den Spiegel sah, auf ihre leicht schiefe Nase, würde sie das vermutlich immer an den dunklen Viktoriapark erinnern.

Sie sollte Elfis Buch Baumann junior aushändigen. Jeder andere hätte das getan. Oh, Entschuldigung, ich glaube, ich habe hier noch etwas von Ihrer Mutter, das ist Ihnen sicher wichtig, ich muss es versehentlich eingesteckt haben. Doch Isabel dachte gar nicht daran. Wenn es sich nicht um Elfis wirre Fantasien handelte, worum dann? Manuela war gestorben, so viel war klar. Und sie war eine Schlampe gewesen, auch daran ließ Elfi keinen Zweifel. Unklar hingegen blieb, woran sie gestorben war. Es klang so, als hätte Elfi sich nicht entscheiden können. Einmal waren es die Drogen, das Herz, obwohl sie noch so jung war, dann wieder deutete alles auf einen Unfall hin. Und wieso schrieb sie überhaupt so viel über die Schlampe Manuela, wenn ihr Interesse doch sonst nur ihrem Mann und ihrem heiligen Jungen galt? Ihr Mann hatte alles geregelt, wie er es immer tat. Elfi, bitte! Warum kannst du nicht eine durchgängige Geschichte von Anfang bis Ende erzählen und die Dinge beim Namen nennen, sodass man es auch versteht?

Kurz bevor Isabel ihr Haus erreicht hatte, drehte sie sich um und blickte zum Park. Eine neue Angewohnheit. Seit dem Überfall war sie wachsam geworden. Wachsam sein, darauf achten, ob Leute sich auffällig benahmen, solche Verhaltensweisen hatten bis vor Kurzem noch nicht zu ihrem Repertoire gehört. Aber nun drehte Isabel sich häufig um. Besonders im Dunkeln. Prüfte Gesichter auf der Straße dahingehend, ob sie sie einen Moment zu lange ins Visier nahmen. Neben der Bushaltestelle auf der gegenüberliegenden Straßenseite stand jemand. An sich ja nichts Ungewöhnliches. Fuhr jetzt überhaupt noch ein Bus? Beim schwachen Licht der Straßenlaterne konnte Isabel ihn nicht richtig erkennen, aber sie war davon überzeugt, dass dieser Jemand direkt zu ihr blickte. Der Eichhörnchenfütterer war es nicht. Auch nicht Clemens. Von Clemens hatte sie eine Weile nichts mehr gehört, seit der Ich-hasse-dich-ich-hasse-dich-Mail, was jedoch keineswegs hieß, dass es nicht jederzeit wieder anfangen konnte. Sie hoffte, dass er dazu übergegangen war, sich an etwas anderem abzuarbeiten als an ihr. Dass er Hassnachrichten an Politiker und Medien schrieb. Oder an andere böse Frauen, mit denen ihm das Gleiche wie mit ihr passiert war. Das würde zu ihm passen. Isabel wollte keine Männer an Bushaltestellen beobachten, sondern ins Bett und dort weiter in Elfis geheimnisvollem Buch lesen. Das Rätsel um die Schlampe Manuela lösen. Morgen wäre sie sehr müde. Scheiß drauf. Job eins ließ sich auch müde erledigen. Und sie war ja noch jung. War sie noch jung? Und dann, als Isabel schon ihren Schlüssel aus der Tasche gezogen hatte, erkannte sie ihn. Dunkler Mantel. Groß. Massig. Sie hätte mit allen möglichen Männern gerechnet, allen voran Clemens, aber auch mit Ferdi, der eine unübliche Zeit für einen Überraschungsbesuch wählte, oder mit ihrem Feind Patrick von Job zwei, der es ihr mal so richtig zeigen wollte, wovon er sicher schon lange träumte, und gestört genug, um mitten in der Nacht bei ihr zu Hause aufzukreuzen, war Patrick ganz sicher. Sogar mit Theo aus dem Schreibworkshop hätte sie gerechnet. Aber nicht mit ihm. Er wohnte in Charlottenburg und war immer sehr beschäftigt. Sagte er zumindest. Mitternacht war längst vorbei. Um diese Zeit hatte er wohl kaum etwas zu erledigen, schon gar nicht auf dieser Seite der Katzbachstraße, auf der gar keine Häuser standen, im trüben Licht der Straßenlaterne neben einer Bushaltestelle. Auf den Bus wartete er ganz sicher nicht. Er war niemand, der mit den Öffentlichen fuhr. Er war niemand, der nachts im Späti ein paar Flaschen Bier kaufte, um sie dann, im teuren Mantel, mit Manschettenknöpfen und gut polierten eleganten Schuhen, im Park zu trinken. Im Dezember. Er war jemand, der längst schlafen musste, um am nächsten Tag viel Geld zu verdienen, wovon er sich neue Bilder kaufte.

Isabel wollte ihre Tür zum Souterrain aufschließen und die sieben Stufen nach unten eilen, überlegte es sich aber anders. Wenn sie jetzt in ihrer Wohnung verschwand und ängstlich alles verrammelte, würde sie sich die ganze Zeit fragen, was er hier zu suchen hatte, warum er mitten in der Nacht zu ihrem Haus glotzte. Sie würde sich fragen, ob er irgendwann vor ihrem vergitterten Fenster stand und versuchte hineinzuspähen, eine heruntergebeugte Gestalt, ein Gesicht an das Fenstergitter gepresst. Oder ob er so lange ausharrte, bis sie am nächsten Vormittag zu Job eins fahren musste. Ob er dann, wenn sie nach Hause kam, wieder an der Bushaltestelle herumlungerte. Ob sie überall, in der LPG, auf der Bergmannstraße, in der Markthalle, in ihrem persönlichen öffentlichen Raum, damit rechnen musste, ihm über den Weg zu laufen.

Sie steckte den Schlüssel wieder ein und rannte quer über die Straße. Ein schnell herannahendes Auto musste abbremsen. Wütendes Hupen folgte.

»Was soll das, du Arsch?«, rief sie, noch bevor sie ihn erreicht hatte.

Das letzte Mal hatte sie ihn auf der Finissage Anfang des Monats gesehen. Er war höflich gewesen, freundlich, der gewohnte Gentleman. Vor denen musste man sich offenbar besonders in Acht nehmen. Isabel hatte darauf verzichtet, sich an seinem Portemonnaie zu bedienen, was aber vor allem daran lag, dass er die ganze Zeit sein Sakko anbehalten hatte. Im Unterschied zu den anderen Galeriebesuchern hatte er sich nicht über ihre Nase gewundert, dabei sah sie noch ziemlich übel aus. Alle hatten verstohlene Blicke zu ihr geworfen, manche voller Mitleid. Er hingegen hatte nicht einmal gefragt, was passiert war. Fragte nicht jeder ganz automatisch, was da passiert war? Oder gestattete seine Höflichkeit eine solch direkte Frage nicht? Wohl kaum. Immerhin hatte er bei der Essenseinladung gegen Ende ja davon geredet, er habe das Gefühl, sie würden sich schon ganz lange kennen oder so ähnlich. Für so eine dämliche Anmache war er doch wirklich viel zu alt. Die Bemühungen der Polizei waren, wie erwartet, bislang ohne Ergebnis geblieben. Bald wurde Isabel vermutlich mitgeteilt, dass das Verfahren gegen Unbekannt eingestellt sei.

Sie war dem Mann zweimal in der Galerie begegnet, einmal im Bio-Supermarkt und ein anderes Mal auf der Straße. Sie war sogar mit ihm essen gegangen, doch sie kannte seinen Namen immer noch nicht. Er ihren genauso wenig. Hierbei war sie sich jetzt allerdings nicht mehr so sicher. Vielleicht hatte es weitere Male gegeben. Viele weitere Male, von denen sie gar nichts wusste, weil sie nichts bemerkt hatte. Sie steckte noch nicht lange im Wachsamkeitsmodus. Vielleicht war er derjenige im Park gewesen. Er besaß sicher auch hochwertige Pullover mit Kapuze. In einem Fach seines begehbaren Kleiderschranks neben den teuren Hemden und Sakkos. Das legere Fach. Für den Urlaub. Für Kampfsporttraining im nächtlichen Viktoriapark. Hatte in jener Nacht nicht ein Geruch Isabel an etwas erinnert, etwas, das sie bis heute nicht zuordnen konnte? Der Bus kam, hielt an, öffnete die Türen, schloss sie kurz darauf wieder, nachdem ein einziger Fahrgast ausgestiegen war, und fuhr weiter. Der Mann drehte sich von Isabel weg und machte Anstalten, in Richtung Dudenstraße zu gehen.

»He, du hast deinen Bus verpasst!«, rief sie und wollte nach seinem Arm greifen, erwischte ihn jedoch nicht. Sie war jetzt sehr wütend. Sie war nicht ängstlich. In diesem Moment hatte sie vergessen, was Angst war.

Er hatte immer so getan, als könnte er sich nicht merken, wo sie wohnte, in der Möckernstraße, der

Yorckstraße, der Großbeerenstraße, der Eylauer Straße. Dabei wusste er es ganz genau. Sie wollte ihn zur Rede stellen. Jetzt, hier, auf der lauten Straße. Sie war voller Wut auf den distinguierten Kunstliebhaber und -sammler aus Charlottenburg und überschlug kurz, ob sich in ihrer Tasche etwas befand, das als Waffe dienen konnte. Pfefferspray trug sie nie bei sich, weil sie sich bis vor Kurzem ja noch für unbesiegbar gehalten hatte. Zur Not würde sie ihm ihre Schlüssel mit der Spitze voran ins Gesicht rammen. Dazu müsste sie ihren Arm heben, denn er war größer als sie. Wenn es nötig war, musste es schnell geschehen, in Sekundenbruchteilen, bevor er etwas ahnte und reagieren konnte.

Doch der Mann zog das Tempo an und eilte davon. Diese Geschwindigkeit hätte sie ihm bei seiner Statur und dem roten Kopf nicht zugetraut. Isabel hatte ihn unterschätzt und Mühe, mit ihm Schritt zu halten. Die Verfolgte jagte dem Verfolger nach. Statt weiter zur Dudenstraße zu gehen, bog er plötzlich in den Park. Sein dunkler Mantel war zwischen den Bäumen kaum auszumachen.

»Was willst du von mir?«, rief sie. »Bleib stehen, du Arsch!«

Isabel überlegte, ob sie zurückgehen sollte. Sie musste dringend pissen. Andererseits, wenn sie sich nicht beeilte, hätte sie ihn bald aus den Augen verloren. Schon jetzt sah sie nur noch einen hinweghuschenden Schatten zwischen den Bäumen, der sich immer schneller entfernte. Reichte ein Schlüsselbund als Waffe? Sie wurde langsamer, zögerte. Zurück und endlich in ihre Wohnung oder ihm hinterher. Zurück oder ihm nach. Zurück oder. Wenn sie ihn nicht zu fassen bekam, würde sie möglicherweise nie in Erfahrung bringen, warum dieser gepflegte Mann wie ein räudiger Stalker nachts ihr Haus anglotzte. Sie musste wirklich dringend pissen.

29

Schon als Kind hatte er dieses Gespür dafür, wohin er gehört. Er hat sich nicht mit jedem abgegeben. Das war uns wichtig. Ich musste gar nicht aufpassen, ob er sich mit den falschen jungen Leuten einlässt. Es hat mit Lothar angefangen. Wir brauchten eine Hilfe für den Garten. Der große Garten macht auch wirklich viel Arbeit. Ich wollte das nicht. Mir sind fremde Leute im Haus nicht recht. Das ganze Pack. Man kennt sie doch gar nicht. Man weiß nicht, wen man sich ins Haus holt. Solche Leute erzählen ja nicht ihre Lebensgeschichte, wenn sie sich vorstellen. Die verschweigen ganz viel. Der Junge hat das nicht gewollt. Es war richtig, das Haus zu verkaufen. Für mich allein ist es viel zu groß. Das schaffe ich nicht mehr. Und dann noch der Garten. Ich spüre ja meine alten Knochen. Ich vermisse das Haus. Er hat alles geregelt, ich musste mich um nichts kümmern. Das Haus ist sicher viel wert. Allein die Lage. In Zehlendorf wollen alle wohnen. Es ist etwas Besonderes. Wir hatten ein schönes Leben in dem Haus. Ich vermisse es. Es hat sogar einen Swimmingpool. Mit dem Swimmingpool hat alles angefangen. Ich war von Anfang an dagegen, als hätte ich etwas geahnt. Ich weiß nicht, wo das Geld geblieben ist. Es wird schon alles seine Ordnung haben. Er hat sich um den Verkauf gekümmert. Ich musste bloß beim Notar unterschreiben. Es ist richtig, das Haus zu verkaufen. Damit ist die ganze Geschichte endlich abgeschlossen. Ich werde meines Lebens nicht mehr froh. Ich bin seit fünfundzwanzig Jahren nicht mehr froh. Man kann leben, ohne froh zu sein. Manchmal ist es, als würde mir jemand die Brust zusammenpressen. Luft. Er nahm ihr die Luft. Ich möchte die Fenster aufreißen. Im Garten war so gute Luft. Herrlich. Das kommt von den vielen Bäumen. Diese herrlichen alten Bäume im Garten. Die Blätter rauschen im Wind. Ich möchte das Haus noch einmal sehen. Aber ich weiß gar nicht, was für Leute jetzt darin wohnen. Im Haus müssen anständige Leute wohnen. Er hat gesagt, dass er darauf achtet und dass es nur jemand bekommt, der es auch verdient hat. Im Haus müssen grundanständige Leute wohnen. Fleißige Leute. Lothar kam dann nicht mehr. Das war uns auch lieber. Der Junge wollte das nicht. Wir haben uns jemand anders für den Garten gesucht. Das war ein älterer Mann, der sich neben der Rente etwas dazuverdient hat. Manche Leute bekommen ja wirklich nur sehr wenig Rente. Aber er war immer an der frischen Luft, das ist ja gesund. Er war uns sehr dankbar. Wir haben ihn auch immer gut behandelt. Er war sehr froh, dass er eine Anstellung bei uns gefunden hat. Etwas Besseres hätte ihm nicht passieren können, hat er gesagt. Er war vielleicht ein bisschen ungehobelt. Aber das sind diese Leute ja oft. Wir haben nie wieder darüber gesprochen. Das wollte ich auch nicht. Das gemeinsame Mittagessen am Sonntag ist heilig. Es darf nicht beschmutzt werden. Das dulde ich nicht. Ich gebe mir immer viel Mühe mit dem Essen am Sonntag. Natürlich koche ich meistens das, was meine Männer am liebsten mögen. Gemüse und Fisch müssen sie aber auch essen. Darauf achte ich. Das ist ein Familienessen. Die ganze Familie sitzt zusammen. Meiner Familie geht es gut. Wir haben ein schönes Leben. Uns beneiden viele. Wir haben nie wieder darüber geredet. Wenn beim Essen am Sonntag einer damit angefangen hätte, hätte er was erleben können. Ich hätte ihm die Leviten gelesen. Nicht beim Sonntagsessen. Es ist besser, nicht darüber zu sprechen. Davon bin ich überzeugt. Ich weiß, dass es das Beste für meine Familie ist. Aber es zerfrisst mich von innen.

Noch eine Nacht bis Heiligabend

Am dreiundzwanzigsten Dezember fuhr Isabel mit der U-Bahn von Babs' Wohnung im tiefsten Neukölln pünktlich zu Job zwei. Bei Job zwei war keine ausgedehnte Weihnachtspause vorgesehen. Im Gegenteil. Die letzten Planungen für größere private Angeber-Silvesterpartys standen an. Isabel verzichtete darauf, sich mit Patrick zu streiten. Dafür hatte sie jetzt keine Energie. Sie ging ihm an diesem Tag aus dem Weg. Migränchen hatte sich wie erwartet krankgemeldet, weshalb für Isabel doppelt so viel Arbeit anfiel. Normalerweise ein Grund, sie zu hassen, doch heute kam es ihr gelegen. Es hielt sie vom Nachdenken ab.

Zwischendurch fiel ihr das Messer ein. Das neu gekaufte Messer, das so mühelos in Fleisch schnitt. Sie musste es wegwerfen. Oder war das bereits geschehen? Für einen Moment konnte sie sich nicht erinnern, war davon überzeugt, dass es noch immer in ihrem Rucksack steckte. Hektisch durchwühlte sie ihn, nahm alles, was sich darin befand, heraus und legte es vor sich auf den Schreibtisch neben die Tastatur. Schlüssel. Handy. Portemonnaie. Eine Packung Tampons. Zwei Clementinen, die sie bei Babs eingesteckt hatte. Patrick stopfte Weihnachtssüßigkeiten in sich hinein und schlich um sie herum. Er wollte etwas sagen, das war unverkennbar, doch er verkniff es sich. Das Messer befand sich nicht im Rucksack. Hatte sie es irgendwo in ihrer Wohnung zurückgelassen? Möglicherweise versteckt? So schlecht versteckt, dass die Polizei es sofort finden würde?

Ruhig, ganz ruhig. Nachdenken. Messer. Isabel wusste genau, wie es in der Hand lag, konnte sich sein Gewicht vorstellen und den angenehmen Griff. Direkt nach dem Erwerb hatte sie sich beim Kochen damit in den Finger geschnitten, weil sie scharfe Messer nicht gewöhnt war. Ungefähr eine Woche davor. Vor diesem Ereignis.

Sie brachte die Arbeitszeit zu Ende, blieb sogar noch ein bisschen länger. Patrick sah sie die ganze Zeit verwundert an. Wahrscheinlich, weil sie so friedfertig war. Das passte nicht in sein Weltbild. Natürlich wusste Isabel, dass er sich tagaus, tagein damit beschäftigte, sie beim Chef, der nicht Chef genannt werden wollte, schlechtzumachen. Einmal hatte sie sogar zufällig mit angehört, wie er im Büro des Chefs über sie sprach. Dass sie ihre Arbeit nicht gut mache. Dass sie nicht ins Team passe. Dass sie aggressiv sei. Schlecht fürs Betriebsklima.

Als sie ihre Jacke anzog und ihren Rucksack aufsetzte, wünschte sie ihm schöne Feiertage.

»Was? Äh, ja, wünsche ich dir auch«, sagte er.

Feinde galt es zu irritieren. Feinden gegenüber galt es, sich von Zeit zu Zeit anders zu verhalten, als sie es erwarteten.

Sie würde ihn erst am achtundzwanzigsten wiedersehen. Wenn alles gut ging. Isabel war sich nicht sicher, ob sie ihn überhaupt wiedersehen, ob sie jemals an ihren Arbeitsplatz in der Event-Agentur zurückkehren würde. Plötzlich kam ihr das alles so vor wie ein Traumjob, sogar die nervtötenden Telefonate mit den unzufriedenen nöligen Kunden. Wie das Paradies. Alles kam ihr vor wie das Paradies. Die Wohnung in der lauten Straße im Keller, die fensterlose Abstellkammer, ihr Leben, in dem sie sich eingerichtet hatte. Ihre kleine Welt sollte wieder in Ordnung kommen. Mehr wünschte sie sich gar nicht.

Isabel hatte das alles nicht gut genug durchdacht. Aber wie auch, so überstürzt, wie sie gestern Abend zu Babs gefahren war. Auf dem Heimweg stellte sie sich vor, wie die Polizisten sofort überall in ihrer Wohnung herumgehen würden, alles anfassten, nachsahen, ob etwas unter ihrer Matratze oder im Spülkasten der Toilette steckte – sahen sie dort nicht immer nach? –, alle Schubladen aufzogen. Wie sie die Tür zu der fensterlosen Kammer öffneten. Die Bilder sahen. Die Vorstellung, dass irgendwelche dahergelaufenen Bullen ihre Bilder sahen, kam ihr plötzlich weitaus schlimmer vor als der ganze Rest. Einer von ihnen, darauf hätte sie wetten können, würde eine dämliche Bemerkung dazu fallen lassen.

Angefangen hatte sie mit Bleistift und Kohle. Das war ihr aber bald nicht bunt genug gewesen. Es folgten Aquarell, Acryl und Öl. Aquarell war ihr zu blass, zu niedlich und wässrig. Acryl war preiswerter als Öl, doch Öl gefiel ihr besser. Ölfarben waren schweineteuer. Isabel war auch hierbei ein bisschen faul und wäre nie auf die Idee gekommen, sich bei der Universität der Künste zu bewerben. Sie war viel zu alt. Selbst wenn sie angenommen worden wäre, was sie stark bezweifelte, hätte sie ein solches Studium höchstwahrscheinlich ohnehin wieder abgebrochen. Sie hätte nicht sagen können, warum sie es tat, warum sie so viel Zeit in der kleinen Kammer verbrachte, am liebsten nachts. Sie hatte sich ein paar Lampen für die Beleuchtung angeschafft, die Tageslicht recht nahekamen. Dadurch war es in der Kammer oft ziemlich heiß. Sie musste es tun. Ein eigenartiger innerer Antrieb, den sie nicht hätte erklären können und auch noch nie jemandem zu erklären versucht hatte, weil niemand davon wusste. Im Grunde war Isabel eine Erklärung auch egal. Sie malte Bilder von unten. Auf Fußleistenniveau. Aus der Insekten- und Mäuseperspektive. Und sie wollte gar nicht, dass irgendwer außer ihr diese Bilder sah, wollte damit nicht reüssieren, nicht groß rauskommen, wovon insgeheim die gesamte Belegschaft im Schreibworkshop träumte, ganz groß rauskommen – wenngleich sie zwei kleinformatige davon Stefanie geschenkt hatte. Jedoch ohne zu erwähnen, wer sie erschaffen hatte. Stefanie hielt sie für Käufe aus einer der Galerien, die Isabel aufsuchte.

In ihrem Briefkasten steckte eine Karte mit Umschlag. Obwohl es schon sehr lange her war, erkannte Isabel die Schrift sofort. Förmliche und knapp gehaltene Weihnachtsgrüße ihrer Mutter. Isabels Eltern kannten ihre Adresse gar nicht. Nicht die aktuelle in der Katzbachstraße und auch nicht die beiden davor. Es geschahen lauter rätselhafte Dinge.

Sie hielt sich sehr lange im Hausflur bei den Briefkästen mit der Post auf – ob das wirklich ihre Mutter geschrieben hatte oder jemand, der sich als ihre Mutter ausgab und ihre Handschrift imitierte? –, bevor sie vorne auf der Straße die Tür zu ihrer Wohnung aufschloss. Sie wusste ja, was sie dort erwartete. Noch ein bisschen Aufschub. Nur ein kleines bisschen.

Drinnen kümmerte sie sich als Erstes um Godzilla. Tauschte sein Wasser aus, beseitigte braun gewordenes Obst, putzte seinen Napf, füllte ihn anschließend mit Körnerzeug, frischen Apfelschnitzen und Clementine. Clementine mochte er gern. Isabel brachte es tatsächlich fertig, während dieser ganzen ausgiebigen Putz- und Fütterungsaktion nicht zu ihm zu blicken, zu den Einsfünfundachtzig neben ihrem Küchentisch. Ich sehe jetzt nicht hin, nein, ich gehöre nicht zu denen, die erst recht hinsehen müssen, wenn sie sich zum Gegenteil zwingen, ich habe mich im Griff. Eine Weile gelang ihr das auch. Dann stellte sich die Frage nach der Reihenfolge. Zuerst anrufen? Oder zuerst hinsehen, für den Fall, dass sie es sich doch noch anders überlegte? Oder wählen und hinsehen, während die Verbindung hergestellt wurde?

Welche Nummer wählte man überhaupt? Vermutlich die 110. Eine mittel- bis wenig freundliche weibliche Stimme fragte, wie sie ihr helfen könne. Sie wollte jetzt sicher lieber die letzten Geschenke besorgen und daheim die Wohnung dekorieren, statt solche Anrufe entgegenzunehmen. Aber gut, sie war auch nicht die Telefonseelsorge. Isabel hatte vorher geübt. Sogar vor dem Spiegel heute früh in Babs' winzigem Badezimmer, obwohl jene Frau am anderen Ende der Leitung sie jetzt gar nicht sah. Sie hatte dieses stoßweise Atmen geübt – als bekäme sie keine Luft mehr, als müsste sie dauernd nach Luft schnappen, als wäre sie völlig aufgelöst, in Panik, als bräuchte sie dringend eine Plastiktüte zum Hineinatmen. Sie ignorierte die Aufforderung der mittelfreundlichen Frau, zuallererst ihren Namen und ihre Adresse zu nennen, und ging stattdessen sofort in media res. Neben meinem Küchentisch liegt ein Toter. Ich bin gerade erst nach Hause gekommen. Blut. So schlimm. Ich weiß nicht, was passiert ist, ich bin gerade erst nach Hause gekommen. Von der Arbeit. Hilfe. Können Sie bitte jemanden herschicken? Jetzt gleich? Ich weiß überhaupt nicht, was ich jetzt machen soll. Nein, in der Wohnung ist niemand außer mir. Ja, ich kenne den Toten. Nein, ich habe nicht den Notarzt gerufen. Warum nicht? Weil er tot ist. Ja, das sieht man. Er sieht tot aus. Ganz tot. Ja, sicher, ich warte. Können Sie sich beeilen? Nein, ich gehe nicht weg. Wohin sollte ich auch gehen? Es ist ganz schrecklich. So etwas habe ich noch nie zuvor gesehen. Ich bin doch gerade erst nach

Hause gekommen, von der Arbeit, wissen Sie. Hier in der Katzbach. In Kreuzberg. Ja, am Viktoriapark. Ich glaube, ich muss mich übergeben. Ich habe Angst. Ich weiß nicht, ob noch jemand hier ist. Keppler. Isabel Keppler. Ja, ich bleibe dran. Nein, ich lege nicht auf. Bitte, können Sie jemanden schicken? Eingebrochen? Nein, ich glaube nicht. Ich bin doch gerade erst von der Arbeit gekommen. Ich habe die Tür aufgeschlossen, ganz normal. Nein, jetzt, wo Sie das sagen – die war nur zugezogen. Ich schließe immer zweimal ab. Das soll man doch. Ich weiß gar nicht, was ich machen soll. Ich fühle mich so hilflos. Ja, ich versuche, ruhig zu bleiben. Wie soll ich denn jetzt ruhig bleiben? Ja, ich bleibe dran. Ich bleibe dran. Katzbachstraße, ja genau, im Souterrain.

Sie hatten morgens zusammen in Babs' ordentlicher, sauberer Eineinhalb-Zimmer-Wohnung gefrühstückt. Kaffee, Brote mit Marmelade, Wurst – »Bio«, wie Babs betonte –, Aufstrichen aus der Marheineke-Markthalle. Allein frühstückte Isabel weitaus liebloser.

Und beim Frühstück musste sie feststellen, dass sich über Nacht offenbar etwas verändert hatte. Am Abend, bei den Fischstäbchen, hatte Babs aufgeregt Pläne für den Abtransport der Einsfünfundachtzig geschmiedet. Ja klar, wir kriegen das hin, ich helfe dir, natürlich helfe ich dir, wir kriegen doch alles zusammen hin. Am Abend hatte sie sich Gedanken über alle möglichen Untersätze mit Rädern gemacht, vom Fahrrad samt Anhänger über ein Auto, das sie sich hätten mieten müssen, bis zum Bürostuhl auf

Rollen. Von Letzterem war sie total begeistert gewesen und hatte sich, ohne bekifft zu sein, fast bepisst vor Lachen. »Ich glaube, ein Bürostuhl mit Rollen geht zur Not auch. Du hast doch einen, oder? Es muss nur ganz selbstverständlich aussehen. Die halten uns dann alle für besoffen und denken, wir schieben einen anderen Besoffenen durch die Gegend. Igitt, der sieht bestimmt total eklig aus, oder?«

Doch beim Frühstück war sie Isabel in den Rücken gefallen. Keine Spur mehr von Belustigung, vom Pläne-Schmieden. Nix mehr mit gute treue Babs. Sie fing plötzlich mit der Polizei an. »Es führt wohl kein Weg daran vorbei«, sagte sie. »Ist blöd, ich weiß, aber du musst jetzt vernünftig sein.«

Auf die Idee mit der Polizei war Isabel natürlich auch schon von selbst gekommen. Sie hatte es nicht wirklich ernsthaft in Erwägung gezogen, aber als klitzekleine Möglichkeit, wenn ihr gar nichts anderes mehr einfiel.

Sie kamen recht schnell. Großes Aufgebot, zwei Uniformierte und zwei in Zivil. Nun war es entschieden, und es gab kein Zurück mehr. Nun musste sie bei ihrem Text bleiben, den sie morgens bei Babs, später bei Job zwei und danach auf der Fahrt von Job zwei nach Hause im Geist einstudiert hatte. Der Text war gut, davon war sie überzeugt. Sie musste nur glaubhaft klingen.

30
Noch vier Tage bis Heiligabend

Als Isabel wach wurde, ging ihr Verschiedenes durch den Kopf. Als Erstes die Begegnung am späten Abend zuvor mit dem blauen Sakko. Als Zweites die Tatsache, dass sie plötzlich nur noch zwei Jobs hatte und nicht mehr zweieinhalb. Kaum zu glauben, dass sie Elfi einmal hinterhertrauern würde. Isabel hatte die dünkelhafte alte Kuh nicht sonderlich gemocht und eignete sich auch nicht für eine solche Tätigkeit, aber dennoch, auf das Geld zu verzichten, war äußerst schmerzlich. Im Grunde hatte sie bis zum Schluss nicht durchschaut, ob Elfi tatsächlich zeitweilig so verwirrt gewesen war, wie es den Anschein hatte, mit den ganzen Giselas und Waltrauds und »Ich weiß nicht, wer Sie sind, ich kenne Sie nicht«, oder ob sie das alles nur gespielt hatte, vielleicht ja, um ihre Ruhe zu haben. Isabel hatte sich in den zurückliegenden zwei Jahren so unendlich viel Geschwätz anhören müssen, über den Jungen, über Sonntagsmahlzeiten, den richtigen Rosenschnitt und kleine verderbte Flittchen. Jetzt, zusammen mit ihrem Büchlein, ergab plötzlich alles einen Sinn.

Im Park hatte sie so dringend pissen müssen, dass ihr nichts anderes übriggeblieben war, als sich hinter den nächsten Baum zu hocken. Das nahm genau die Zeitspanne in Anspruch, die ihr dann fehlte. Blaues Sakko war irgendwo in der Dunkelheit des Parks verschwunden, als sie fertig war. Zwecklos, ihn zu suchen, sein Vorsprung war zu groß. Isabel war nach Hause gegangen, und statt sofort zu schlafen, hatte sie Elfis Buch zu Ende gelesen. Sie hatte es geradezu verschlungen. Wider Erwarten handelte es sich um eine sehr spannende Lektüre, vor allem, als Isabel immer klarer vor Augen stand, was Elfi hier erzählte. Aber an wen war es gerichtet? An »Ich bin's«, den alten Mann namens Georg? An ihr Gewissen? Wohl kaum an Isabel. Hatte Elfriede Baumann es aufgeschrieben, um es sich endlich von der Seele zu reden? Schade, dass der Workshop schon zu Ende war. Sie hätte dieses Elaborat Theo Nadine Annette Ekaterina Peter Jens Samira Max Miriam als ihr eigenes verkaufen können. Hah! Seht her! Ich war nicht untätig!

Bei Job eins ertrug sie Sonjas übliches Katzengequatsche stoisch. Die Biester bekamen tatsächlich Weihnachtsgeschenke. Isabel war übermüdet und gleichzeitig hellwach. Sie fuhr nach der Arbeit direkt nach Hause, trank einen Kaffee und wollte sich zurechtlegen, was sie sagen, wie sie das Ganze angehen würde, entschied sich dann aber, es auf sich zukommen zu lassen.

Sie wählte die Festnetznummer, obwohl sie davon ausging, ihn dort tagsüber nicht zu erreichen. Überraschenderweise war er zu Hause. Angeblich arbeitete er doch so viel, weil ohne ihn gar nichts lief. Er begann sofort, von den rosafarbenen Töchtern zu erzählen und wie schön sie es sich an den Feiertagen machen würden. Vermutlich noch mehr Lichterkitsch im Garten. Stefanie würde sich bedanken. Mittendrin schien ihm einzufallen, dass da doch noch etwas war, nämlich der trauernde Sohn, den er jetzt mimen musste. Er erwähnte die Beerdigung, um die er sich jetzt auch kümmern müsse, und was seine Mutter sich dafür gewünscht habe.

»Das noch ausstehende Geld für Dezember überweise ich Ihnen demnächst, falls Sie deswegen anrufen.«

»Nein, deswegen nicht«, sagte Isabel. »Haben Sie eigentlich Georg über den Tod Ihrer Mutter informiert?« Der aufgeregte alte Mann mit dem karierten Schal und dem Blumenstrauß in der Hand, der vor Elfis Haus gestanden hatte. Isabel fragte sich, ob ihm eigentlich jemand Bescheid gab oder ob er noch wochenlang vergeblich klingelte, bis irgendwann Elfis Name entfernt war, nachdem Baumann junior die Wohnung sehr teuer verkauft hatte.

»Georg? Welcher Georg? Ich kenne keinen Georg.«
»Der Freund Ihrer Mutter.«

»Freund meiner Mutter? Was reden Sie denn da? Meine Mutter hatte keinen Freund. Wie das überhaupt klingt, Freund, ich bitte Sie, meine Mutter war über achtzig.«

»Ach, mit über achtzig hat man keinen Freund mehr? Ich rufe aber aus einem anderen Grund an.

Wegen Manuela. *Manuela.* Dieser Name sagt Ihnen doch sicher etwas?«

Mit einem Mal war Baumann junior verstummt. Keine Töchter, keine glückliche Familie, keine ausufernde Selbstbeweihräucherung. Auch keine Muttertrauer. Isabel hörte ihn am anderen Ende schnaufen.

»Woher haben Sie diesen Namen?«

»Dazu komme ich gleich. Mir ist aber nicht nur der Name Manuela ein Begriff, sondern auch alles Mögliche andere. Der Swimmingpool in Zehlendorf zum Beispiel. Fällt Ihnen dazu etwas ein?«

»Swimmingpool, ja und? Wir hatten in Zehlendorf einen Swimmingpool. Von dem habe ich Ihnen wahrscheinlich selbst erzählt. Oder meine Mutter.«

»Der Swimmingpool war bloß eine Art Antesten, oder? Sehen, wie lange Manuela die Luft anhalten kann. Um es ihr mal zu zeigen.«

»Was reden Sie denn da? Im Übrigen kenne ich gar keine Manuela.«

»Ich denke schon. Aber um Ihnen auf die Sprünge zu helfen, sie war Lothars kleine Schwester. Lothar, Sie erinnern sich ja sicher, der junge Mann, der sich damals in Zehlendorf um den Garten gekümmert hat.«

»Ich weiß beim besten Willen nicht, was Sie meinen. Mir gefällt auch nicht, wie sich dieses Gespräch entwickelt. Wir beenden das jetzt.«

»Jedenfalls konnte Manuela wohl eine ganze Weile die Luft anhalten«, sagte Isabel, »oder Sie meinten es da noch nicht so ernst. Aber nach der Sache mit dem Swimmingpool wurde sie dann richtig fies. Wurde frech und unerträglich. Meinte, sich alles erlauben zu können, die Schlampe. Sie waren ziemlich scharf auf die Schlampe, oder? Oh, Verzeihung, Ihre Mutter drückte sich ein bisschen gewählter aus. Wie alt waren Sie da? Sechzehn? Siebzehn? Klar, übersprudelnde Hormone und so weiter. Jetzt habe ich endlich verstanden, was Ihre Mutter damit meinte, dass der Junge seine Nöte hatte. So nannte sie das. Nicht so ganz verstanden habe ich, wie Sie das genau gemacht haben. Und warum das alles einfach so im Sande verlief. Warum es gar nicht richtig untersucht wurde. Einfach so abgehakt. Aber ich schätze, dafür haben Ihre Eltern und die richtigen Beziehungen schon gesorgt. Und um die Schlampe war es ja auch nicht schade.«

»Woher wollen Sie das alles denn bitte schön wissen?«, sagte Baumann junior. »Das ist ja völlig absurd. Sie haben eine blühende Fantasie, das muss ich Ihnen lassen. Und wenn ich Sie erinnern darf, gestern ist meine Mutter gestorben. Ich erwarte ein respektvolleres Verhalten. Aber jemand wie Sie weiß natürlich gar nicht, was das ist. Ich erkläre dieses absurde Gespräch hiermit für beendet.«

Das könnte ihm so passen, dachte Isabel. Nicht so, wie du willst. Sie erwähnte Elfis Buch. Baumann junior legte nicht auf, schwieg jedoch. Isabel hörte sein Schnaufen und wie er ständig schluckte. Dann atmete er schneller, und die Akustik veränderte sich. Er schien den Ort zu wechseln.

»Was für ein Buch?«, zischte er.

»Aufzeichnungen Ihrer Mutter.«

»Aufzeichnungen? Meine Mutter hat nie etwas *aufgezeichnet*. Woher haben Sie das?«

»Gestern mitgenommen. Aus der Wohnung Ihrer Mutter. Ich habe Ihre Mutter ja tot aufgefunden, falls Sie sich erinnern. Und dieses Buch habe ich dann, sagen wir, gefunden.«

»Sie verdammte kleine Diebin! Was bilden Sie sich ein? Sie haben sich an fremdem Eigentum vergriffen! Sie händigen mir dieses Buch aus. Sofort.«

»Ja, ja, wirklich verwerflich. Wissen Sie, ich dachte, das interessiert Sie sowieso nicht. So wie Sie sich insgesamt nicht besonders für Ihre Mutter interessiert haben, wenn ich das richtig sehe.«

»Ihnen ist schon klar, dass ich Ihre Adresse kenne, oder?«

»Ja. Und?«

»Es kann ganz schnell was passieren. Schneller, als Sie denken.«

Die Geräusche veränderten sich wieder, Isabel hörte Schritte, schnelles Atmen, zuklappende Türen, bis es schließlich so klang, als befände er sich in einem sehr kleinen Raum.

»Hör mir gut zu«, sagte er. »Ich weiß, wo du wohnst. Du händigst mir verdammt noch mal dieses Buch aus. Falls du nicht sowieso nur bluffst. Zuzutrauen wär's dir ja. Aber eins sage ich dir, du legst dich mit dem Falschen an. Du bist mir nicht gewachsen. Willst du mir drohen, oder was? Ich glaube, du weißt gar nicht, mit wem du es zu tun hast. Du miese kleine Fotze. Weißt du was? Ich hätte nicht nur deine hässliche Nase, sondern deinen ganzen Proletenkopf demolieren sollen, zu Brei schlagen, dann wäre jetzt Ruhe. Mein Fehler.«

Wenn das seine Töchter hören könnten. Isabel klärte ihn nicht darüber auf, dass sie keinen Proleten-, sondern einen Mittelschichtskopf hatte, wenn auch aus einem tiefer gelegenen Segment als er.

»Manuela ist sicher nicht an einem Herzproblem gestorben«, sagte sie. »Wahrscheinlich hat sie nicht mal Drogen genommen, obwohl Ihre Mutter sich das gern eingeredet hat. Wie alt war sie überhaupt? Fünfzehn?«

»Sechzehn.«

»Wie Sie das gedreht haben, also vermutlich nicht Sie selbst, sondern Ihre Eltern, würde mich schon interessieren. Hat wirklich keiner genauer nachgeforscht? Alle Achtung. Haben Sie sie vorher eigentlich noch vergewaltigt? Sagen Sie nichts. Natürlich haben Sie. Sie hatten ja Ihre *Nöte*.«

»Was willst du von mir, du kleine Proletenfotze? Geld?«

Wenn das seine rosafarbenen Augensterne hören könnten.

»Ach, Geld ist immer gut.«

»Pass auf. Hör gut zu. Ich sage das nur einmal. Ich gebe dir fünftausend Euro. Weil ich so großzügig bin. Keinen Cent mehr. Und dann ist Schluss mit der ganzen Geschichte. Wir treffen uns. Bei dir. Wage es ja nicht, hier in Pankow aufzukreuzen. So was wie dich will ich nicht bei mir zu Hause haben. Ich verbiete dir auch, deine Freundin hier im Haus zu besuchen. Ich will dich hier nie wieder sehen, ist das klar? Und du gibst mir dieses Buch. Das Ganze ist total lächerlich, ich fasse es nicht.«

Auf die fünftausend Euro reagierte Isabel nur mit einem Lachen. Ihr Lachen rief erneutes Schnaufen auf der anderen Seite hervor, und nach einem Schwall weiterer Flüche bot Baumann junior ihr schließlich zehntausend an. Isabel wollte schon einwilligen – zehntausend waren eine Menge Schotter für sie. Bis ihr aufging, dass es vielleicht doch ein bisschen mager und knauserig war. Er verdiente doch so viel mit seiner Firma. Behauptete er zumindest. In diesem Metier war sie eindeutig noch ein Neuling.

»Das ist mir zu wenig.«

»Du kriegst wohl den Hals nicht voll? O Gott, das ist ja widerlich. Du bist das Allerletzte. Hör mir gut zu, ich weiß, wo du wohnst. In so einem Kellerloch in der Katzbachstraße. Das passt zu dir. Weiter wirst du es auch nie bringen. Ich hätte das letzten Monat im Park gleich erledigen sollen. Ein für alle Mal. Meinst du etwa, mit jemandem wie dir komme ich nicht klar? Ich komme mit allem klar. Und mit dir sowieso. Das ist eine meiner leichtesten Übungen. Meinst du, ich habe Angst vor dir? Das ist ja lächerlich. Das ist eine Nummer zu groß für dich. Ich will dieses Buch haben, hast du mich verstanden?«

Noch eine Nacht bis Heiligabend

Beim Frühstück hatte Babs ihr die ganze Zeit damit in den Ohren gelegen, dass Isabel die Polizei verständigen müsse. »Ja, ja, ist ja schon gut, ich hab's kapiert«, hatte Isabel entgegnet. Kein Wort mehr vom gemeinschaftlichen Wegschaffen des Toten. Somit stand Isabel wieder allein da. Ein Umstand, der sie normalerweise nicht allzu sehr störte, in diesem Fall aber den ursprünglichen Plan zunichtemachte. Denn dass sie es ohne Hilfe nicht schaffen würde, hatte sie inzwischen eingesehen.

Bevor sie zum Wurstbraten in der Markthalle aufbrechen musste, hatte Babs noch gesagt, dass sie ihr leidtue. Isabel glaubte zuerst, sich verhört zu haben. Sie, Isabel, tat Babs leid? Verkehrte Welt. Oder Babs bezog es auf die derzeitige Situation mit einem Toten in der Wohnung. Doch das meinte sie nicht. Sie habe Mitleid mit ihr, weil sie, wie Babs sich ausdrückte, eine *noch ärmere Sau* war als sie selbst. »Wir kennen uns ja schon so lange, und eigentlich wollte ich dir das nie sagen, aber ich weiß auch nicht, jetzt musste es mal raus.« Einsam seien sie beide, aber Isabel, so Babs, sei noch entschieden einsamer. Und sie habe immer gedacht, ich kann Isabel doch nicht aufgeben, ganz allein lassen, wer kümmert sich dann um sie?

»Das klingt jetzt sicher hart für dich, und damit hast du wohl auch nicht gerechnet, aber weißt du, das wollte ich dir schon lange mal sagen. Sagt man ja nicht so gern. Fällt mir auch schwer. Hat ein bisschen gedauert. Na ja, hat fünfzehn Jahre gedauert. Mensch, so lange kennen wir uns schon. Nimm's mir nicht übel. Ich stehe aber zu dir, egal, was passiert. Ich stehe zu dir. Du kannst auf mich zählen. Hat Godzilla auch genug zu essen? Und hast du sein Wasser aufgefüllt?«

Was für eine Eröffnung. Isabel war fünfzehn Jahre davon ausgegangen, dass Babs ihr Bewunderung entgegenbrachte. Nicht nur Bewunderung, sondern sogar eine gewisse Ehrfurcht. Was sollte das? Aber jetzt war nicht die Zeit, darüber nachzudenken.

Sie rechnete den ganzen Tag mit irgendwelchen Ausfallerscheinungen, dass sie schlappmachte, dass sie in der Toilette bei Job zwei zusammenbrach oder, noch schlimmer, am Schreibtisch, während Patrick, der auf jede kleine Schwäche lauerte, zusah, doch nichts dergleichen trat ein. Sie war ruhig. Sie erledigte ihre Arbeit und übte im Geist ihren Text. Der Text musste sitzen. Sie übte ihn so lange, bis sie am Ende selbst daran glaubte.

Die Polizisten wirkten nicht misstrauisch. Zumindest anfangs nicht. Isabel hatte sich vorgenommen, nicht auf ihre Reaktionen zu achten, die sie früher oder später höchstwahrscheinlich verunsichert hätten, sondern sich stattdessen stur an ihr Skript zu halten. Die Polizisten forderten weitere Kollegen zur Sicherung möglicher Spuren an. Sie notierten sich Isabels Arbeitsstelle, Babs' vollständigen Namen und ihre Adresse. Sie prüften das Türschloss und die vergitterten Fenster. »So ein eigener Privateingang, das hat ja was«, sagte einer von ihnen. Ein Arzt traf ein und untersuchte den Toten. Währenddessen wühlten die Polizisten in Isabels Küchenschubladen herum und betrachteten jedes Messer und jede Schere einzeln. Sogar die Geflügelschere. Der Tote wurde mehrfach fotografiert. Isabel beteuerte, ihn nicht angerührt zu haben.

Fotografiert. Ihr fiel etwas ein, das sie vergessen hatte.

»Darf ich die Toilette benutzen?«, fragte sie den Beamten, der am jüngsten aussah.

»Äh, also eigentlich … ich weiß nicht …«

Isabel bemühte sich um ein frauenleidendes Gesicht.

»Also gut, ja, gehen Sie nur.«

Im Bad zog Isabel ihr Smartphone aus der Hosentasche und suchte fieberhaft nach dem Bild, das sie von den Einsfünfundachtzig neben dem Küchentisch gemacht hatte. Gestern oder vorgestern, sie konnte sich nicht mehr erinnern. Sie hatte sich dafür extra auf den Boden gelegt. So ein Anblick, hatte sie gedacht, böte sich ihr niemals wieder. Sie löschte es.

Sie konnte sich überhaupt nicht mehr vorstellen, wie es ihr möglich gewesen war, das ganze Wochenende mit ihm in einer Wohnung zu verbringen. Zwischendurch hatte sie sogar ein bisschen geschlafen. Das war unglaublich. Total ekelhaft. Wie gut, dass sie ihrem ersten Impuls, das Blut wegzuwischen, nicht gefolgt war. Besonders viel Blut war es ohnehin nicht. Nicht auszudenken, wie es hier nach dem Durchtrennen einer Schlagader ausgesehen hätte. Vermutlich wäre sein Blut dann sogar bis auf das teure Bild über dem Küchentisch gespritzt. Jetzt war ihr ernstlich übel, und sie musste es gar nicht vorspielen, die Übelkeit, das Entsetzen.

Die Polizisten schienen Isabel die Geschichte abzunehmen. Sie hatte das gesamte Wochenende, von Freitagabend an, bei ihrer Freundin Babs verbracht. Babs litt unter Liebeskummer. »Wirklich ganz schlimmer Liebeskummer, ich hatte schon Angst, sie könnte sich was antun.« Sie musste aufpassen, dass sie nicht übertrieb. Hatte Babs heute Morgen ernsthaft gesagt, sie habe Mitleid mit ihr? Was bildete sie sich ein?

Wie befürchtet öffnete ein Polizist die Tür zur Kammer. »Ist bloß eine Besenkammer. Ach nein, hier steht eine Staffelei. Und Farben und Bilder. Sind Sie eine Künstlerin oder so?«

»Nein. Mache ich in meiner Freizeit. Zur Entspannung.«

»Komische Motive«, sagte er. »Ich mag bei Bildern ja lieber schöne Motive.«

Sie überlegte, was er alles zu Gesicht bekommen hatte. Falls er überhaupt richtig hingesehen hatte. Ein Großteil der Bilder war recht klein. Diverse Füße. Von Insekten. Spinnen. Von Hunden, Katzen, Vögeln. Menschliche Füße mit Fehlstellungen, die auch in Schuhen erkennbar waren. Der Fuß einer Krähe auf einem platt gedrückten Coffee-to-go-Becher. Ein Käfer auf dem Rücken neben einem Löwenzahn, sich nähernde Ameisen. Eine Pfütze, in der sich Licht spiegelte, mit Zigarettenkippen und zertretenem Kaugummi. Unkraut unter sich. Ins Pflaster gestampfte Kronkorken auf der Admiralbrücke.

Godzilla ließ sich die ganze Zeit nicht blicken. Kein Wunder bei den vielen Leuten. Isabel konnte es ihm nicht verdenken.

»Meerschweinchen?«, fragte einer der Polizisten und zeigte auf den Käfig.

Wie sollte ein Meerschweinchen in Godzillas Schlafbox passen?

»Goldhamster.«

»Aha. Hatte ich als Kind auch mal. Ist dann abgehauen. Haben wir nie wiedergefunden.«

Dem Polizisten schien nichts aufzufallen, aber Isabel dafür umso mehr. Sie hatte einen Fehler gemacht. Einen großen, unverzeihlichen Fehler. Niemand, der die letzten zwei Tage woanders verbracht hatte und dann nach Hause kam, fütterte als Erstes in aller Seelenruhe den Hamster, wenn neben dem Tisch eine Leiche lag.

»Dem ist das hier zu viel Trubel«, sagte sie und trat beiseite, um von dem vollen Napf abzulenken.

»Ja, kann ich mir denken.«

Irgendwann brachten zwei Männer einen Zinksarg in die Wohnung. Sie öffneten ihn, fassten die

Einsfünfundachtzig an Achseln und Füßen und hoben ihn hinein. Routiniert. Mühelos, wie es schien. Anschließend verschlossen sie den Sarg mit seiner Fracht darin wieder und trugen ihn weg. So einfach ging das also. Es sah aus wie ein Kinderspiel. Nur bei den sieben steilen Stufen nach oben fluchten sie leise.

Einer der Polizisten in Zivil trat auf Isabel zu. Unangenehm nah. Er war mit einer dunklen Lederjacke und Jeans bekleidet, fast genauso wie die beiden im Urban-Krankenhaus.

Er machte keine Anstalten, den Abstand zwischen ihnen zu vergrößern, kam sogar noch näher, bis sie das Leder seiner Jacke roch, und griff nach ihrem Arm. »Sind Sie so weit, Frau Keppler? Wir müssen jetzt gehen.«

31
Sechsundzwanzigster Dezember

Babs war wieder die Alte. Gute treue Babs. Kein Wort mehr davon, dass sie angeblich seit fünfzehn Jahren Mitleid mit Isabel hatte. Ihre Freude, den gefürchteten Heiligabend, der ihr sonst nur Einsamkeit bescherte, mit Isabel zu verbringen, war viel zu groß.

»Klar kommst du zu mir, die ganzen Feiertage«, hatte sie gesagt. »Wir machen es uns richtig schön.«

Am Tag vor Heiligabend hatte sich schnell herausgestellt, dass Isabel vorerst nicht in ihrer Wohnung verbleiben durfte. Also entschied sie sich für das Naheliegendste und fuhr wieder zu Babs nach Neukölln. Niemand hinderte sie daran. »Die Adresse dieser Freundin haben wir ja«, sagte der Typ in der Lederjacke. »Sie hat wohl immer noch Liebeskummer, was?«

»Ja, ein besonders schwerer Fall.«

Am ersten Feiertag loggte Isabel sich bei Babs ins Online-Banking ein. Normalerweise sah sie hierbei nur Unerfreuliches. Diesmal nicht. Eingang zwanzigtausend Euro, von M. Baumann vier Tage vor Heiligabend angewiesen. Er hatte es »Auslagen« genannt, genauso wie ihren Lohn für die Elfi-Dienste. Ein schönes und ganz unverhofftes Weihnachtsgeschenk. Wie gut, dass er das noch rechtzeitig erledigt hatte. Guter Mann. Sie war nicht mehr dazu gekommen, ihm eine Frist zu setzen, bis wann sie es spätestens erwartete. Isabel war noch ganz neu in diesen Dingen.

Im ersten Moment erschien es ihr so viel, dass sie sich vorkam wie Dagobert Duck, was natürlich reichlich übertrieben war. Sie überwies Stefanie die geliehenen viertausend für das Blätterbild, danach Frau Stubenrauch die noch fehlenden viertausend. Die Polizei würde sich wohl kaum für solche finanziellen Transaktionen interessieren. Oder doch? Die Galeristin hatte sich, ohne zu murren, mit einer Zahlung in zwei Raten einverstanden erklärt. Nun blieben Isabel immer noch zwölftausend. Damit sah ihr Konto richtig gesund aus. Eindeutig Weihnachten.

»Wir haben noch nie Weihnachten zusammen verbracht«, sagte Babs. »Dabei kennen wir uns schon so lange. Dass ich das noch erleben darf. Zwei einsame alte Schachteln wie wir.«

Isabel wies sie nicht darauf hin, dass sie sich selbst weder als einsam noch als alte Schachtel betrachtete.

Sie erwähnte die Weihnachtskarte ihrer Mutter, und Babs beichtete ihr, dass sie Isabels Eltern ihre Adresse mitgeteilt hatte. Also doch kein Mysterium. Weil sie Isabel immer zu hart ihren Eltern gegenüber fand. Seit zehn Jahren kein Kontakt, sagte sie, das tue ihr selbst richtig weh.

»Ich habe sie angerufen«, sagte sie. »Ist schon eine Weile her, irgendwann letzten Monat. Echt krass, dass die noch im Telefonbuch stehen. Deine Mutter war dran. War zuerst ein bisschen kühl. Aber ich bin ja auch eine Wildfremde für sie, kann man ja verstehen. Ich glaube, zuerst dachte sie, dir ist irgendwas passiert. Aber dann hat sie sich gefreut. Wir haben richtig lange gequatscht, die hat abgedrehte Sachen über dich erzählt. Dass du als Kind nicht schnell Freundschaften geschlossen hast und so was. Immer rumgemeckert hast. Du warst wohl als Kind schon gestört, was? Und dass sie sich deswegen Sorgen gemacht hat. Dass du dich oft nicht an Gesprächen beteiligt hast. Nur rumgesessen hast und alle beobachtet. Du warst ihr manchmal unheimlich, hat sie gesagt. Echt krass, dass sie mir so was über dich erzählt, was? Na ja, sie hat's sicher nur gut gemeint.«

Nach ihrer Beichte erwartete Babs offenbar ein Donnerwetter, doch das blieb aus. Isabel nahm das Ganze gelassen. Es gab wahrlich Schlimmeres als eine Weihnachtskarte ihrer Mutter.

Dieses Jahr hatte sie sogar ein Geschenk für Babs, einen recht teuren Korkenzieher, den sie sich wünschte, obwohl die meisten Weinflaschen inzwischen einen Schraubverschluss hatten und Babs sowieso nie Wein trank, sondern immer nur Bier, aber ihrer war kaputtgegangen, und sie wollte für den Besuch der großen Liebe gerüstet sein, der ihrer Meinung nach unmittelbar bevorstand. Ein Geschenk und auch Geschenkpapier, silberne Sterne auf goldfarbenem

Grund, aber angesichts der Situation in ihrer Wohnung in den vergangenen Tagen und der Polizei hatte Isabel es zu Hause vergessen.

Mittags gingen sie eine Runde im Treptower Park spazieren. Danach kramte Babs in einem Schrank herum und förderte Brettspiele zutage. Sie spielten erst Schach, was sie beide nicht konnten, dann Scrabble, was Babs nicht mochte, und am Schluss Mühle. Sie spielten »Was ist das schlimmste Wort, das dir einfällt«, wobei die geäußerten Worte nicht wirklich schlimm waren, Graupensuppe, Untermietvertrag, Stufenbarren und ähnliche harmlose Albernheiten. Sie sahen fern, quer durch alle Kanäle. Das Thema Polizei vermieden sie konsequent. Isabel schaltete ihr Handy aus, obwohl sie ja immer erreichbar bleiben sollte, wie die Polizisten ihr eingeschärft hatten. Niemand klingelte an Babs' Tür. Es war ein sehr friedliches Weihnachten und hätte, wäre es nach Isabel gegangen, endlos so weitergehen können. Fehlte nur noch ein Besuch in der Kirche. Die Ruhe vor dem Sturm, dachte sie.

Sie konnte nicht meckern. Bisher war alles hervorragend gelaufen. Viel besser als erwartet. Isabel wusste nicht genau, wo sie sich selbst Weihnachten gesehen hatte, vielleicht in Untersuchungshaft? Jedenfalls nicht friedlich und völlig entspannt und mit Brettspielen befasst in Babs' Wohnung. Ein wenig vermisste sie ihre fensterlose Kammer, und das ausgeklappte Sofa bescherte ihr Rückenschmerzen, aber die nahm sie gern in Kauf. So wie es aussah, würde sie

einfach ihr gewohntes Leben fortsetzen. Am achtundzwanzigsten musste sie zu Job zwei. Würde sie noch zu
Job zwei fahren, so wie immer?

32
Zwischen Weihnachten und Neujahr

Die Katzbachstraße ähnelte einer viel zu kleinen, zweispurigen Autobahn, inklusive Lärm und Abgasen, einer Autobahn von Tempelhof und Schöneberg in Richtung Kreuzberg und Mitte. Und umgekehrt. Alle wollten den vollgestopften Mehringdamm umgehen und fuhren hier entlang. Immer. Den ganzen Tag. Und neuerdings hatte es den Anschein, als wäre insbesondere der kurze Teil der Katzbachstraße, der direkt gegenüber dem Viktoriapark lag, der Mittelpunkt der Welt, an dem sich alles traf.

Berlin war viel kleiner, als man glaubte. Isabel begegnete andauernd Bekannten auf der Straße, in Bars, Restaurants, in der U-Bahn, bei Karstadt am Hermannplatz, aber normalerweise nicht direkt vor ihrer Haustür. Einige Male war es schon vorgekommen, dass Leute vor ihrer Privattür standen und sagten: »Entschuldigung, ist das hier eine Ferienwohnung?« – »Wie kommen Sie denn darauf?« – »Dachten wir so. Die sind doch auch oft im Keller. Haben wir schon gesehen. Villa Souterrain. Bella Souterrain.

Oder?« – »Nein, das ist ganz sicher keine Ferienwohnung.«

Isabel erkannte sie schon aus vielen Metern Entfernung, obwohl sie sie zuerst nur von der Seite sah. Die Frau starrte auf die Tür, ein wenig unsicher, aber auch verärgert, weil ihr nicht geöffnet wurde. Isabel erkannte sie an ihrer Statur und daran, wie sie den Kopf hielt. Sogar den Mantel glaubte sie zu kennen, denn wenn sie sich nicht täuschte, hatte ihre Mutter ihn schon vor zehn Jahren besessen. Sie passte nicht hierher. Nicht auf diese Straße, nicht in diese Stadt und nicht in Isabels Leben.

Sie kam gerade von der Polizei. Das zweite Mal innerhalb kurzer Zeit. Ihr Skript hatte sie inzwischen so verinnerlicht, dass es ihr nicht schwerfiel, sich daran zu halten. Es war wie ein lange eingeübtes Gebet. Sie musste nur aufpassen, es nicht irgendwann völlig gelangweilt herunterzuleiern. Die drei Tage vor Weihnachten hatte sie bei Babs in Neukölln verbracht. Babs hatte darum gebeten. Babs hatte Liebeskummer. Diesmal nannte Isabel es anders: Depressionen. Liebeskummer klang zu niedlich und nicht erwachsen und nicht ernst. Natürlich habe sie sofort alles stehen und liegen lassen, als sie hörte, in welcher Verfassung Babs war. Ob sie es noch oft erzählen musste? Oder war sie endlich frei?

Ihre Mutter war zehn Jahre älter geworden, aber unverkennbar ihre Mutter. »Willst du mich nicht hereinbitten?«, sagte sie. »Ich habe zuerst gar nicht verstanden, wo der Eingang ist.« Sie lachte nervös. »Ich dachte schon, die Hausnummer stimmt nicht. Dein Vater lässt dich übrigens grüßen. Er wollte lieber im Hotel bleiben.«

Ihre Mutter sollte sich jetzt eigentlich dazu äußern, warum sie aus heiterem Himmel und ohne vorherige Ankündigung vor ihrem Haus stand, aber das tat sie nicht. Natürlich nicht. Hatte sie auf der Weihnachtskarte ihren Besuch erwähnt? Nein. Auch nicht zwischen den Zeilen. Isabel schloss die Tür auf. Sie war jetzt seit Tagen nicht mehr in ihrer Wohnung gewesen und versuchte sich zu erinnern, ob das Polizeiaufgebot einen Tag vor Heiligabend Spuren hinterlassen hatte. Das wievielte Mal hatte sie ihren Text heruntergebetet? Sie wunderte sich, dass man sie einfach hatte gehen lassen, mit der ausdrücklichen Erlaubnis, ihre Wohnung wieder betreten zu dürfen. Sie fing an zu lachen, weil sie sich vorstellte, das alles wäre ein paar Tage früher passiert und ihre Mutter hätte, nach zehn Jahren Funkstille, als Erstes einen Toten neben ihrem Küchentisch gesehen.

Ihre Mutter fragte, was denn so lustig sei.

»Ach, gar nichts. Ist nur schon so lange her.«

»Unsere Schuld war das nicht«, sagte ihre Mutter. »Du hast ja den Kontakt abgebrochen. Wir hatten nicht mal deine Adresse, all die Jahre über.«

Nachdem sie den winzigen Vorraum durchquert hatten und in der Wohnung standen, sagte ihre Mutter: »Hier wohnst du? Ich dachte, du zeigst mir zuerst deinen Keller, obwohl mich das ja ein bisschen gewundert hat, ich meine, wer zeigt schon zuerst seinen Keller, und danach gehen wir hoch in deine Wohnung. Ist das hier überhaupt eine richtige Wohnung?«

»Na ja, hier stehen Möbel, wie du siehst, und ja, es ist eine richtige Wohnung. Meine Wohnung. Was dagegen? Mir gefällt sie.«

Ihre Mutter zog den Mantel aus und hielt ihn unschlüssig in der Hand. »Hast du keine Garderobe?«

»Nein. Du musst ihn wohl über einen Stuhl legen.«

»Und kalt ist es hier. Vielleicht sollte ich den Mantel besser anbehalten.«

»Ich war ein paar Tage nicht zu Hause.«

Isabel nahm ihrer Mutter den Mantel ab und legte ihn auf den erstbesten Stuhl. Dann schaltete sie die Heizung ein. Offenbar konnte ihre Mutter sich nicht überwinden und irgendwo Platz nehmen, nicht einmal umhergehen und neugierig alles in Augenschein nehmen. Sie stand mitten im Raum, rührte sich nicht und drückte ihre Handtasche gegen die Brust. Isabel fiel der Blutfleck neben dem Tisch ein. Er sah nicht aus wie vergossener Rotwein. Noch waren sie weit genug davon entfernt. Es war wohl kaum davon auszugehen, dass die Polizei geputzt hatte.

Ihre Mutter löste sich aus ihrer Erstarrung und fragte nach dem Badezimmer. Isabel zeigte es ihr. Statt sie auf den Stuhl zum Mantel zu legen, nahm ihre Mutter die Handtasche mit. Sehr misstrauisch. Aber dafür hatte sie sicher ihre Gründe. Während sie sich im Bad aufhielt, holte Isabel schnell den kleinen Teppich aus ihrem Schlafzimmer und legte ihn neben den Küchentisch, direkt auf den Fleck. Sie sah sich um. Schloss offenstehende Schubladen. Sie konnte auf Anhieb nichts entdecken, das nach Verbrechen und Polizei aussah.

»Du hast ja nicht mal einen Halter für das Toilettenpapier«, sagte ihre Mutter, als sie zurückkam. Isabel ging nicht darauf ein und machte sich daran, Kaffee zu kochen. Was sollte sie sonst tun? Vermutlich war es angebracht, ihrer Mutter nach zehnjähriger Funkstille einen Kaffee anzubieten.

Ihre Mutter sah sich um, spähte ins Schlafzimmer, wagte aber nicht, geschlossene Türen zu öffnen.

»Hier sieht es ein bisschen aus wie bei einer Studentin«, sagte sie.

Woher wollte ihre Mutter wissen, wie es bei einer Studentin aussah?

»Hast du überhaupt richtig studiert? Wir haben ja nie etwas von dir mitbekommen. Schon in deiner Schulzeit nicht. Und was ist hier drin?« Sie zeigte auf Godzillas Käfig. Godzilla, Isabel hatte ihn ganz vergessen. In seinem Napf lag noch ein Rest Futter, und genug Wasser war auch noch da. Von ihm war nichts zu sehen oder zu hören, aber jetzt war auch seine Schlafenszeit.

»Goldhamster.«

»Goldhamster?«, sagte ihre Mutter. »Aha. Ist das nicht eher ein Haustier für Kinder?«

Sie war alt geworden, stellte Isabel fest, als sie sich am Küchentisch gegenübersaßen. Nicht richtig alt, aber die zehn Jahre waren ihr anzusehen. Und gleichzeitig sah sie genauso aus wie früher.

»Wir dachten ja immer …«, fing ihre Mutter an.

Nein, sag's nicht.

»Wir dachten ja immer, dass du vielleicht Medizin studierst und Kinderärztin wirst.«

Kinderärztin? Das war Isabel ganz neu.

»Oder vielleicht eine Stelle bei uns im Ort in der Verwaltung annimmst. Dann hättest du dein Auskommen.«

Das war hingegen nicht so neu, die Idee mit einer Stelle in der Verwaltung hatte ihre Mutter auch früher schon gehabt.

»Mach dir um mein Auskommen mal keine Sorgen«, sagte Isabel.

»So üppig kann das ja nicht sein, wenn ich mich hier so umblicke.«

Vermutlich wäre es nach zehn Jahren angebracht gewesen, sich nach dem Wohlergehen der Eltern zu erkundigen, nach Gesundheit, ihrem Bruder, nach dem Haus in der süddeutschen Provinz, nach anderen Verwandten und so weiter, aber Isabel fragte nicht. Ihre Mutter beäugte zwischen zwei Schlucken immer wieder kritisch ihre Tasse, als erwartete sie, dass sie nicht sauber war.

»Es hat ja wohl keinen Zweck, dich zu fragen, ob du Silvester mit uns verbringen willst. Wir bleiben nämlich über Silvester hier. So ein Städtetrip, dachten wir, ist mal was anderes. Obwohl ich wirklich nicht sagen kann, dass mir die Stadt gefällt. Der ganze Dreck überall und diese Häuserschluchten, man fühlt sich ja regelrecht eingesperrt, und die Leute, die draußen herumlungern, die vielen Ausländer. Und die ganzen Bettler. Es ist so verwahrlost.«

Immerhin fragte sie, wovon Isabel lebte. Isabel beschrieb ihre beiden Jobs möglichst knapp, sodass man sich kaum etwas darunter vorstellen konnte. Elfriede Baumann ließ sie weg, aber diesen halben Job hatte sie ja ohnehin verloren. Nach einem Partner fragte ihre Mutter nicht. Oder nach einem Kind. Isabel hätte inzwischen ja massenhaft Kinder in die Welt setzen können. Allerdings, wenn sie sich so umblickte, nach einem Kind sah es hier im Keller nicht aus. Abgesehen vom Hamster.

Ihre Mutter machte die ganze Zeit den Eindruck, als wollte sie gleich wieder los und als befürchtete sie Gift im Kaffee. Sie fühlte sich sichtlich unwohl, aber Isabel sah nicht ein, ihr entgegenzukommen und herauszuhelfen. Schließlich fühlte sie sich selbst auch unwohl. Keine von ihnen sagte, dass sie sich über das Wiedersehen freue. Isabel war sich auch nicht sicher, ob sie sich freute. Es war schon immer etwas kühl zwischen ihnen zugegangen. Am meisten wunderte sie sich darüber, dass sie sich gar nicht wunderte. Hätte ihre Mutter ihr nach so langer Zeit nicht anbieten müssen, sie zum Essen einzuladen? Wäre das nicht der übliche Gang der Dinge gewesen? Ihre Mutter saß ihr nach all den Jahren unverhofft am Küchentisch gegenüber, und Isabel dachte an die Polizei, warum sie sie so schnell hatten gehen lassen, warum sie wieder in ihre Wohnung durfte, sie dachte an die zwanzigtausend, jetzt nur noch zwölftausend, an Elfis Buch und daran, dass sie unbedingt den Blutfleck von den Dielen wischen musste.

Ihre Mutter bat um einen Zettel und notierte ihre Mobilnummer. »Vielleicht überlegst du es dir ja noch mal mit Silvester. Wir würden uns freuen, dein Vater und ich. Wir fahren am zweiten Januar zurück.«

Sie nahm ihre Handtasche hoch, die sie wie im Restaurant neben sich auf den Boden gestellt hatte, ungefähr an der Stelle, an der seine Füße gelegen hatten, setzte sie auf ihren Schoß, öffnete Reißverschlüsse oben und im Inneren der Tasche, wühlte eine Weile herum, erwähnte, dass man hier ja überall Angst haben müsse, ausgeraubt zu werden, und zog einen Umschlag hervor. Dem Umschlag entnahm sie fünfhundert Euro in Fünfzigern und legte sie auf den Tisch.

»Ich will, dass du das annimmst«, sagte sie.

Isabel hatte nicht die Absicht, es zurückzuweisen.

»Und so, wie es hier aussieht, kannst du das sicher gebrauchen.«

Es entbehrte nicht einer gewissen Komik. Anfang Oktober hatte Ferdi genau dieselbe Summe in Fünfzigern auf den Tisch gelegt. Für ihre Mutter allerdings musste Isabel keinen Schreibworkshop besuchen.

»Und wie kommst du zurück zum Hotel?«, fragte Isabel. »Mit der U-Bahn?«

»U-Bahn? Ach nein, lieber nicht. Dein Vater und ich haben das ein paar Mal gemacht, aber was für Leute darin sitzen. Ich nehme mir ein Taxi. Das ist zwar teuer, aber das geht schon mal. Und hier findet man ja schnell ein Taxi.«

Sie standen auf, und Isabel reichte ihrer Mutter den Mantel. Es war doch nicht der, den sie noch von früher kannte, er sah ihm nur ähnlich. Die Sparsamkeit, mit der Isabel aufgewachsen war, wandte ihre Mutter zwar auch bei sich selbst an und sagte oft Dinge wie »das ist doch noch gut«, aber neue Kleidung, Kleidung, die in ihren Augen etwas hermachte, mochte sie dennoch.

»Du meldest dich bei uns?«, sagte ihre Mutter. »Wie gesagt, wir sind noch bis zum zweiten Januar hier.«

Der Besuch hatte nicht länger als eine halbe Stunde gedauert. Ihrer Mutter war es sicher schwergefallen, sich hierher zu wagen. Hatte Isabel sich so ein Wiedersehen mit ihr vorgestellt? Hatte sie sich das überhaupt je vorgestellt? Ihre Mutter sagte, während sie zur Tür gingen, noch etwas von »Bindungen«, die Familie, so enge, tiefe Bindungen, dass sie nie gelöst werden könnten. Ein Wiedersehen mit ihr hatte Isabel sich zumindest ganz sicher nicht hier vorgestellt. Aber immerhin hatte ihre Mutter sie nicht enttäuscht. Zur Wohnung im Souterrain, zu den zusammengewürfelten Möbeln, dazu, dass sie nicht einmal ein Auto besaß, hatte sie mit ihrer vertrauten Naserümpfhaltung, die übrigens kein bisschen gealtert war, sondern so frisch wie eh und je, das gesagt, was Isabel erwartet hätte. Langweilig, wenn genau das eintrat, was man erwartete.

»Da hängt was«, sagte ihre Mutter. »Das ist mir schon aufgefallen, als ich vor der Tür stand. Das ist ja vielleicht wichtig.«

Isabel blickte zum Fenster, auf das ihre Mutter deutete. Außen am Gitter hing ein kleiner weißer Zettel.

Sie stieg vorneweg die sieben Stufen nach oben. Ihre Mutter folgte ihr. Aus Richtung Kreuzbergstraße näherte sich ein freies Taxi. Isabel hielt es an. Zum Abschied gab es eine hastige, unbeholfene, steife Umarmung und die nochmalige Aufforderung, sie solle sich Silvester doch bitte melden, bevor ihre Mutter ins Taxi stieg.

Als es davongefahren und außer Sichtweite war, ging Isabel zu ihrem vergitterten Fenster und löste den dort festgeklebten Zettel. Die Schrift war nach innen gerichtet, als sollte Isabel sie lesen, wenn sie aus dem Fenster auf Fahrräder, über den Gehweg ratternde Trolleys, auf Waden und Hundeschnauzen blickte. Dicker Filzstift. Große Buchstaben. Es war eine Botschaft. Eine unmissverständliche. Alles wiederholte sich. Das konnte doch gar nicht sein. Diese Botschaft hatte sich im Landwehrkanal aufgelöst, auf Höhe des Urban-Krankenhauses. Das konnte nicht sein. Damit war längst Schluss.

Noch drei Tage bis Heiligabend

Isabel war früh nach Hause gekommen, kurz nach Mitternacht. Es hatte Zeiten gegeben, in denen sie im Morgengrauen oder noch später heimgekehrt war und beim erstbesten Bäcker einen Kaffee getrunken hatte, bevor sie zu Hause in einen tiefen Schlaf fiel und erst am späten Nachmittag wieder wach wurde. Das schien lange her. Neununddreißig. Was sollte man da schon erwarten.

Der Hunger machte sich schon auf dem Heimweg bemerkbar. Sie hatte unbändige Lust auf Pizza, oder wenigstens Pommes, irgendetwas Fettiges, Salziges, aber die Schlange vor dem Curry 36 auf dem Mehringdamm in der Nähe der Finanzamt-Ritterburg war schier endlos. Also ging sie hungrig nach Hause. Irgendetwas fand sich schon in ihrem Kühlschrank.

Sie hatte den Abend mit ihrem Ex verbracht. Nicht Clemens, Gott bewahre, sondern derjenige vor Clemens. Er war zurzeit solo und nicht abgeneigt, wie Isabel schien, und vielleicht wurde ja wieder etwas aus ihnen. Es hatte sich zufällig ergeben. Er hatte angerufen, »nur so«, wie er sagte. »Ich habe nämlich gerade an dich gedacht. Bist du immer noch so schräg drauf? Das vermisse ich manchmal.« Spontan hatten sie sich für denselben Abend verabredet. Isabel teilte zwar nicht Babs' Ansichten, und im Unterschied zu ihr fühlte sie sich auch nicht verzweifelt und einsam, aber vielleicht war es auf Dauer ja wirklich besser, nicht allein zu sein. Sogar für sie. Genau genommen wusste sie gar nicht mehr genau, warum sie ihn damals verlassen hatte. Im Vergleich zu Clemens war er das reinste Paradies. Sie hatten einen ausgelassenen, vergnüglichen Abend zusammen verbracht. Genau das, was sie brauchte, wie ihr auf dem Heimweg auffiel. Sie brauchte Entspannung und musste einiges ad acta legen, bevor sie ihr gewohntes Leben fortsetzte.

Sie freute sich auf das teure Bild über dem Küchentisch, als sie in die Katzbachstraße einbog. Sie freute sich immer auf das Bild, es bereitete ihr gute Laune. Es war verrückt, es war viel zu teuer, aber dennoch oder gerade deswegen eine gute Idee. In wenigen Tagen war das Jahr vorbei. Isabel machte sich nichts aus dem ganzen Gute-Vorsätze-fürs-neue-Jahr-Theater, sie fasste weder gute noch schlechte Vorsätze, aber auf dem Nachhauseweg war sie sich plötzlich sicher, dass das neue Jahr genau das werden würde: gut. Sehr gut sogar. Sie könnte sich einen neuen Job suchen, Sonja, Patrick und Migränchen hinter sich lassen. Ihr Ex-Ex hatte am Abend angedeutet, er wisse da vielleicht etwas für sie.

Sie bemerkte ihn nicht sofort. Kaum zu glauben, allzu groß war die Wohnung schließlich nicht.

Und er nahm ziemlich viel Platz auf dem Boden ein. Doch Isabel ging zuerst ins Schlafzimmer, ohne den Küchentisch zu beachten, warf ihre Jacke auf einen Stuhl, zog die Schuhe aus und ging danach ins Bad. Im Bad fing sie vor dem Spiegel grundlos zu kichern an. Wahrscheinlich die Vorfreude auf das gute neue Jahr. Sie war bekifft und ein bisschen angetrunken.

Zuerst nahm sie ihn nur als Schatten aus dem Augenwinkel wahr. Ein Schatten neben dem Tisch, der nicht dorthin gehörte. Kurz erschrak sie, aber noch nicht richtig, denn in diesem Moment hielt sie den Schatten für etwas von ihr selbst achtlos Dahingeworfenes. Allerdings wunderte sie sich über die Größe des Dahingeworfenen. All das dachte sie in Sekundenbruchteilen. Ich habe, bevor ich ging, etwas neben dem Tisch liegen lassen. Ein Kleidungsstück. Eine Decke. Aber dafür ist es eigentlich viel zu groß.

Dann erkannte sie ihn.

»Du hättest dir ruhig Licht machen können«, sagte sie.

Er lag auf der Seite, einen Arm von sich gestreckt, der andere vor dem Bauch. Machte er ein Nickerchen auf ihrem Fußboden? Immerhin war er dezent genug, sie nicht unbekleidet in ihrem Bett zu empfangen. Das hätte noch gefehlt, dass er sie mit solcherlei Ansprüchen erpresste – ich bin der Hauptmieter, du wohnst hier nur zur Untermiete.

Isabel hielt das Ganze zunächst für einen Scherz. Einen besonders dämlichen Scherz. Sie erwartete, dass er sich vom Boden erhob und sagte: »Hi, Keppler.« Sie sprach laut und unfreundlich mit ihm, fragte ihn, was das solle, wieso er im Dunkeln neben ihrem Tisch lag, ob er das witzig fand. Es für eine tolle Überraschung hielt. »Ich hasse Überraschungen«, sagte sie. Ob er so an einem »guten Vermieter-Mieter-Verhältnis arbeiten« wolle, wie er gesagt hatte. Vermieter, pah, als wäre er ein Vermieter. Wut stieg in ihr auf. Sie würde ihm jetzt die Hölle heiß machen. So ging das nicht weiter, dass er sich eigenmächtig Zutritt zu ihrer Wohnung verschaffte, wann immer es ihm beliebte, Hauptmieter hin oder her. Er hatte hier nichts zu suchen. Sie musste sich beherrschen, nicht zu ihm zu stürzen und ihm einen heftigen Tritt zu verpassen.

Er sagte immer noch nichts. Isabel schaltete das Licht neben dem Tisch ein. Er rührte sich keinen Millimeter. Im Licht wirkte die Haut seines Gesichts unnatürlich blass. Wächsern. Die Bartstoppeln auf seiner Wange hoben sich scharf davon ab. Sie trat leicht gegen sein Bein. Nichts geschah. Sie wollte ihn auf keinen Fall anfassen, deshalb kniete sie sich neben ihn, beugte den Kopf, bis ihre Stirn auf dem Boden aufkam, direkt neben seinem Mund, und lauschte angestrengt. Kein Atmen. Isabel hörte nur ihren eigenen wildgewordenen Puls.

Hier war etwas falsch. Grundlegend falsch.

Als Nächstes hob sie vorsichtig seinen Arm an, der über dem Bauch lag, und sah die Wunde, den blutgetränkten Stoff seines karierten Hemdes. Sie ließ den Arm sofort wieder fallen. Dann sah sie das Messer auf der Arbeitsplatte. Blut an der Klinge. Ihr eigenes Messer, vor einer Woche gekauft.

Sie sollte sofort die Polizei verständigen, den Notarzt oder sonst wen, irgendjemanden, der für so etwas zuständig war. Jeder normale Mensch täte das.

Nicht nur ihr Ex-Ex hatte sie am Vormittag angerufen, sondern auch Ferdi. Er hatte um ein Treffen am Abend gebeten. Dringend. Sie müsse ihm bei etwas helfen. Ein gutes Wort für ihn einlegen. »Das tust du doch für mich, oder? Ich meine, wir haben uns doch immer gut verstanden, Keppler.« Ausgerechnet Isabel sollte ein gutes Wort für ihn einlegen? »Keine Zeit«, hatte sie gesagt. »Geht erst nach Weihnachten.« Sie war sicher gewesen, dass es nichts Gutes bedeutete. Dass er wieder damit anfing, die Wohnung möglicherweise selbst zu brauchen, und davon wollte sie nichts hören. Keine Hiobsbotschaften. Nicht mehr in diesem Jahr.

Auf der Arbeitsplatte stand außerdem eine halb volle Flasche Rotwein, an die Isabel sich nicht erinnern konnte. Hatte sie diesen Wein gekauft und zur Hälfte getrunken? Das Etikett kam ihr ganz fremd vor. Zwei unterschiedliche benutzte Weingläser auf dem Tisch. In Isabels Haushalt passte nichts zusammen, keine Teller, keine Tassen, kein Besteck, keine Gläser. Den eingetrockneten Resten nach zu urteilen, war aus einem offenbar Rotwein getrunken worden, aus dem anderen Wasser.

Er hatte sich wohl kaum vor Kummer, weil Isabel nicht zu Hause war, selbst erstochen und anschließend das blutige Messer auf der Arbeitsplatte abgelegt. Das passte sowieso nicht zu ihm. Und schnitt man sich nicht eher die Pulsadern auf, vorzugsweise in der Badewanne, statt einen Stich in den Bauch zu setzen, von dem man nicht wusste, ob er tödlich war? Und selbst wenn er tödlich war, blieb unklar, wie lange es dauerte und wie qualvoll es vonstattenging. Das alles passte nicht zu ihm. Und da Isabel also ausschloss, dass er selbst dafür verantwortlich war, musste es jemand anders gewesen sein. Ihr fiel wieder auf, wie wenig sie im Grunde über Ferdi wusste. Vielleicht war er in irgendwelche zwielichtigen Geschichten verwickelt.

Wenn es jemand anders getan hatte, war dieser Jemand auch in ihrer Wohnung gewesen. Während sie den Abend ahnungslos mit ihrem Ex-Ex verbracht hatte. Oder er war immer noch hier. Warum hatte sie daran nicht eher gedacht?

Isabel kramte hektisch in den Küchenschubladen und suchte nach Messern. Das blutige Messer, eindeutig das schärfste, wollte sie nicht anfassen. Sie bewaffnete sich mit der Geflügelschere, ging zu dem winzigen Vorraum, stieg die sieben Stufen nach oben und vergewisserte sich, dass die äußere Tür zur Straße verschlossen war, obwohl das natürlich Unsinn war. Durch diese Tür war sie vorhin selbst gekommen. Derjenige, der das hier angerichtet hatte, stand wohl kaum auf der Straße herum und wartete. Er war längst weg. Oder er befand sich noch in ihrer Wohnung.

Die beiden vergitterten Fenster, die zur Straße lagen, waren geschlossen. Durch die Gitter konnte sowieso niemand ins Innere gelangen, es sei denn, er hätte das Metall vorher mühsam und lautstark durchgesägt. Auch die Fenster im hinteren Teil der Wohnung auf der Hofseite waren fest verschlossen. Isabel rüttelte mit einer Hand an ihnen. Mit der anderen umklammerte sie die Geflügelschere, davon überzeugt, dass er noch hier war, dass er sich in irgendeinem Winkel versteckte und darauf lauerte, gleich zuzuschlagen.

Warum hatte er ihr Messer benutzt? Hätte er nicht seine eigene Waffe mitbringen können? Sie betrachtete Ferdi aus der Distanz, als wäre es gefährlich, ansteckend oder sonst was, ihm zu nahe zu kommen. Sie hatte kein Mitleid. Null. Wenn sie ehrlich war, hätte sie das am liebsten selbst erledigt, so sehr hasste sie ihn inzwischen, ihn und ihre Abhängigkeit von ihm, aber jemand anders war schneller gewesen als sie. Er hatte sicher seine Gründe. Aber musste es ausgerechnet in ihrer Wohnung passieren?

Sie legte die Geflügelschere beiseite, zog sich gelbe Spülhandschuhe an, ging zu ihm, kniete sich hin und fasste in seine Jackentaschen. Es war nahezu unmöglich, dabei nicht irgendwo mit seinem Körper in Berührung zu kommen, und kostete sie große Überwindung. Sogar durch die Schicht der Gummihandschuhe hatte sie den Eindruck, dass er noch warm war. Das war fast am schlimmsten. Sie fand zwei Schlüsselbunde in seinen Taschen. Einer war ihr unbekannt. Wahrscheinlich seine eigenen Schlüssel zu der Wohnung in Lichtenberg. Die anderen hingegen waren ihr vertraut. Sie identifizierte den Schlüssel zu ihrer Wohnungstür und den anderen zum Haupteingang des Hauses. Sogar ihr Briefkastenschlüssel war dabei. Sie nahm die Schlüssel, die an einem Anhänger mit der Aufschrift »Katzbach, Keppler« befestigt waren, und legte sie in die Durcheinanderschublade. Sie wollte nicht, dass er ihre Schlüssel besaß. Nicht einmal tot.

Sie griff nach seiner Schulter und drehte ihn um, bis er auf dem Rücken lag. Sein Kopf schlenkerte dabei hin und her. Seine Augen waren geöffnet. Blau. Aber anders blau als sonst. Ein eigenartiger Film überzog sie. Wie ein dünner Schleier. Was für eine unappetitliche Angelegenheit. Die Wunde in seinem Bauchraum sah tief aus. Und sie war doch blutiger, als es zunächst den Anschein gehabt hatte.

Isabel stellte sich vor seine Füße, bückte sich, fasste ihn an beiden Knöcheln und versuchte, ihn von der Stelle zu bekommen. Schätzungsweise irgendetwas zwischen achtzig und neunzig Kilo. Vorher hatte sie nie darauf geachtet, was für ein riesiger Brocken er war. Sie zog. Zog kräftiger. Besonders viel erreichte sie damit nicht, bewegte ihn höchstens einen halben Meter. Wenn überhaupt. Was für eine Mühe. Sie dachte an ihren Bandscheibenvorfall vor einigen Jahren und an die damit verbundenen höllischen Schmerzen. Mit Anfang dreißig, was sie für sehr früh hielt. Ihr damaliger Job war daran schuld gewesen. Eine Mischung aus Kisten-Heben, viel Stehen und scheußlichen Kollegen. Gebückt zu stehen und dieses Gewicht Zentimeter für Zentimeter an den Knöcheln zu ziehen, war ganz bestimmt nicht der richtige Weg. Nicht effizient und erst recht nicht rückenschonend. Schon jetzt war sie in Schweiß gebadet. Auch das Innere der Handschuhe war unangenehm feucht geworden. Sie ließ seine Beine fallen, die wie zwei grobe Holzklötze auf den Boden knallten.

Sie musste das Blut aufwischen. Sie ging ins Badezimmer, um einen Eimer zu holen. Kaltes oder heißes Wasser? Und welche Sorte Putzmittel? Denjenigen, der für das hier verantwortlich war, vergaß Isabel vorübergehend, auch, ob er sich noch irgendwo in ihrer Wohnung versteckte. Sie kniete vor der Wanne und sah dabei zu, wie sich der Eimer füllte. Wie das Wasser schließlich über den Rand des Eimers lief. Minutenlang sah sie dem laufenden Wasser zu, bevor sie es endlich abstellte. Das brachte nichts. Nichts brachte etwas, solange sie keinen handfesten, soliden Plan hatte.

Sie zog die Handschuhe aus und warf sie in die Wanne. Wo war eigentlich Godzilla? In seinem Laufrad nicht. Hatte sie ihn heute Abend vor der Verabredung mit ihrem Ex-Ex aus dem Käfig gelassen? Sie konnte sich nicht mehr erinnern. Der Hunger überkam sie. Unbändiger Hunger. Etwas Fettiges, Salziges. Richtig, die Schlange vor dem Curry 36 war so elendig lang gewesen. Etwas Fettiges, Salziges. Oder lieber süß? Ja, süß war besser. Am liebsten eigentlich alles zusammen und durcheinander, süß, salzig, sauer, umami, wieder süß, zwischendrin ein Bier. Und ein Stück Pizza. Pizza. Und Gummibärchen. Sie hätte so gern ein Stück Pizza gehabt. Andere Leute hätten den Gedanken an Essen in dieser Situation vermutlich unpassend gefunden. Isabel nicht. Sie suchte herum, war froh, dass sich noch Brot im Haus befand, holte alles Mögliche aus dem Kühlschrank und dazu noch Schokolade und Kartoffelchips. Sie fragte Ferdi, ob er etwas von den Chips abhaben wolle. »Sonst esse ich die Tüte leer.« Nach der Fressattacke bekam sie einen Lachkrampf – noch unpassender als Hunger –, lachte eine Weile blöd-bekifft und wurde schließlich müde. Sie wechselte ins andere Zimmer, um Ferdi nicht mehr sehen zu müssen, setzte sich auf einen Sessel und schlief ein.

Sie wurde von einem Geräusch geweckt. Schaben. Kratzen. Rascheln. Wie hatte sie nur einschlafen können? Wenn sie gar nicht wusste, ob er sich noch in der Wohnung aufhielt? Und die ganze Zeit nur auf den richtigen Moment gewartet hatte. Wobei ihr kein Grund einfiel, warum ihr jemand nach dem Leben trachten sollte. Isabel pflegte nur kleine Feindschaften. Minifeindschaften. Nichts Gravierendes. Halb so wild. Plötzlich schienen überall schattenhafte Wesen zu lauern, direkt neben dem Sessel, in der dunklen Ecke des Zimmers, unter dem Bett. Dort hatte sie noch gar nicht nachgesehen. Genauso wenig wie in ihrer Kammer. Sie hatte es einfach nicht gewagt, die Tür zur Kammer zu öffnen. Besonders groß war ihre Wohnung nicht, doch jetzt, nach dem Aufwachen auf dem Sessel, erschienen ihr die Möglichkeiten, irgendwo im Verborgenen auszuharren, unbegrenzt.

Isabel Keppler hatte sich im Griff. Immer. Auch jetzt. Unter dem glitzernden Papier, das sich ruckartig über den Boden schob und dadurch die Geräusche verursachte, die sie geweckt hatten, entdeckte sie den Goldhamster. Sie jagte ihm hinterher, fing ihn ein und beschimpfte ihn. Er biss ihr in die Hand. Scheißvieh. Aber wie er sie aus seinen Knopfaugen ansah, das war schon niedlich. Isabel dachte über die nächsten Schritte nach. Sie musste Ferdi fortbringen. Irgendwie. Sie war davon überzeugt, dass nichts gut werden würde, solange sie ihn nicht loswurde. Sie musste ihn aus der Wohnung schaffen. Noch heute Nacht. Sie legte die Geflügelschere zurück in die Schublade. Er war nicht mehr hier. Ganz sicher. Wenn er noch hier wäre, hätte sie das längst mitbekommen. Falls sie dann überhaupt noch lebte. Er hatte ja auch zu Ende gebracht, was er erledigen wollte.

33
Anfang Januar

Stefanie rief an, wie meistens kurz nach Neujahr, bedankte sich für die Überweisung der viertausend Euro, die sie Isabel geliehen hatte, und wünschte ihr ein gutes neues Jahr. Das werde ich haben, dachte Isabel. Das werde ich ganz sicher haben. Stefanie fragte nicht, wie sie die Feiertage verbracht hatte. Stattdessen berichtete sie ausführlich von ihrer Silvesterparty. Ihr Mann und sie hatten Freunde eingeladen. An dieser Stelle erwähnte sie auch Baumann junior.

»Im Moment ist er besonders unerträglich«, sagte sie. »Noch unerträglicher als sonst, was ja nur schwer möglich ist. Er grüßt nicht mal mehr. Meckert nur ständig an allem herum, wirft uns Zettel in den Briefkasten. Wahrscheinlich hat er Ärger auf seiner tollen Arbeit. Er hat auch gar keine Freude mehr an dem ganzen Lichterkram im Garten. Der hängt natürlich immer noch unten. Ich sage dir, neuerdings hat er auch einen ganz irren Blick.«

Sollte Isabel beunruhigt deswegen sein? Nein. Dass Matthias Baumann schlecht gelaunt sein würde, sehr schlecht gelaunt, hatte sie erwartet.

Silvester hatte sie tatsächlich mit ihren Eltern verbracht. In der Bar ihres Hotels. Ihre Eltern waren ungewohnt spendabel gewesen, und Isabel hatte sich durch allerhand Cocktails getrunken. Ihr Vater war weitaus wohlwollender als ihre Mutter, aber das war keine Überraschung. Mit ihm war Isabel schon früher besser klargekommen. Tante Waltraud war gestorben, erzählten sie, und im ersten Moment erschrak Isabel, weil sie kurz dachte, sie säße nicht mit ihren Eltern in einer Hotelbar, sondern mit Elfriede Baumann. Gegen ein Uhr nachts, als Isabel aufbrechen wollte, hatten ihre Eltern ihr sogar Geld für ein Taxi zugesteckt.

»Du kannst doch um diese Zeit nicht mit der U-Bahn fahren«, hatte ihre Mutter gesagt. »Fährt die jetzt überhaupt noch? Nimm dir bitte ein Taxi.«

Isabel hatte versichert, mit dem Taxi zu fahren, war dann aber doch zur nächsten U-Bahnstation gegangen. Die meisten Leute in der U-Bahn waren angeheitert und sehr freundlich, wünschten sich gegenseitig ein frohes neues Jahr. Das werde ich haben, hatte Isabel gedacht.

Am ersten Januar hatte sie bis mittags geschlafen. Und am zweiten Januar war sie das angegangen, wovor sie sich am meisten fürchtete. Nicht vor Baumann junior, sondern vor der Hausverwaltung. Der Hausverwalterin, eine dicke, schnaufende Frau mit blond gefärbten Haaren und rotem Gesicht, erzählte sie bekümmert von Ferdis Tod. Isabel hatte vorher geübt. Vor dem Spiegel. Das mit den Tränen schaffte sie einfach nicht, aber den Ton, als stünde sie noch unter Schock, bekam sie ganz gut hin, fand sie. Die dicke Hausverwalterin hatte auch sofort Mitleid. Sie sei Ferdis Lebensgefährtin, sagte Isabel. Ferdi sei tot. Ermordet. Schrecklich. So unvorstellbar schrecklich. Und er war doch so ein guter Mensch, der niemandem etwas zuleide tat und den alle mochten. Ich kann es noch gar nicht glauben. »Ich habe ihn so geliebt« bekam sie nicht über die Lippen, aber das Stocken, die zittrige Stimme. Sie hatte sogar geübt, ihre Lippen an den richtigen Stellen zittern zu lassen, als müsste sie mühsam die Tränen unterdrücken. Zwischendurch machte sie immer wieder eine Pause, manchmal mitten im Satz, sagte leise »Entschuldigung« und wandte den Kopf ab. »Es geht gleich wieder.« Das Mitleid der Hausverwalterin wurde immer größer. Sie sei seine Lebensgefährtin, sagte Isabel, aber sie hätten noch nicht zusammengewohnt. Vielmehr habe sie in der von ihm gemieteten Souterrainwohnung zur Untermiete gewohnt. Sie sei sich jedoch gar nicht sicher, ob das überhaupt erlaubt war, ob der Eigentümer Untervermietung gestattete. »Was soll ich denn jetzt machen?« Ihr Lebensgefährte ermordet. Und sie, vermutlich nicht legal, seine Untermieterin. Nein, verheiratet seien sie nicht gewesen, hätten es aber geplant. »Er war nämlich der Richtige.« Am liebsten im Mai, obwohl da natürlich nur schlecht Termine beim Standesamt zu bekommen waren. Stocken. Sich abwenden. »Entschuldigung, es fällt mir so schwer.«

Die Hausverwalterin stand auf, legte Isabel eine Hand auf die Schulter, brachte ihr eine Tasse Kaffee, setzte sich wieder, legte ihre Hand auf Isabels. Sie sah den mitgebrachten Untermietvertrag schnell durch und erklärte ihr, dass Untervermietung durchaus erlaubt sei, da habe Isabels Lebensgefährte wohl etwas missverstanden.

Untervermietung erlaubt? Scheiß-Ferdi.

»Vom Tod des Mieters bin ich bereits in Kenntnis gesetzt worden.« Und dann ging alles so leicht und so unproblematisch, dass Isabel es gar nicht glauben konnte. Die Hausverwalterin öffnete das Formular für einen Mietvertrag auf ihrem Bildschirm, bat um Isabels Ausweis und gab die notwendigen Daten ein.

»Mein Mann ist vor einem halben Jahr gestorben«, sagte sie. »Das Herz. Ich kann nachfühlen, wie es Ihnen geht. In dieser schweren Zeit kann Ihnen natürlich gar nichts helfen, aber eins kann ich für Sie tun. Das erledigen wir jetzt gleich. Wir lassen den Hauptmietvertrag einfach auf Sie laufen, dann ändert sich ja gar nicht viel. Auf die Kaution, denke ich, können wir in diesem besonderen Fall auch verzichten. Sie wohnen ja schon eine ganze Weile in der Wohnung. Und angesichts dieser ganzen Umstände ... Mein aufrichtiges Beileid.«

Wer hatte die Hausverwalterin von Ferdis Tod in Kenntnis gesetzt? Hoffentlich keine zweite Lebensgefährtin. Aber das konnte Isabel jetzt auch egal sein. Wie benebelt verließ sie das Büro der Hausverwaltung in Lichterfelde und ging zur S-Bahn, mit einem Mietvertrag für eine M-Wohnung in der Tasche. Keine Sterbeurkunde und nichts, es war ganz leicht gegangen. Ihr eigenes Verhalten fand sie plötzlich selbst unerklärlich. Dass sie tagelang mit einer Leiche in der Wohnung ausgeharrt hatte, unfähig, etwas zu tun. Dass sie ernsthaft geglaubt hatte, achtzig bis neunzig Kilo mit bloßer Muskelkraft aus der Wohnung schaffen zu können, um sie anschließend mit einem Lastenfahrrad in den Park zu transportieren. Und dann? Was sollte das? Warum hatte sie nicht sofort die Polizei informiert? An Isabel wäre man unweigerlich sowieso irgendwann herangetreten. Sie war panisch gewesen, kopflos, das war ihre einzige Erklärung. Nicht ganz bei sich. Davon überzeugt, dass Ferdis Tod gleichbedeutend damit war, die Wohnung endgültig zu verlieren. Er hatte ja behauptet, Untervermietung sei nicht gestattet. Demzufolge war sie nichts. Völlig ohne Rechte. Sie hatte nicht nachgedacht. Über mehrere Tage, die sich wie ein einziger Tag angefühlt hatten, hatte sie nicht richtig nachgedacht, war nur davon besessen gewesen, dass er sofort aus der Wohnung verschwinden musste.

Am achtundzwanzigsten Dezember war sie pünktlich bei Job zwei erschienen. Sie hatte sich regelrecht gefreut, ihren Feind Patrick zu sehen. Es war ihr seltsam vorgekommen, nicht richtig, sich frei durch die Stadt bewegen zu können, einkaufen zu gehen und abends auf dem Mehringdamm ein Bier zu trinken. Einer der Polizisten hatte sie immer so misstrauisch angesehen, als nähme er ihr das alles nicht wirklich ab, ihre Naivität, die drei Tage bei Babs in Neukölln, weil Babs Liebeskummer hatte.

Egal. Wer Ferdi umgebracht hatte, interessierte Isabel merkwürdigerweise gar nicht. Sie stand damit in keinem Zusammenhang und fürchtete folglich auch nicht, dass der Täter erneut bei ihr auftauchte. Woher sollte sie wissen, in was für Machenschaften oder halbseidene Geschäfte Ferdi verwickelt gewesen war und ob er womöglich richtige Feinde hatte, im Unterschied zu ihr mit ihren Minifeindschaften. Dann bekam sie am vorvorletzten Tag des Jahres einen Anruf. Annette.

»Ich wünsche dir einen guten Rutsch«, sagte sie und klang merkwürdig aufgedreht. Isabel befürchtete schon, dass sie sie zu ihrer Silvesterfeier einladen würde, um über Romane zu reden und weil sie ja jetzt so gut miteinander befreundet waren.

Doch sie täuschte sich. Annette rief aus einem anderen Grund an und kam gleich zur Sache. »Ich war so wütend auf ihn.« Sie habe sich gestellt. War aber noch auf freiem Fuß, weil nach Ansicht der Polizei und der Staatsanwaltschaft keine Fluchtgefahr bestehe. »Wohin sollte ich denn auch fliehen?«, sagte sie und lachte schrill. Sie sprach abgehackt, wirr und nicht in vollständigen Sätzen, unterbrach sich immer wieder selbst, erklärte, wieviel Geld ihr Sohn und vor allem sie wegen Ferdi verloren hatten, beteuerte, wie leid ihr es tue.

»Das tut mir total leid, dass es in deiner Wohnung passiert ist. Das wollte ich nicht. Das war nicht geplant. Deine Wohnung ist doch so gemütlich. Diese bunte Mischung und der Vintage-Stil, das gefällt mir. Und es passt zu dir.«

Isabel begriff erst nach und nach, was sie erzählte. Annette? Die friedfertige Annette? Deine Wohnung, dachte Isabel, wird in nächster Zeit wohl etwas kleiner sein, aber auch vergitterte Fenster haben.

Der Prozess, sagte Annette, beginne im März. »*Warum*, fragst du? Ach ja, warum. Gute Frage. Heute ist mir das auch ganz unbegreiflich. Ich war plötzlich so wütend auf ihn, weißt du. Ich war außer mir. Eigentlich wollte ich ihn nur ein bisschen erschrecken. Ihm einen Denkzettel verpassen. Bestrafen, weißt du. Ich musste ihn doch bestrafen. So viel Geld. Dann ging alles so schnell. Ich habe meine Kraft wohl unterschätzt.« Sie lachte wieder schrill. »Ich habe gar nicht gemerkt, dass ich so tief –«

Dann sprach sie über ihr Gewissen. Sehr lange und ausführlich. Ihr Gewissen, das ihr keine Ruhe gelassen hatte.

Den Schlüsselbund – Schlüssel für ihre Wohnungstür direkt an der Straße, Schlüssel für den Haupteingang und der für ihren Briefkasten – hatte Isabel am Tag vor Heiligabend, bevor sie die Polizei anrief, wieder aus der Durcheinanderschublade geholt und zurück in Ferdis Jackentasche geschoben, genau dorthin, wo sie ihn vorgefunden hatte. Zur Sicherheit wieder mit den gelben Haushaltshandschuhen. Nach zwei Tagen war es natürlich noch unangenehmer gewesen, ihm so nahe zu kommen.

Der seltsame Geruch in ihrer Wohnung, der Isabel schon seit einer ganzen Weile auffiel – nicht erst, seit der Tote neben dem Küchentisch lag –, rührte von den Obstresten, die Godzilla in eine entlegene Ecke geschleppt haben musste. Wenn sie den Hamster aus dem Käfig ließ, damit er keinen Knastkoller erlitt, und Babs zugegen war, was manchmal vorkam, hielt Babs ihm gern Obststücke hin und vergaß sie anschließend auf dem Fußboden.

Am vorvorletzten Tag des Jahres rief nicht nur Annette mit einem überraschenden Geständnis an, auch Clemens lief Isabel über den Weg. In der Markthalle am Marheinekeplatz. Isabel stattete Babs einen kurzen Besuch ab, um ihr von den Neuigkeiten zu berichten, und sah ihn vor einem Stand mit griechischen Spezialitäten. Er kam auf sie zu. Baute sich vor ihr auf, machte sich noch ein bisschen größer. Kein Wort über die vielen E-Mails seit zwei Jahren, über seine Beschimpfungen und Drohungen. Stattdessen erzählte er stolz von seiner neuen Freundin. An Isabel, sagte er, denke er nie. »Unsere Zeit ist vorbei. Das hat wohl einfach nicht gepasst. Tut mir leid, wenn das für dich anders ist. Ich muss jetzt auch los.«

Am vorletzten Tag des Jahres stand das blaue Sakko vor Isabels Tür. Mit einer gekühlten Flasche Champagner in der Hand. Kleinlaut gab er zu, ihre Adresse von der Galeristin Stubenrauch erbettelt zu haben. Frau Stubenrauch gab einfach so Adressen heraus, an jeden dahergelaufenen x-Beliebigen? Hühnchen rupfen. Er wolle so gern das Blätterbild dort sehen, wo es seine Heimat gefunden habe. Das blaue Sakko war so rührend in seinem Schuldbewusstsein, dass Isabel ihn hereinbat und den Champagner mit ihm trank. Danach gingen sie zusammen nach draußen, um Nachschub zu besorgen, eine billige Flasche Sekt im Späti. Natürlich machte er Bemerkungen über Isabels »ausgebautes Dachgeschoss« und ihre Sperrmüllmöbel und die nicht zueinander passenden Gläser, aber freundlich und wohlwollend.

Was Elfriede und Matthias Baumann betraf, so hatte Isabel nicht geblufft, wie Baumann junior mutmaßte, aber hoch gepokert. Die Abläufe in dem Haus in Zehlendorf standen ihr klar vor Augen. Allerdings wusste sie immer noch nicht, wie er es gemacht hatte. Das hätte er ihr ruhig verraten können. Auffällige Spuren waren an Manuela allem Anschein nach ja nicht gefunden worden. Elfis Bericht schilderte nicht chronologisch die damaligen Abläufe, sie schrieb nicht: Und dann hat der Junge Manuela, die Schlampe, erwürgt, erstickt, ertränkt, vergiftet, das kann man ja auch verstehen, und wir mussten unseren Jungen schützen. Elfi machte Andeutungen. Außerdem sprang sie wild in den Zeiten hin und her. Und sie verzichtete konsequent auf jedes Datum. Erstickt. Isabel tippte darauf, dass er sie erstickt hatte. Hinterließ sicher die wenigsten Spuren. Und hatte Elfi nicht an einer Stelle geschrieben: »Er nahm ihr die Luft«? Sehr poetisch. Sie schrieb auch: »Er hat seine Kraft falsch eingeschätzt. Das passiert bei jungen Burschen ja manchmal. Er war so ein hübscher junger Bursche, ich war ganz verliebt in ihn. Und so grundanständig. Ich bin stolz auf ihn.«

Elfi hätte wirklich Daniels Workshop besuchen sollen. Womöglich hätten Theo, Nadine, Ekaterina, Peter, Jens, Samira, Max, Miriam und Annette ihre Erzählweise als besonders literarisch aufgefasst. Ach ja, Annette. Mit dem, was Isabel sich nach der Lektüre zusammenreimte, lag sie offenbar richtig, so schnell und so wutentbrannt, wie Baumann junior darauf einstieg.

Die verbliebenen zwölftausend machten sich zwar gut auf ihrem Konto, aber sie hatte das alles unklug angestellt. Sie hätte dreißigtausend verlangen sollen. Aber vielleicht ging da ja noch was. Im Übrigen behielt Isabel sich vor, Manuelas Tod, auch wenn er schon so viele Jahre zurücklag und damals niemanden sonderlich interessiert zu haben schien, zur Anzeige zu bringen. Wenn schon nicht zur Anzeige bringen, dann zumindest mit einem der Lederjackentypen darüber reden. Und es ging nicht allein um Manuela, obwohl ihr Tod natürlich am schwerwiegendsten war. Baumann junior hatte seine Mutter offenbar zum Verkauf des Zehlendorfer Hauses gedrängt, weil er Geld brauchte. So flüssig war er nämlich doch nicht. Und den größten Teil hatte er selbst eingesackt und sich davon die E-Wohnung in Pankow gekauft, obwohl das Geld zunächst Elfi zustand, die es ja auch vermisste.

Am letzten Tag des zurückliegenden Jahres hing wieder ein Zettel am Gitter ihres Fensters. Ging das jetzt ewig so weiter?

Anfang Januar, mit ihrem neuen, richtigen Mietvertrag in der Tasche, interessierte Isabel das allerdings nur wenig. Dass Baumann junior seit einiger Zeit besonders schlecht gelaunt war, wie Stefanie sagte, freute sie. Elfis Büchlein müsste sie eigentlich der Polizei übergeben, das wusste sie. So etwas verjährte doch nicht. Ob noch jemand um Manuela trauerte?

Noch drei Tage bis Heiligabend

Er öffnete die Flasche Rotwein, die er mitgebracht hatte. Zur Schadensbegrenzung und vor allem, um sie milde zu stimmen. In den Küchenschränken fanden sich keine zwei zueinander passenden Gläser. Wie hauste Keppler hier bloß? Also entschied er sich für zwei Weingläser, die sich noch am meisten ähnelten.

Sie wollte keinen Rotwein, sondern Wasser. Nirgendwo Mineralwasser, weshalb sie sich mit Leitungswasser begnügte.

Es wäre gemütlicher gewesen, entspannter, wenn sie auch Wein getrunken hätte. Das Leitungswasser in ihrem Glas machte ihn nervös. So asketisch. Als wollte sie damit ihre Armut zur Schau stellen und ihn beschämen. Einen Gesundheitsfimmel hatte sie allerdings immer schon gehabt. Er wollte es ihr erklären, obwohl es hierbei nicht viel zu erklären gab. Er hatte fremdes Geld in den Sand gesetzt. Übrigens nicht zum ersten Mal. Und ein Großteil dieses Geldes hatte gar nicht Niklas gehört, wie er geglaubt hatte, sondern ihr. Niklas hatte sich dreißigtausend Euro von seiner Mutter geliehen. Sie hatte es wohl angespart. Für besondere Ausgaben. Kaputte Waschmaschine. Autoreparatur. Sie hatte es auch nicht gerade dicke mit ihrem Sachbearbeiterinnen-Job beim RBB, aber ihrem Sohn konnte sie einfach nichts abschlagen. Das war schon immer so gewesen. So wurde Niklas niemals erwachsen.

Hier musste er ansetzen, sie dadurch in die Defensive drängen. Er musste sie ablenken. Das Geld konnte er ihr unmöglich zurückzahlen, und er sah es auch nicht ein. Eigenes Risiko. Diesmal hatte er es für eine absolut sichere Investition gehalten. Mit unverschämt hoher Rendite. Eine todsichere Sache.

Sie saßen sich an Kepplers klapprigem Küchentisch gegenüber. Auch er selbst hatte eine Menge Geld verloren, das musste sie doch einsehen. Man konnte jetzt nur noch eines tun, nämlich die ganze Sache abhaken. Vergessen. Schluss. Er musste demnächst wohl Kepplers Miete erhöhen. Oder sie vielleicht raussetzen und sich jemand anderen suchen. Dass diese Möglichkeit bestand, hatte er ihr ja schon letzten Monat angekündigt. Oder, das wäre am besten, eine Ferienwohnung daraus machen. Bella Souterrain. Das wäre weitaus rentabler. Allerdings spielten dabei der Vermieter, die Hausverwaltung und die Bewohner kaum mit. Am besten wäre es, sich von der Wohnung ganz zu trennen. Sie endgültig zu kündigen.

Es machte ihn nervös, dass sie so unruhig war. Dass sie ihn anschreien würde, hatte er natürlich erwartet. Er kannte sie schon lange, hing an ihr, und sie sollte nicht schlecht über ihn denken. Ihm war generell wichtig, gemocht zu werden. Er wollte das jetzt wieder in Ordnung bringen. Deswegen ja der Wein und das Treffen. Es machte ihn nervös, dass sie anfing, auf und ab zu gehen, dass sie hinter seinen Stuhl trat und er sie im Rücken spürte, wie sie über ihm aufragte und herumschrie. Er sei das Allerletzte. Sie verlange ihre dreißigtausend Euro zurück und die zehntausend von Niklas auch.

»Ich berechne dir keine Zinsen«, sagte sie. »Wegen unserer alten Freundschaft. Die aber hiermit beendet ist.«

Er sagte, er habe das Geld nicht. Müsse selbst zusehen, wie er über die Runden kam. Und im Übrigen sei ja genau genommen nicht er dafür verantwortlich, sondern der kleine verwöhnte Niklas mit seiner Gier. Niklas hatte einfach zu viele kostspielige Wünsche. Das war die richtige Taktik. Ursache, Verantwortung und Schuld verschieben.

»Er hat immer alles bekommen, was er wollte«, sagte er. »Wahrscheinlich zahlst du auch noch die Miete für sein WG-Zimmer.«

»Ja, manchmal«, gab sie zu. »Wenn er nicht flüssig ist.«

»Und dann leistest du dir Daniels teure Kurse?«

»Das ist das Einzige, das ich mir selbst gönne. Ich brauche das.«

Zuerst hatte er gehofft, dass Keppler zu Hause wäre. Dass sie sich inzwischen ein bisschen mit Annette angefreundet hatte und beschwichtigend einwirkte. Annette mochte schräge Vögel. Seltsam, dass er das gehofft hatte. Beschwichtigend? Ausgerechnet Keppler? Keppler war ein Kotzbrocken. Jetzt fand er es besser, dass sie nicht hier war. Er hatte Annette zu ihrer Wohnung bestellt. Wollte nicht, dass dieses Gespräch in seiner Wohnung in Lichtenberg stattfand. Und auch nicht an einem öffentlichen Ort. Dass Keppler nicht anwesend war, betrachtete er sogar als Fügung des Schicksals. Das legte eine ganz andere Strategie nahe. Er wusste, dass der verwöhnte Niklas sich in seiner WG nicht wohlfühlte. Das hatte Annette ihm erzählt. Er würde ihr vorschlagen, Niklas die Wohnung zu vermieten. Mit Keppler, dieser garstigen, unfreundlichen Person, hatte er sowieso nur Ärger. Zeit, sie loszuwerden. Für Niklas würde er die Miete natürlich nicht erhöhen. Vorerst nicht. Das Blatt würde sich wenden, und er stünde nicht als Geldvernichter, sondern als Wohltäter da, ein Bild, das er sowieso bevorzugte, ein Wohltäter, der ihrem Bengel zur ersten eigenen Wohnung verhalf.

Dieses Herumgerenne hinter seinem Rücken machte ihn wirklich nervös. Er könnte natürlich einfach sagen: Schluss, aus, das Geld ist halt weg, ein Risiko besteht immer. Aber er mochte Annette wirklich. Jetzt unterstellte sie ihm auch noch, sie angelogen zu haben, dass er gar nichts in den Sand gesetzt, sondern alles für sich behalten habe. Er schob den Stuhl zurück und stand auf, drehte sich zu ihr, sah, dass sie an der Spüle vor einer geöffneten Schublade stand, und erst dann sah er das Messer in ihrer Hand und dass sie einen Schritt nach vorn machte, auf ihn zu.

Danach

Nichts davon hat Isabel Keppler sich selbst ausgesucht. In all das ist sie hineingeraten. Kurz nach diesen Ereignissen, die ihr eigenes kleines Leben verändern, treten in Europa die ersten Corona-Fälle auf und verändern schlagartig das Leben aller. Die laute Katzbachstraße, kaum zu glauben, ist an manchen Tagen ungewohnt still. Sie ist ohnehin recht schön, wie Isabel findet, zwar nicht gerade die Parkallee, aber ganz sicher auch nicht die Badstraße. Im Folgenden verbringt sie einige Lockdowns und halbe Lockdowns im Keller. Eine Villa am Schlachtensee wäre ihr dabei lieber. Eine Villa am Schlachtensee wäre generell gut. Was nützt Kreuzberg, wenn alles geschlossen ist?

Elfriede Baumann musste das alles nicht mehr miterleben, wobei Isabel sich ziemlich sicher ist, dass Baumann junior sie trotz der Gefahr einer Infektion weiter zu seiner Mutter geschickt hätte, um diese Pflicht nicht selbst übernehmen zu müssen, und dass ihm im Grunde egal wäre, ob sie sich ansteckt oder nicht.

Isabel übersteht die Zeit recht gut, viel besser als andere. Allerdings bleibt ihr nur Job eins und damit auch Katzen-Sonja. Job zwei, die Event-Agentur, verliert sie als Erstes. Was soll eine Event-Agentur ohne Events? Als diejenige Mitarbeiterin, die größtenteils die Telefonarbeit erledigt, ist sie das schwächste Glied und verzichtbar. Erstaunlicherweise wird Patrick aber noch vor ihr gekündigt. Er hat doch immer davon gesprochen, wie unabkömmlich er für den Laden sei. Migränchen hingegen ist geblieben. Seltsam. Ausgerechnet Migränchen? Egal. Sie ruft Isabel manchmal an, was sie früher nie getan hat, und klagt darüber, nicht in Urlaub fahren zu können.

Die Schließung von Bars und Clubs macht Isabel anfangs etwas aus, weil sie gern tanzen geht. Das ist wie ein Trip. Ein schweißtreibender Trip. Danach ist sie leer und ganz neu, die Bässe noch im Bauch und ein leichtes Dröhnen in den Ohren. Außer sich sein und zugleich ganz bei sich. Sich spüren und gleichzeitig vergessen. Alles vergessen. Schlechte Jobs. Weggebrochene schlechte Jobs. Tote Manuelas. Tote Ferdis. Und genauso gern beobachtet Isabel Leute. Leute in einer Bar und Leute im Supermarkt zu beobachten, ist einfach nicht das Gleiche. Sie geht dazu über, in ihrem Keller bei ziemlich lauter Musik zu tanzen. Mit Kopfhörern ist es »nur der halbe Spaß«, wie Elfi sich ausgedrückt hätte, weil man die Bässe nicht spürt. Ihre Nachbarn beschweren sich nie über die laute Musik aus der Souterrainwohnung. Sie gehen ihr noch mehr aus dem Weg als früher und begegnen ihr, wie sie glaubt, mit einer gewissen Furcht, seit das Polizeiaufgebot einen Tag vor Heiligabend in ihrer Wohnung zugange war und dann noch ein Zinksarg nach draußen getragen wurde. Irgendwer hat das bestimmt mitbekommen. »Oh, bei der ist mal was Schlimmes passiert!«

Sie hält sich noch mehr als früher in ihrer fensterlosen Kammer auf und vergisst dabei die Zeit. Die zeitweilige Schließung der Friseursalons macht ihr eine Menge aus, denn seit einigen Jahren entdeckt sie erstes Grau in ihren Haaren. Sich selbst vor dem Badezimmerspiegel billige Farbe auf die Haare zu klatschen, ist einfach nicht das Gleiche. Über Leute, die sich weigern, eine Maske aufzusetzen, oder sich sonstigen Regeln aufmüpfig widersetzen, kann Isabel nur lachen. Jämmerliche, armselige Möchtegern-Revoluzzer. Sie glaubt, Clemens öfter bei ihrem Haus herumschleichen zu sehen, obwohl er ja angeblich eine neue Freundin hat, ist sich aber nicht ganz sicher und kümmert sich nicht weiter darum. Soll er doch. Sie hat keine Angst vor ihm. Isabel ist kein ängstlicher Typ, nie gewesen. Eine Weile glaubt sie auch, Ferdi draußen auf der Straße zu sehen, bei Männern, die entfernt Ähnlichkeit mit ihm haben.

Die Aura-Frauen im Bergmann-Kiez sind von heute auf morgen verschwunden und seitdem nicht mehr aufgetaucht. Auch den Eichhörnchenfütterer sieht sie nicht mehr im Viktoriapark. Isabels Nase ist, wie von der Krankenschwester prophezeit, leicht schief geblieben, aber das stört sie nicht. Sie hat sich rasch an diese neue Normalität ihrer Nase gewöhnt. Sie ruft regelmäßig ihre Eltern an, wer hätte das gedacht. Manchmal trifft sie blaues Sakko. Natürlich besitzt er noch andere Sakkos und darüber hinaus auch einen Namen, aber Isabel hat sich daran gewöhnt, ihn für sich im Stillen blaues Sakko zu nennen. Sie treffen sich auf einen Wein oder zum Essen, unverbindlich und ohne Verpflichtungen, so wie es ihr am liebsten ist. Dass er sich wochenlang in Isabels Revier herumgetrieben hat und nachts im Park vor ihr geflohen ist, findet sie zwar reichlich gestört, aber Gott, wer ist das nicht, ein bisschen gestört, und er bietet unbestreitbar angenehme Gesellschaft. Außerdem kann sie ihn irgendwann vielleicht noch brauchen. Es gilt also, sich ihn warmzuhalten. Er hat ihr zwei kleine Bilder abgekauft. Zu einem ansehnlichen Preis. Die Ansichten von »ganz unten« findet er ansprechend. Behauptet er zumindest. Dem blauen Sakko hat Isabel tatsächlich ihre Abstellkammer gezeigt.

Elfis Buch hat sie kopiert und zusätzlich Seite für Seite fotografiert. Sicher ist sicher. Die Kopie liegt in Babs' ordentlicher Eineinhalb-Zimmer-Wohnung in Neukölln, in der Babs noch immer auf die große Liebe wartet. »Klar hebe ich das für dich auf«, hat sie nur gesagt. »Geheime Unterlagen, oder was?« Isabel denkt manchmal an Manuela. Manuela wäre heute in ihrem Alter, trüge wahrscheinlich Unterhemden und ließe sich die Haare färben. Ob noch jemand um sie trauert? Mit Manuela ist Isabel noch nicht fertig.

Job zwei verloren, aber immerhin hat sie noch ihre Wohnung. Jetzt als Hauptmieterin. *Ich brauche ein Haus, keins für mich allein, nur einen Winkel, zu sitzen, zu schlafen, zu träumen.* Viele Leute behaupten, den besten Italiener der Stadt zu kennen, die besten Pommes oder die beste Currywurst. Letztere ist nicht bei Babs in der Markthalle zu finden. Das hier ist das beste Souterrain der Stadt. Es stört Isabel nicht, dass Ferdi in der Wohnung starb. Die Wohnung hat dadurch keinen Makel. In einem Haus aus der Gründerzeit dürften im Laufe der Jahrzehnte schon zig Leute gestorben sein.

Warum ist ausgerechnet sie in all das hineingeraten? Sie hat es sich ganz sicher nicht ausgesucht. Tote Elfi. Toter Ferdi. Beide von ihr aufgefunden. Du wirst dich in Schwierigkeiten bringen, hat ihre Mutter immer behauptet, ohne diese Schwierigkeiten näher zu benennen. Silvester wenigstens hat sie sich mit solchen Äußerungen zurückgehalten.

Isabel hat weitere Botschaften erhalten, im Wortlaut der ersten ähnlich, die sie in den Landwehrkanal geworfen hat. Langfristig hat sich die Botschaft also nicht im Kanal aufgelöst. Sie ist ein ewiger Wiedergänger. Im Grunde wundert sie das nicht. Baumann junior muss alles unter Kontrolle haben. Und nicht zu wissen, ob noch etwas nachkommt, und wenn ja, was, dürfte unerträglich für ihn sein. Andere würde das vermutlich nervös machen, aber Isabel gewöhnt sich an seine Botschaften, die in unregelmäßigen Abständen an ihrem Fenstergitter oder an der Tür hängen. Sie lässt sich davon nicht in Angst und Schrecken versetzen. Isabel Keppler ist nicht der ängstliche Typ. Sie meistert ihr Leben ganz gut und kommt irgendwie zurecht. Immer.

Godzilla lebt übrigens immer noch. Ein kleines Wunder. Ein Methusalem-Goldhamster. Vielleicht ist er gar kein Goldhamster, sondern irgendetwas anderes? Er ist etwas ruhiger geworden und treibt weniger Sport im Laufrad, hat ansonsten aber glänzendes Fell, klare Augen und einen guten Appetit.

Ich zitiere mehrfach, in veränderter Form, das Gedicht
»was brauchst du« (1995) von Friederike Mayröcker
(1924–2021).
Ich hoffe, sie hätte mir verziehen, dass ich statt des »du«
in ihrem Gedicht die Ich-Form verwende. RN

© Konkursbuch Verlag Claudia Gehrke Herbst 2021
PF 1621, D – 72006 Tübingen, Telefon: 0049 (0) 7071 66551
Mobil 0049 (0) 172 7233958, gehrke@konkursbuch.com
www.konkursbuch.de   Facebook: konkursbuch.verlag
Vorsatzblätter und Umschlag: Fotografien von Wiebke Kahn, Berlin.

Gerne schicken wir Ihnen auch unser gedrucktes Gesamtverzeichnis.
ISBN-Buch: 978-3-88769-593-4 E-Book: 978-3-88769-594-1